静山社ペガサス文庫

ハリー・ポッターと賢《けん》者《じゃ》の石《いし》〈1-1〉

J.K.ローリング 作　松岡佑子 訳

JN082085

ハリー・ポッターと賢者《けんじゃ》の石《いし》1-1 ―もくじ―

‖ハリー・ポッターと賢者《けんじゃ》の石《いし》1-1 ─人物紹介《じんぶつしょうかい》─‖

ハリー・ポッター
主人公《しゅじんこう》。十一歳《さい》。ホグワーツ魔法魔術学校《まほうまじゅつがっこう》の一年生《ねんせい》。緑《みどり》の目《め》に黒《くろ》い髪《かみ》、額《ひたい》には稲妻形《いなずまがた》の傷《きず》。幼《おさな》いころに両親《りょうしん》を亡《な》くし、人間《にんげん》（マグル）界《かい》で育《そだ》ったので、自分《じぶん》が魔法使《まほうつか》いであることを知《し》らない

アルバス・ダンブルドア
ホグワーツの校長先生《こうちょうせんせい》。魔法使《まほうつか》いとしても教育者《きょういくしゃ》としても偉大《いだい》だが、ちゃめっけたっぷり

ミネルバ・マクゴナガル
ホグワーツの副校長先生《ふくこうちょうせんせい》。黒髪《くろかみ》の背《せ》の高《たか》い魔女《まじょ》。変身術《へんしんじゅつ》の先生《せんせい》。厳格《げんかく》で理知的《りちてき》

ルビウス・ハグリッド
ホグワーツの森《もり》の番人《ばんにん》。やさしく不器用《ぶきよう》な大男《おおおとこ》。猫以外《ねこいがい》のあらゆる動物《どうぶつ》をこよなく愛《あい》する

ロン・ウィーズリー
ハリーのクラスメート。大家族《だいかぞく》の末息子《すえむすこ》で、優秀《ゆうしゅう》な兄《あに》たちにひけめを感《かん》じている

ハーマイオニー・グレンジャー
ハリーのクラスメート。マグル（人間《にんげん》）の子《こ》なのに、魔法学校《まほうがっこう》の優等生《ゆうとうせい》

ドラコ・マルフォイ
スリザリン寮《りょう》の生徒《せいと》。魔法界《まほうかい》の名家《めいか》の出身《しゅっしん》であることを鼻《はな》にかけるいやみな少年《しょうねん》

セブルス・スネイプ
魔法薬学《まほうやくがく》の先生《せんせい》。なぜかハリーを憎《にく》んでいる

クィレル教授《きょうじゅ》
「闇《やみ》の魔術《まじゅつ》に対《たい》する防衛術《ぼうえいじゅつ》」の先生《せんせい》。いつも恐怖《きょうふ》で震《ふる》えている

ダーズリー一家《いっか》（バーノンおじさん、ペチュニアおばさん、ダドリー）
ハリーの親《しん》せきで育《そだ》ての親《おや》とその息子《むすこ》。まともじゃないことを毛嫌《けぎら》いする

ヴォルデモート（例《れい》のあの人）
最強《さいきょう》の闇《やみ》の魔法使《まほうつか》い。多《おお》くの魔法使《まほうつか》いや魔女《まじょ》を殺《ころ》したが、なぜかハリーには呪《のろ》いが効《き》かなかった

for Jessica, who loves stories,
for Anne, who loved them too,
and foe Di, who heard this one first.

物語が好きな娘、ジェシカに
同じく物語が好きだった母、アンに
この本を最初に知った妹、ダイに

Original Title: HARRY POTTER AND THE PHILOSOPHER'S STONE

First published in Great Britain in 1997
by Bloomsbury Publishing Plc, 50 Bedford Square, London WC1B 3DP

Japanese edition first published in 1999

This book is published in Japan by arrangement with
the author through The Blair Partnership

第《だい》1章《しょう》　生《い》き残《のこ》った男《おとこ》の子《こ》

プリベット通《どお》り四番地《ばんち》の住人《じゅうにん》ダーズリー夫妻《ふさい》は、「おかげさまで、私《わたくし》どもはどこから見《み》てもまともな人間《にんげん》です」というのが自慢《じまん》だった。不思議《ふしぎ》とか神秘《しんぴ》とかそんな非常識《ひじょうしき》はまるっきり認《みと》めない人種《じんしゅ》で、まか不思議《ふしぎ》な出来事《できごと》が彼《かれ》らの周辺《しゅうへん》で起《お》こるなんて、とうてい考《かんが》えられなかった。

ダーズリー氏《し》は、穴《あな》あけドリルを製造《せいぞう》しているグラニングズ社《しゃ》の社長《しゃちょう》だ。ずんぐりと肉《にく》づきがよい体型《たいけい》のせいで、首《くび》がほとんどない。そのかわり巨大《きょだい》な口《くち》ひげが目立《めだ》っていた。奥《おく》さんのほうはやせて、金髪《きんぱつ》で、なんと首《くび》の長《なが》さが普通《ふつう》の人《ひと》の二倍《ばい》はある。垣根越《かきねご》しにご近所《きんじょ》の様子《ようす》を詮索《せんさく》するのが趣味《しゅみ》だったので、鶴《つる》のような首《くび》は実《じつ》に便利《べんり》だった。ダーズリー夫妻《ふさい》にはダドリーという男《おとこ》の子《こ》がいた。どこを探《さが》したってこんなにできのいい子《こ》はいやしない、というのが二人《ふたり》の親《おや》ばかの意見《いけん》だった。

そんな絵《え》に描《か》いたように満《み》ち足《た》りたダーズリー家《け》にも、たった一つ秘密《ひみつ》があった。何《なに》より怖《こわ》いのは、誰《だれ》かにその秘密《ひみつ》をかぎつけられることだった。

――あのポッター一家《いっか》のことが誰《だれ》かに知《し》られてしまったら、いっかんの終《お》わりだ。

ポッター夫人《ふじん》はダーズリー夫人《ふじん》の実《じつ》の妹《いもうと》だが、二人《ふたり》はここ数年《すうねん》、一度《いちど》も会《あ》ってはいなかった。それどころか、ダーズリー夫人《ふじん》は妹《いもうと》などいないというふりをしていた。何《なに》しろ、妹《いもうと》もそのろくでなしの夫《おっと》も、ダーズリー家《け》の家風《かふう》とはまるっきり正反対《せいはんたい》だったからだ。

――ポッター一家《いっか》がふいにこのあたりに現《あらわ》れたら、ご近所《きんじょ》の人《ひと》たちが何《なん》と言《い》うか、考《かんが》えただけでも身《み》の毛《け》がよだつ。

ポッター家《け》にも小《ちい》さな男《おとこ》の子《こ》がいることを、ダーズリー夫妻《ふさい》は知《し》ってはいたが、ただの一度《いちど》も会《あ》ったことがない。

――そんな子《こ》と、うちのダドリーが関《かか》わり合《あ》いになるなんて……。

それもポッター一家《いっか》を遠《とお》ざけている理由《りゆう》の一つだった。


さて、ある火曜日《かようび》の朝《あさ》のことだ。ダーズリー一家《いっか》が目《め》を覚《さ》ますと、外《そと》はどんよりとした灰色《はいいろ》の空《そら》だった。物語《ものがたり》はここから始《はじ》まる。まか不思議《ふしぎ》なことがまもなくイギリス中《じゅう》で起《お》ころうとしているなんて、そんな気配《けはい》は曇《くも》り空《ぞら》のどこにもなかった。ダーズリー氏《し》は鼻歌《はなうた》まじりで、仕事用《しごとよう》の思《おも》いっきりありふれた柄《がら》のネクタイを選《えら》んだ。奥《おく》さんのほうは大声《おおごえ》で泣《な》きわめいているダドリー坊《ぼう》やをやっとこさベビーチェアに座《すわ》らせ、嬉々《きき》としてご近所《きんじょ》のうわさ話《ばなし》を始《はじ》めた。

窓《まど》の外《そと》を、大《おお》きなふくろうがバタバタと飛《と》び去《さ》っていったが、二人《ふたり》とも気《き》がつかなかった。八時半《じはん》、ダーズリー氏《し》はかばんを持《も》ち、奥《おく》さんのほおにちょこっとキスして、それからダドリー坊《ぼう》やにもバイバイのキスをしようとしたが、しそこなった。坊《ぼう》やがかんしゃくを起《お》こして、コーンフレークを皿《さら》ごと壁《かべ》に投《な》げつけている最中《さいちゅう》だったからだ。「わんぱく坊主《ぼうず》め」ダーズリー氏《し》は満《まん》足《ぞく》げに笑《わら》いながら家《いえ》を出《で》て、自家用車《じかようしゃ》に乗《の》りこみ、四番地《ばんち》の路地《ろじ》をバックで出《で》ていった。広《ひろ》い通《とお》りに出《で》る前《まえ》の角《かど》のところで、ダーズリー氏《し》は初《はじ》めて、何《なに》かおかしいぞと思《おも》った。

——なんと猫《ねこ》が地図《ちず》を見《み》ている——ダーズリー氏《し》は一瞬《いっしゅん》、目《め》を疑《うたが》った。もう一度《いちど》よく見《み》ようと急《いそ》いで振《ふ》り返《かえ》ると、たしかにプリベット通《どお》りの角《かど》にトラ猫《ねこ》が一匹《ぴき》立《た》ち止《ど》まっていた。しかし、地《ち》図《ず》のほうは見《み》えなかった。ばかな、いったい何《なに》を考《かんが》えているんだ。きっと光《ひかり》のいたずらだったにちがいない。ダーズリー氏《し》は瞬《まばた》きをして、もう一度《いちど》猫《ねこ》をよく見《み》なおした。猫《ねこ》は見《み》つめ返《かえ》した。角《かど》を曲《ま》がり、広《ひろ》い通《とお》りに出《で》たとき、バックミラーに映《うつ》っている猫《ねこ》が見《み》えた。なんと、今度《こんど》は「プリベット通《どお》り」と書《か》かれた標識《ひょうしき》を読《よ》んでいる——いや、「見《み》て」いるだけだ。猫《ねこ》が地図《ちず》やら標識《ひょうしき》やらを読《よ》めるはずがない。ダーズリー氏《し》は体《からだ》をブルッと振《ふ》るって気《き》をとりなおし、猫《ねこ》のことを頭《あたま》の中《なか》から振《ふ》り払《はら》った。街《まち》に向《む》かって車《くるま》を走《はし》らせているうちに、彼《かれ》の頭《あたま》は、その日《ひ》に取《と》りたいと思《おも》っている穴《あな》あけドリルの大口注文《おおぐちちゅうもん》のことでいっぱいになった。

ところが、街《まち》はずれまで来《き》たとき、ドリルなど頭《あたま》から吹《ふ》っ飛《と》ぶようなことが起《お》こったのだ。いつもの朝《あさ》の渋滞《じゅうたい》にまきこまれ、車《くるま》の中《なか》でじっとしていると、奇妙《きみょう》な服《ふく》を着《き》た人《ひと》たちがうろうろしているのが、いやでも目《め》についた。マントを着《き》ている。

——おかしな服《ふく》を着《き》た連中《れんちゅう》にはがまんがならん——近《ちか》ごろの若《わか》いやつらの格好《かっこう》ときたら！　マントも最近《さいきん》のばかげた流行《りゅうこう》なんだろう。

ハンドルを指《ゆび》でいらいらとたたいていると、ふと、すぐそばに立《た》っているおかしな連中《れんちゅう》が目《め》に止《と》まった。何《なに》やら興奮《こうふん》してささやき合《あ》っている。けしからんことに、とうてい若《わか》いとはいえないやつが一組交《ひとくみま》じっている。

——あの男《おとこ》なんか自分《じぶん》より年《とし》をとっているのに、エメラルド色《いろ》のマントを着《き》ている。どういう神経《しんけい》だ！

まてよ。ダーズリー氏《し》は、はたと思《おも》いついた。

——くだらん芝居《しばい》をしているにちがいない——きっと、連中《れんちゅう》は寄付集《きふあつ》めをしているんだ……そうだ、それだ！

やっと車《くるま》が流《なが》れはじめた。数分後《すうふんご》、車《くるま》はグラニングズ社《しゃ》の駐車場《ちゅうしゃじょう》に着《つ》き、ダーズリー氏《し》の頭《あたま》は穴《あな》あけドリルに戻《もど》っていた。

ダーズリー氏《し》のオフィスは十階《かい》で、いつも窓《まど》に背《せ》を向《む》けて座《すわ》っていた。そうでなかったら、今朝《けさ》は穴《あな》あけドリルに集中《しゅうちゅう》できなかったかもしれない。真《ま》っ昼間《ぴるま》からふくろうが空《そら》を飛《と》び交《か》うのを、ダーズリー氏《し》は見《み》ないですんだが、道行《みちゆ》く多《おお》くの人《ひと》はそれを目撃《もくげき》した。ふくろうが次《つぎ》から次《つぎ》へと飛《と》んで行《い》くのを指《ゆび》さしては、いったいあれは何《なん》だと口《くち》をあんぐりあけて見《み》つめていたのだ。ふくろうなんて、たいがいの人《ひと》は夜《よる》にだって見《み》たことがない。一方《いっぽう》ダーズリー氏《し》は、昼《ひる》までしごくまともに、ふくろうとは無縁《むえん》で過《す》ごした。五人《にん》の社員《しゃいん》をどなりつけ、何本《なんぼん》か重要《じゅうよう》な電話《でんわ》をかけ、また少《すこ》しガミガミどなった。おかげで昼《ひる》までは上機嫌《じょうきげん》だった。それから、少《すこ》し手足《てあし》を伸《の》ばそうかと、道路《どうろ》のむかい側《がわ》にあるパン屋《や》まで歩《ある》いて買《か》い物《もの》に行《い》くことにした。

マントを着《き》た連中《れんちゅう》のことはすっかり忘《わす》れていたのに、パン屋《や》の手前《てまえ》でまたマント集団《しゅうだん》に出会《であ》ってしまった。そばを通《とお》り過《す》ぎるとき、ダーズリー氏《し》は、けしからんとばかりににらみつけた。しかし、なぜかこの連中《れんちゅう》は、ダーズリー氏《し》を不安《ふあん》な気持《きも》ちにさせた。このマント集団《しゅうだん》も、何《なに》やら興奮《こうふん》してささやき合《あ》っていた。しかも、寄付集《きふあつ》めの空缶《あきかん》が一つも見当《みあ》たらない。パン屋《や》からの帰《かえ》り道《みち》、大《おお》きなドーナツを入《い》れた紙袋《かみぶくろ》を握《にぎ》り、また連中《れんちゅう》のそばを通《とお》り過《す》ぎようとしたそのとき、こんな言葉《ことば》が耳《みみ》に飛《と》び込《こ》んできた。

「ポッターさんたちが、そう、わたしゃそう聞《き》きました……」

「……そうそう、息子《むすこ》のハリーがね……」

ダーズリー氏《し》はハッと立《た》ち止《ど》まった。恐怖《きょうふ》が湧《わ》き上《あ》がってきた。いったんはヒソヒソ声《ごえ》のするほうを振《ふ》り返《かえ》って、何《なに》か言《い》おうかと思《おも》ったが、まてよ、と考《かんが》えなおした。

ダーズリー氏《し》は猛《もう》スピードで道《みち》を横切《よこぎ》り、オフィスにかけ戻《もど》るや否《いな》や、秘書《ひしょ》に「誰《だれ》も取《と》り継《つ》ぐな」と命令《めいれい》し、ドアをピシャッと閉《し》めて電話《でんわ》をひっつかみ、家《いえ》の番号《ばんごう》を回《まわ》しはじめた。しかし、ダイヤルし終《お》わらないうちに気《き》が変《か》わった。受話器《じゅわき》を置《お》き、口《くち》ひげをなでながら、ダーズリー氏《し》は考《かんが》えた。

――まさか。自分《じぶん》はなんて愚《おろ》かなんだ。ポッターなんて珍《めずら》しい名前《なまえ》じゃない。ハリーという名《な》の男《おとこ》の子《こ》がいるポッター家《け》なんて、山《やま》ほどあるにちがいない。考《かんが》えてみりゃ、甥《おい》の名前《なまえ》がハリーだったかどうかさえたしかじゃない。一度《いちど》も会《あ》ったこともないし、ハービーという名《な》だったかもしれない。いやハロルドかも。こんなことで妻《つま》に心配《しんぱい》をかけてもしょうがない。妹《いもうと》の話《はなし》がちらっとでも出《で》ると、あれはいつも取《と》り乱《みだ》す。無理《むり》もない。もし自分《じぶん》の妹《いもうと》があんなふうだったら……それにしても、いったいあのマントを着《き》た連中《れんちゅう》は……。

昼《ひる》からは、どうも穴《あな》あけドリルに集中《しゅうちゅう》できなかった。五時《じ》に会社《かいしゃ》を出《で》たときも、何《なに》かが気《き》になり、外《そと》に出《で》たとたん誰《だれ》かと正面衝突《しょうめんしょうとつ》してしまった。

「すみません」

ダーズリー氏《し》はうめき声《ごえ》を出《だ》した。相手《あいて》は小《ちい》さな老人《ろうじん》で、よろけて転《ころ》びそうになっていた。数《すう》秒後《びょうご》、ダーズリー氏《し》は老人《ろうじん》がスミレ色《いろ》のマントを着《き》ているのに気《き》づいた。地面《じめん》にばったりとはいつくばりそうになったのに、まったく気《き》にしていない様子《ようす》だ。それどころか、顔《かお》が上下《じょうげ》に割《わ》れるかと思《おも》うほど大《おお》きくニッコリして、道行《みちゆ》く人《ひと》が振《ふ》り返《かえ》るほどのキーキー声《ごえ》でこう言《い》った。

「旦那《だんな》、すみませんなんてとんでもない。今日《きょう》は何《なに》があったって気《き》にしませんよ。ばんざい！『例《れい》のあの人《ひと》』がとうとういなくなったんですよ！　あなたのようなマグル・・・も、こんな幸《しあわ》せなめでたい日《ひ》はお祝《いわ》いすべきです」

小《ちい》さな老人《ろうじん》はダーズリー氏《し》のおへそのあたりをいきなりギュッと抱《だ》きしめると、立《た》ち去《さ》って行《い》った。ダーズリー氏《し》はその場《ば》に根《ね》が生《は》えたように突《つ》っ立《た》っていた。まったく見《み》ず知《し》らずの人《ひと》に抱《だ》きつかれた。マグルとか何《なん》とか呼《よ》ばれたような気《き》もする。くらくらしてきた。急《いそ》いで車《くるま》に乗《の》り込《こ》むと、ダーズリー氏《し》は家《いえ》に向《む》かって走《はし》りだした。どうか自分《じぶん》の幻想《げんそう》でありますように……幻想《げんそう》などけっして認《みと》めないダーズリー氏《し》にしてみれば、こんな願《ねが》いを持《も》つのは生《う》まれて初《はじ》めてだった。

やっとの思《おも》いで四番地《ばんち》に戻《もど》ると、真《ま》っ先《さき》に目《め》に入《はい》ったのは——ああ、何《なん》たることだ——今朝見《けさみ》かけた、あの、トラ猫《ねこ》だった。今度《こんど》は庭《にわ》の石垣《いしがき》の上《うえ》に座《すわ》り込《こ》んでいる。まちがいなくあの猫《ねこ》だ。目《め》のまわりの模様《もよう》がおんなじだ。

「シッシッ！」

ダーズリー氏《し》は大声《おおごえ》を出《だ》した。

猫《ねこ》は動《うご》かない。じろりとダーズリー氏《し》を見《み》ただけだ。まともな猫《ねこ》がこんな態度《たいど》をとるものだろうか、と彼《かれ》は首《くび》をかしげた。それから気《き》をしゃんと取《と》りなおし、家《いえ》に入《はい》っていった。妻《つま》には何《なに》も言《い》うまいという決心《けっしん》は変《か》わっていなかった。奥《おく》さんは、すばらしくまともな一日《いちにち》を過《す》ごしていた。夕食《ゆうしょく》を食《た》べながら、隣《となり》のミセス何《なん》とかが娘《むすめ》のことでさんざん困《こま》っているとか、ダドリー坊《ぼう》やが「イヤッ！」という新《あたら》しい言葉《ことば》を覚《おぼ》えたとかを夫《おっと》に話《はな》して聞《き》かせた。ダーズリー氏《し》はなるべくふだんどおりに振《ふ》る舞《ま》おうとした。ダドリー坊《ぼう》やが寝《ね》たあと、居間《いま》に移《うつ》ったところで、ちょうどテレビの最後《さいご》のニュースが始《はじ》まった。

「さて最後《さいご》のニュースです。全国《ぜんこく》のバードウォッチャーによれば、今日《きょう》はイギリス中《じゅう》のふくろうがおかしな行動《こうどう》を見《み》せたとのことです。通常《つうじょう》、ふくろうは夜《よる》に狩《かり》をするので、昼間《ひるま》に姿《すがた》を見《み》かけることはめったにありませんが、今日《きょう》は夜明《よあ》けとともに、何百《なんびゃく》というふくろうが四方八方《しほうはっぽう》に飛《と》び交《か》う光景《こうけい》が見《み》られました。なぜふくろうの行動《こうどう》が急《きゅう》に夜昼逆《よるひるぎゃく》になったのか、専門家《せんもんか》たちは首《くび》をかしげています」

そこでアナウンサーはニヤリと苦笑《にがわら》いした。

「ミステリーですね。ではお天気《てんき》です。ジム・マックガフィンさんどうぞ。ジム、今夜《こんや》もふくろうが降《ふ》ってきますか？」

「テッド、そのあたりはわかりませんが、今日《きょう》おかしな行動《こうどう》をとったのはふくろうばかりではありませんよ。視聴者《しちょうしゃ》のみなさんが、遠《とお》くはケント、ヨークシャー、ダンディー州《しゅう》からお電話《でんわ》をくださいました。昨日《さくじつ》、私《わたし》は雨《あめ》の予報《よほう》を出《だ》したのに、かわりに流《なが》れ星《ぼし》がどしゃ降《ぶ》りだったそうです。たぶん早々《はやばや》と『ガイ・フォークスの焚《た》き火祭《びまつ》り』でもやったんじゃないでしょうか。みなさん、祭《まつ》りの花火《はなび》は来週《らいしゅう》ですよ！　いずれにせよ、今夜《こんや》はまちがいなく雨《あめ》でしょう」

安楽椅子《あんらくいす》の中《なか》でダーズリー氏《し》は体《からだ》が凍《こお》りついたような気《き》がした。イギリス中《じゅう》で流《なが》れ星《ぼし》だって？　真《ま》っ昼間《ぴるま》からふくろうが飛《と》んだ？　マントを着《き》た奇妙《きみょう》な連中《れんちゅう》がそこいら中《じゅう》にいた？　それに、あのヒソヒソ話《ばなし》。ポッター一家《いっか》がどうしたとか……。

奥《おく》さんが紅茶《こうちゃ》を二つ持《も》って居間《いま》に入《はい》ってきた。まずい。妻《つま》に何《なに》か言《い》わなければなるまい。ダーズリー氏《し》は落《お》ち着《つ》かない咳払《せきばら》いをした。

「あー、ペチュニアや。ところで最近《さいきん》、おまえの妹《いもうと》から便《たよ》りはなかったろうね」

案《あん》の定《じょう》、奥《おく》さんはびくっとして怒《おこ》った顔《かお》をした。二人《ふたり》ともふだん、奥《おく》さんに妹《いもうと》はいないということにしているのだから当然《とうぜん》だ。

「ありませんよ。どうして？」

とげとげしい返事《へんじ》だ。

「おかしなニュースを見《み》たんでね」

ダーズリー氏《し》はもごもご言《い》った。

「ふくろうとか……流《なが》れ星《ぼし》だとか……それに、今日《きょう》、街《まち》に変《へん》な格好《かっこう》をした連中《れんちゅう》がたくさんいたんでな」

「それで？」

「いや、ちょっと思《おも》っただけだがね……もしかしたら……何《なに》か関《かか》わりがあるかと……その、なんだ……あれの仲間《なかま》と」

奥《おく》さんは口《くち》をすぼめて紅茶《こうちゃ》をすすった。ダーズリー氏《し》は「ポッター」という名前《なまえ》を耳《みみ》にした、と思《おも》いきって打《う》ち明《あ》けるべきかどうか迷《まよ》ったが、やはりやめることにした。そのかわり、できるだけさりげなく聞《き》いた。

「あそこの息子《むすこ》だが……たしかうちのダドリーと同《おな》じくらいの年《とし》じゃなかったかね？」

「そうかも」

「何《なん》という名前《なまえ》だったか……。たしかハワードだったね」

「ハリーよ。私《わたし》に言《い》わせりゃ、下品《げひん》でありふれた名前《なまえ》ですよ」

「ああ、そうだった。おまえの言《い》うとおりだよ」

ダーズリー氏《し》はすっかり落《お》ち込《こ》んでしまった。二人《ふたり》で二階《かい》の寝室《しんしつ》に上《あ》がっていくときも、彼《かれ》はまったくこの話題《わだい》には触《ふ》れなかった。

奥《おく》さんがトイレに行《い》ったすきに、こっそり寝室《しんしつ》の窓《まど》に近寄《ちかよ》り、家《いえ》の前《まえ》をのぞいてみた。あの猫《ねこ》はまだそこにいた。何《なに》かを待《ま》っているように、プリベット通《どお》りの奥《おく》のほうをじっと見《み》つめている。

——これも自分《じぶん》の幻想《げんそう》なのか？　これまでのことは何《なに》もかもポッター一家《いっか》と関《かか》わりがあるのだろうか？　もしそうなら……もし自分《じぶん》たちがあんな夫婦《ふうふ》と関係《かんけい》があるなんてことが明《あか》るみに出《で》たら……ああ、そんなことには耐《た》えられない。

ベッドに入《はい》ると、奥《おく》さんはすぐに寝入《ねい》ってしまったが、ダーズリー氏《し》はあれこれ考《かんが》えて寝《ね》つけなかった。

——しかし、万々《まんまん》が一《いち》ポッターたちが関《かか》わっていたにせよ、あの連中《れんちゅう》が自分《じぶん》たちの近《ちか》くにやってくるはずがない。あの二人《ふたり》やあの連中《れんちゅう》のことをわしらがどう思《おも》っているか、ポッター夫妻《ふさい》は知《し》っているはずだ……何《なに》が起《お》こっているかは知《し》らんが、わしやペチュニアが関《かか》わり合《あ》いになることなどありえない——そう思《おも》うと少《すこ》しホッとして、ダーズリー氏《し》はあくびをして寝返《ねがえ》りを打《う》った。

——わしらにかぎって、絶対《ぜったい》に関《かか》わり合《あ》うことはない……。

——なんという大《おお》まちがい——

ダーズリー氏《し》がとろとろと浅《あさ》い眠《ねむ》りに落《お》ちたころ、塀《へい》の上《うえ》の猫《ねこ》は眠《ねむ》る気配《けはい》さえ見《み》せていなかった。銅像《どうぞう》のようにじっと座《すわ》ったまま、瞬《まばた》きもせずプリベット通《どお》りの奥《おく》の曲《ま》がり角《かど》を見《み》つめていた。隣《となり》の道路《どうろ》で車《くるま》のドアをバタンと閉《し》める音《おと》がしても、二羽《にわ》のふくろうが頭上《ずじょう》を飛《と》び交《か》っても、毛一本動《けいっぽんうご》かさない。真夜中近《まよなかちか》くになって、初《はじ》めて猫《ねこ》は動《うご》いた。

猫《ねこ》が見《み》つめていたあたりの曲《ま》がり角《かど》に、一人《ひとり》の男《おとこ》が現《あらわ》れた。あんまり突然《とつぜん》、あんまりスーッと現《あらわ》れたので、地面《じめん》から湧《わ》いて出《で》たかと思《おも》えるぐらいだった。猫《ねこ》はしっぽをピクッとさせて、目《め》を細《ほそ》めた。

プリベット通《どお》りで、こんな人《ひと》は絶対見《ぜったいみ》かけるはずがない。ひょろりと背《せ》が高《たか》く、髪《かみ》やひげの白《しろ》さから見《み》て相当《そうとう》の年寄《としよ》りだ。髪《かみ》もひげもあまりに長《なが》いので、ベルトにはさみ込《こ》んでいる。ゆったりと長《なが》いローブの上《うえ》に、地面《じめん》を引《ひ》きずるほどの長《なが》い紫《むらさき》のマントをはおり、かかとの高《たか》い、留《と》め金《がね》飾《かざ》りのついたブーツをはいている。明《あか》るいブルーの眼《め》が、半月形《はんげつがた》のめがねの奥《おく》でキラキラ輝《かがや》き、高《たか》い鼻《はな》が途中《とちゅう》で少《すく》なくとも二回《かい》は折《お》れたように曲《ま》がっている。この人《ひと》の名《な》はアルバス・ダンブルドア。

名前《なまえ》も、ブーツも、何《なに》から何《なに》までプリベット通《どお》りらしくない。しかし、ダンブルドアはまったく気《き》にしていないようだった。マントの中《なか》をガサゴソとせわしげに何《なに》か探《さが》していたが、誰《だれ》かの視《し》線《せん》に気《き》づいたらしく、ふっと顔《かお》を上《あ》げ、通《とお》りのむこうからこちらの様子《ようす》をじっとうかがっている猫《ねこ》を見《み》つけた。そこに猫《ねこ》がいるのがなぜかおもしろいらしく、クスクスと笑《わら》うと、「やっぱりそうか」とつぶやいた。

探《さが》していたものが内《うち》ポケットから出《で》てきた。銀《ぎん》のライターのようだ。ふたをパチンと開《あ》け、高《たか》くかざして、カチッと鳴《な》らした。

一番近《いちばんちか》くの街灯《がいとう》が、ポッと小《ちい》さな音《おと》を立《た》てて消《き》えた。

もう一度《いちど》カチッといわせた。

次《つぎ》の街灯《がいとう》がゆらめいて闇《やみ》の中《なか》に消《き》えていった。「灯消《ひけ》しライター」を十二回《かい》カチカチ鳴《な》らすと、十二個《こ》の街灯《がいとう》は次々《つぎつぎ》と消《き》え、残《のこ》る灯《あか》りは、遠《とお》くの、針《はり》の先《さき》でつついたような二つの点《てん》だけになった。猫《ねこ》の目《め》だ。まだこっちを見《み》つめている。いま誰《だれ》かが窓《まど》の外《そと》をのぞいても、好奇心《こうきしん》で目《め》を光《ひか》らせたダーズリー夫人《ふじん》でさえ、何《なに》が起《お》こっているのか、この暗闇《くらやみ》ではまったく見《み》えなかっただろう。ダンブルドアは「灯消《ひけ》しライター」をマントの中《なか》にスルリとしまい、四番地《ばんち》のほうへと歩《ある》いた。そして塀《へい》の上《うえ》の猫《ねこ》の隣《となり》に腰《こし》かけた。一息《ひといき》おくと、顔《かお》は向《む》けずに、猫《ねこ》に向《む》かって話《はな》しかけた。

「マクゴナガル先生《せんせい》、こんなところで奇遇《きぐう》じゃのう」

トラ猫《ねこ》のほうに顔《かお》を向《む》け、ほほえみかけると、猫《ねこ》はすでに消《き》えていた。かわりに、厳格《げんかく》そうな女《おんな》の人《ひと》が、あの猫《ねこ》の目《め》の周《まわ》りにあったしま模様《もよう》とそっくりの四角《しかく》いめがねをかけて座《すわ》っていた。やはりマントを、しかもエメラルド色《いろ》のを着《き》ている。黒《くろ》い髪《かみ》をひっつめて、小《ちい》さな髷《まげ》にしている。

「どうして私《わたくし》だとおわかりになりましたの？」

女《おんな》の人《ひと》は見破《みやぶ》られて動揺《どうよう》していた。

「まあまあ、先生《せんせい》。あんなにコチコチな座《すわ》り方《かた》をする猫《ねこ》なんていやしませんぞ」

「一日中《いちにちじゅう》れんが塀《べい》の上《うえ》に座《すわ》っていればコチコチにもなります」

「一日中《いちにちじゅう》？　お祝《いわ》いしておればよかったじゃろうに。ここに来《く》る途中《とちゅう》、お祭《まつ》りやらパーティやら、ずいぶんたくさん見《み》ましたぞ」

マクゴナガル先生《せんせい》は怒《おこ》ったようにフンと鼻《はな》を鳴《な》らした。

「ええ、たしかにみんな浮《う》かれていますね」

マクゴナガル先生《せんせい》はいらいらした口調《くちょう》だ。

「みんなもう少《すこ》し慎重《しんちょう》になるべきだとはお思《おも》いになりませんか？　まったく……マグルたちでさえ、何《なに》かあったと感《かん》づきましたよ。何《なに》しろニュースになりましたから」

マクゴナガル先生《せんせい》は灯《あか》りの消《き》えたダーズリー家《け》の窓《まど》をあごでしゃくった。

「この耳《みみ》で聞《き》きましたよ。ふくろうの大群《たいぐん》……流星群《りゅうせいぐん》……そうなると、マグルの連中《れんちゅう》もまったくのおばかさんじゃありませんからね。何《なに》か感《かん》づかないはずはありません。ケント州《しゅう》の流星群《りゅうせいぐん》だなんて——ディーダラス・ディグルのしわざですわ。あの人《ひと》はいつだって軽《かる》はずみなんだから」

「みんなを責《せ》めるわけにはいかんじゃろう」

ダンブルドアはやさしく言《い》った。

「この十一年間《ねんかん》、お祝《いわ》いごとなぞほとんどなかったのじゃから」

「それはわかっています」

マクゴナガル先生《せんせい》は腹立《はらだ》たしげに言《い》った。

「だからといって、分別《ふんべつ》を失《うしな》ってよいわけはありません。みんな、なんて不注意《ふちゅうい》なんでしょう。

真《ま》っ昼間《ぴるま》から街《まち》に出《で》るなんて。しかもマグルの服《ふく》に着替《きが》えもせずに、あんな格好《かっこう》のままでうわさ話《ばなし》をし合《あ》うなんて」

　ダンブルドアが何《なに》か言《い》ってくれるのを期待《きたい》しているかのように、マクゴナガル先生《せんせい》はちらりと横目《よこめ》でダンブルドアを見《み》たが、何《なに》も反応《はんのう》がないので、話《はなし》を続《つづ》けた。

「よりによって、『**例《れい》のあの人《ひと》**』がついに消《き》え失《う》せたちょうどその日《ひ》に、今度《こんど》はマグルが私《わたし》たちに気《き》づいてしまったらとんでもないことですわ。ダンブルドア先生《せんせい》、『あの人《ひと》』は本当《ほんとう》に**消《き》えてしまったのでしょうね？**」

「**なんですって？**」

「たしかにそうらしいのう。我々《われわれ》は大《おお》いに感謝《かんしゃ》しなければ。レモンキャンディはいかがかな？」

「レモンキャンディじゃよ。マグルの食《た》べる甘《あま》いものじゃが、わしゃ、これが好《す》きでな」

「けっこうです」

　レモンキャンディなど食《た》べている場合《ばあい》ではないとばかりに、マクゴナガル先生《せんせい》は冷《ひ》ややかに答《こた》えた。

「今申《いまもう》し上《あ》げましたように、たとえ『例《れい》のあの人《ひと》』が消《き》えたにせよ……」

「まあまあ、先生《せんせい》、あなたのように見識《けんしき》のおありになる方《かた》が、彼《かれ》を名指《なざ》しで呼《よ》べないわけはないでしょう？　『例《れい》のあの人《ひと》』なんてまったくもってナンセンス。この十一年間《ねんかん》、ちゃんと名前《なまえ》で呼《よ》ぶようみんなを説得《せっとく》し続《つづ》けてきたのじゃが。『ヴォルデモート』とね」

マクゴナガル先生《せんせい》はぎくりとしたが、ダンブルドアはくっついたレモンキャンディをはがすのに夢中《むちゅう》で気《き》づかないようだった。

「『例《れい》のあの人《ひと》』なんて呼《よ》び続《つづ》けたら、混乱《こんらん》するばかりじゃよ。ヴォルデモートの名前《なまえ》を言《い》うのが恐《おそ》ろしいなんて、理由《りゆう》がないじゃろうが」

「そりゃ、先生《せんせい》にとってはないかもしれませんが」

マクゴナガル先生《せんせい》は驚《おどろ》きと尊敬《そんけい》の入《い》りまじった言《い》い方《かた》をした。

「だって、先生《せんせい》はみんなとはちがいます。『例《れい》のあ』……いいでしょう、**ヴォルデモート**が恐《おそ》れていたのはあなた一人《ひとり》だけだったということは、みんな知《し》っていますよ」

「おだてないでおくれ」

ダンブルドアは静《しず》かに言《い》った。

「ヴォルデモートには、わしにはけっして持《も》つことができない力《ちから》があった」

「それは、あなたがあまりに――そう……気高《けだか》くて、そういう力《ちから》を使《つか》おうとなさらなかったからですわ」

「あたりが暗《くら》くて幸《さいわ》いじゃよ。こんなに赤《あか》くなったのはマダム・ポンフリーがわしの新《あたら》しい耳《みみ》あてをほめてくれたとき以来《いらい》じゃ」

マクゴナガル先生《せんせい》は鋭《するど》いまなざしでダンブルドアを見《み》た。

「ふくろうが飛《と》ぶのは、うわさが飛《と》ぶのに比《くら》べたらなんでもありませんよ。みんながどんなうわさをしているか、ごぞんじですか？　なぜ彼《かれ》が消《き》えたのだろうとか、何《なに》が彼《かれ》にとどめを刺《さ》したのだろうかとか」

マクゴナガル先生《せんせい》はいよいよ核心《かくしん》に触《ふ》れたようだ。一日中《いちにちじゅう》冷《つめ》たい、固《かた》い塀《へい》の上《うえ》で待《ま》っていた本当《ほんとう》のわけはこれだ。猫《ねこ》に変身《へんしん》していたときも、自分《じぶん》の姿《すがた》に戻《もど》ったときにも見《み》せたことがない、射《い》るようなまなざしで、ダンブルドアを見《み》すえている。ほかの人《ひと》が何《なん》と言《い》おうが、ダンブルドアの口《くち》から聞《き》かないかぎり、絶対信《ぜったいしん》じないという目《め》つきだ。ダンブルドアは何《なに》も答《こた》えず、レモンキャンディをもう一個《こ》取《と》り出《だ》そうとしていた。

「みんなが何《なん》とうわさしているかですが……」

マクゴナガル先生《せんせい》はもう一押《ひとお》ししてきた。

「昨夜《さくや》、ヴォルデモートがゴドリックの谷《たに》に現《あらわ》れた。ポッター一家《いっか》がねらいだった。うわさではリリーとジェームズが……ポッター夫妻《ふさい》が……あの二人《ふたり》が……死《し》んだ……とか」

ダンブルドアはうなだれた。マクゴナガル先生《せんせい》は息《いき》をのんだ。

「リリーとジェームズが……信《しん》じられない……信《しん》じたくなかった……ああ、アルバス……」

ダンブルドアは手《て》を伸《の》ばしてマクゴナガル先生《せんせい》の肩《かた》をそっとたたいた。

「わかる……よーくわかるよ……」

沈痛《ちんつう》な声《こえ》だった。

マクゴナガル先生《せんせい》は声《こえ》を震《ふる》わせながら話《はな》し続《つづ》けた。

「それだけじゃありませんわ。うわさでは、一人息子《ひとりむすこ》のハリーを殺《ころ》そうとしたとか。でも――失《しっ》敗《ぱい》した。その小《ちい》さな男《おとこ》の子《こ》を殺《ころ》すことはできなかった。なぜなのか、どうなったのかはわからないが、ハリー・ポッターを殺《ころ》しそこねたとき、ヴォルデモートの力《ちから》が打《う》ち砕《くだ》かれた――だから彼《かれ》は消《き》えたのだと、そういううわさです」

ダンブルドアはむっつりとうなずいた。

「それじゃ……やはり本当《ほんとう》なんですか？」

マクゴナガル先生《せんせい》は口《くち》ごもった。

「あれほどのことをやっておきながら……あんなにたくさん人《ひと》を殺《ころ》したのに……小《ちい》さな子供《こども》を殺《ころ》しそこねたって言《い》うんですか？　驚異《きょうい》ですわ……よりによって、彼《かれ》にとどめを刺《さ》したのは子供《こども》……それにしても、一体全体《いったいぜんたい》ハリーはどうやって生《い》き延《の》びたんでしょう？」

「想像《そうぞう》するしかないじゃろう。本当《ほんとう》のことはわからずじまいかもしれん」

マクゴナガル先生《せんせい》はレースのハンカチを取《と》り出《だ》し、めがねの下《した》から眼《め》に押《お》し当《あ》てた。ダンブルドアは大《おお》きく鼻《はな》をすすると、ポケットから金時計《きんどけい》を取《と》り出《だ》して時間《じかん》を見《み》た。とてもおかしな時計《とけい》だ。針《はり》は十二本《ほん》もあるのに、数字《すうじ》が書《か》いていない。そのかわり、小《ちい》さな惑星《わくせい》がいくつも時計《とけい》の縁《へり》を回《まわ》っていた。ダンブルドアにはこれでわかるらしい。時計《とけい》をポケットにしまうと、こう言《い》った。

「ハグリッドは遅《おそ》いのう。ところで、あの男《おとこ》じゃろう？　わしがここに来《く》ると教《おし》えたのは」

「そうです。一体全体《いったいぜんたい》なぜこんなところにおいでになったのか、たぶん話《はな》してはくださらないのでしょうね？」

「ハリー・ポッターを、おばさん夫婦《ふうふ》のところへ連《つ》れてくるためじゃよ。親《しん》せきはそれしかいないのでな」

「まさか――まちがっても、ここに住《す》んでいる連中《れんちゅう》のことじゃないでしょうね」

マクゴナガル先生《せんせい》ははじかれたように立《た》ち上《あ》がり、四番地《ばんち》を指《ゆび》さしながら叫《さけ》んだ。

「ダンブルドア、だめですよ。今日一日《きょういちにち》ここの住人《じゅうにん》を見《み》ていましたが、ここの夫婦《ふうふ》ほど私《わたくし》たちとかけはなれた連中《れんちゅう》はまたといませんよ。それにここの息子《むすこ》ときたら――母親《ははおや》がこの通《とお》りを歩《ある》いているとき、お菓子《かし》が欲《ほ》しいと泣《な》きわめきながら母親《ははおや》をけり続《つづ》けていましたよ。ハリー・ポッターがここに住《す》むなんて！」

「ここがあの子《こ》にとって一番《いちばん》いいのじゃ」

ダンブルドアはきっぱりと言《い》った。

「おじさんとおばさんが、あの子《こ》が大《おお》きくなったらすべてを話《はな》してくれるじゃろう。わしが手紙《てがみ》を書《か》いておいたから」

「手紙《てがみ》ですって？」

マクゴナガル先生《せんせい》は力《ちから》なくそうくり返《かえ》すと、また塀《へい》に座《すわ》りなおした。

「ねえ、ダンブルドア。手紙《てがみ》でいっさいを説明《せつめい》できるとお考《かんが》えですか？　連中《れんちゅう》は絶対《ぜったい》あの子《こ》のことを理解《りかい》しやしません！　あの子《こ》は有名人《ゆうめいじん》です——伝説《でんせつ》の人《ひと》です——今日《きょう》のこの日《ひ》が、いつかハリー・ポッター記念日《きねんび》になるかもしれない——ハリーに関《かん》する本《ほん》が書《か》かれるでしょう——私《わたくし》たちの世界《せかい》でハリーの名《な》を知《し》らない子供《こども》は一人《ひとり》もいなくなるでしょう！」

「そのとおり」

ダンブルドアは半月《はんげつ》めがねの上《うえ》から真面目《まじめ》な目《め》つきをのぞかせた。

「そうなればどんな少年《しょうねん》でも舞《ま》い上《あ》がってしまうじゃろう。歩《ある》いたりしゃべったりする前《まえ》から有《ゆう》名《めい》だなんて！　自分《じぶん》が覚《おぼ》えてもいないことのために有名《ゆうめい》だなんて！　あの子《こ》に受《う》け入《い》れる準備《じゅんび》ができるまで、そうしたことからいっさい離《はな》れて育《そだ》つほうがずっといいということがわからんかね？」

マクゴナガル先生《せんせい》は口《くち》を開《ひら》きかけたが、思《おも》いなおして、のどまで出《で》かかった言葉《ことば》をのみ込《こ》んだ。

「そう、そうですね。おっしゃるとおりですわ。でもダンブルドア、どうやってあの子《こ》をここに連《つ》れてくるんですか？」

ダンブルドアがハリーをマントの下《した》に隠《かく》しているとでも思《おも》ったのか、マクゴナガル先生《せんせい》はちらりとマントに目《め》をやった。

「ハグリッドが連《つ》れてくるよ」

「こんな大事《だいじ》なことをハグリッドに任《まか》せて——あの……賢明《けんめい》なことでしょうか？」

「わしは自分《じぶん》の命《いのち》でさえハグリッドに任《まか》せられるよ」

「なにもあれの心根《こころね》がまっすぐじゃないなんて申《もう》しませんが」

マクゴナガル先生《せんせい》はしぶしぶ認《みと》めた。

「でもごぞんじのように、うっかりしているでしょう。どうもあれときたら——おや、何《なに》かしら？」

低《ひく》いゴロゴロという音《おと》があたりの静《しず》けさを破《やぶ》った。二人《ふたり》が通《とお》りの端《はし》から端《はし》まで、車《くるま》のヘッドライトが見《み》えはしないかと探《さが》している間《あいだ》に、音《おと》は確実《かくじつ》に大《おお》きくなってきた。二人《ふたり》が同時《どうじ》に空《そら》を見上《みあ》げたときには、音《おと》は爆音《ばくおん》になっていた。——大《おお》きなオートバイが空《そら》からドーンと降《ふ》ってきて、二人《ふたり》の目《め》の前《まえ》に着陸《ちゃくりく》した。

巨大《きょだい》なオートバイだったが、それにまたがっている男《おとこ》に比《くら》べればちっぽけなものだ。男《おとこ》の背丈《せたけ》は普通《ふつう》の二倍《ばい》、横幅《よこはば》は五倍《ばい》はある。許《ゆる》しがたいほど大《おお》きすぎて、それになんて荒々《あらあら》しい——ぼうぼうとした黒《くろ》い髪《かみ》とひげが、長《なが》くもじゃもじゃと絡《から》まり、ほとんど顔中《かおじゅう》を覆《おお》っている。手《て》はごみバケツのふたほど大《おお》きく、革《かわ》ブーツをはいた足《あし》は赤《あか》ちゃんイルカぐらいある。筋肉隆々《きんにくりゅうりゅう》の巨大《きょだい》な腕《うで》に、何《なに》か毛布《もうふ》にくるまったものを抱《かか》えていた。

「ハグリッドや」

ダンブルドアはホッとしたような声《こえ》で呼《よ》びかけた。

「やっと来《き》たのう。いったいどこからオートバイを手《て》に入《い》れたのかね？」

「借《か》りたんでさ。ダンブルドア先生《せんせい》さま」

大男《おおおとこ》はそうっと注意深《ちゅういぶか》くバイクから降《お》りた。

「ブラック家《け》の息子《むすこ》のシリウスが借《か》してくれたんで。先生《せんせい》、この子《こ》を連《つ》れてきました」

「問題《もんだい》はなかったろうね？」

「はい、先生《せんせい》。家《いえ》はあらかた壊《こわ》されっちまってたですが、マグルたちが群《む》れ寄《よ》ってくる前《まえ》に、無《ぶ》事《じ》に連《つ》れ出《だ》しました。ブリストルの上空《じょうくう》を飛《と》んどったときに、この子《こ》は眠《ねむ》っちまいました」

ダンブルドアとマクゴナガル先生《せんせい》は、毛布《もうふ》の包《つつ》みの中《なか》をのぞき込《こ》んだ。かすかに、男《おとこ》の赤《あか》ん坊《ぼう》が見《み》えた。ぐっすり眠《ねむ》っている。漆黒《しっこく》のふさふさした前髪《まえがみ》、そして額《ひたい》には不思議《ふしぎ》な形《かたち》の傷《きず》が見《み》えた。稲妻《いなずま》のような形《かたち》だ。

「この傷《きず》があの……」マクゴナガル先生《せんせい》がささやいた。

「そうじゃ。一生残《いっしょうのこ》るじゃろう」

「ダンブルドア、なんとかしてやれないんですか？」

「たとえできたとしても、わしは何《なに》もせんよ。傷《きず》は結構役《けっこうやく》に立《た》つものじゃ。わしにも一つ左《ひだり》ひざの上《うえ》にあるがね、完全《かんぜん》なロンドンの地下鉄地図《ちかてっちず》になっておる……さてと、ハグリッドや、その子《こ》をこっちへ――早《はや》くすませたほうがよかろう」

ダンブルドアはハリーを腕《うで》に抱《だ》き、ダーズリー家《け》のほうに行《い》こうとした。

「あの……先生《せんせい》、お別《わか》れのキスをさせてもらえねえでしょうか？」

ハグリッドが頼《たの》んだ。

大《おお》きな毛《け》むくじゃらの顔《かお》をハリーに近《ちか》づけ、ハグリッドはチクチク痛《いた》そうなキスをした。そして突然《とつぜん》、傷《きず》ついた犬《いぬ》のような声《こえ》でワオーンと泣《な》きだした。

「シーッ！　マグルたちが目《め》を覚《さ》ましてしまいますよ」

マグゴナガル先生《せんせい》が注意《ちゅうい》した。

「す、す、すまねえ」

しゃくりあげながらハグリッドは大《おお》きな水玉模様《みずたまもよう》のハンカチを取《と》り出《だ》し、その中《なか》に顔《かお》を埋《うず》めた。

「と、とってもがまんできねえ……リリーとジェームズは死《し》んじまうし、かわいそうなちっちゃなハリーはマグルたちと暮《く》らさなきゃなんねえ……」

「そう、ほんとに悲《かな》しいことよ。でもハグリッド、自分《じぶん》を抑《おさ》えなさい。さもないとみんなに見《み》つかってしまいますよ」

マクゴナガル先生《せんせい》は小声《こごえ》でそう言《い》いながら、ハグリッドの腕《うで》をやさしくポンポンとたたいた。ダンブルドアは庭《にわ》の低《ひく》い生《い》け垣《がき》をまたいで、玄関《げんかん》へと歩《ある》いていった。そっとハリーを戸口《とぐち》に置《お》くと、マントから手紙《てがみ》を取《と》り出《だ》し、ハリーをくるんだ毛布《もうふ》にはさみ込《こ》み、二人《ふたり》のところに戻《もど》ってきた。三人《にん》は、まるまる一分間《ぷんかん》そこにたたずんで、小《ちい》さな毛布《もうふ》の包《つつ》みを見《み》つめていた。ハグリッドは肩《かた》を震《ふる》わせ、マクゴナガル先生《せんせい》は目《め》をしばたたかせ、ダンブルドアの目《め》からはいつものキラキラした輝《かがや》きが消《き》えていた。

「さてと……」

ダンブルドアがやっと口《くち》を開《ひら》いた。

「これですんだ。もうここにいる必要《ひつよう》はない。帰《かえ》ってお祝《いわ》いに参加《さんか》しようかの」

「へい」

ハグリッドの声《こえ》はくぐもっている。

「バイクは片《かた》づけておきますだ。マクゴナガル先生《せんせい》、ダンブルドア先生《せんせい》さま、おやすみなせえまし」

ハグリッドは流《なが》れ落《お》ちる涙《なみだ》を上着《うわぎ》のそででぬぐい、オートバイにさっとまたがり、エンジンをかけた。バイクはうなりを上《あ》げて空《そら》に舞《ま》い上《あ》がり、夜《よる》の闇《やみ》へと消《き》えていった。

「後《のち》ほどお会《あ》いしましょうぞ。マクゴナガル先生《せんせい》」

ダンブルドアはマクゴナガル先生《せんせい》のほうに向《む》かってうなずいた。マクゴナガル先生《せんせい》は答《こた》えるかわりに鼻《はな》をかんだ。

ダンブルドアはくるりと背《せ》を向《む》け、通《とお》りのむこうに向《む》かって歩《ある》きだした。曲《ま》がり角《かど》で立《た》ち止《ど》まり、また銀《ぎん》の「灯消《ひけ》しライター」を取《と》り出《だ》し、一回《かい》だけカチッといわせた。十二個《こ》の街灯《がいとう》がいっせいに灯《とも》り、プリベット通《どお》りは急《きゅう》にオレンジ色《いろ》に照《て》らしだされた。トラ猫《ねこ》が道《みち》のむこう側《がわ》の角《かど》をしなやかに曲《ま》がっていくのが見《み》える。そして四番地《ばんち》の戸口《とぐち》のところには毛布《もうふ》の包《つつ》みだけがぽつんと見《み》えた。

「幸運《こううん》を祈《いの》るよ、ハリー」

ダンブルドアはそうつぶやくと、靴《くつ》のかかとでくるくるっと回転《かいてん》し、ヒュッというマントの音《おと》とともに消《き》えた。


こぎれいに刈《か》り込《こ》まれたプリベット通《どお》りの生《い》け垣《がき》を、静《しず》かな風《かぜ》が波立《なみだ》たせた。墨《すみ》を流《なが》したような夜空《よぞら》の下《した》で、通《とお》りはどこまでも静《しず》かで整然《せいぜん》としていた。まか不思議《ふしぎ》な出来事《できごと》が、ここで起《お》こるとは誰《だれ》も思《おも》ってもみなかったことだろう。赤《あか》ん坊《ぼう》は眠《ねむ》ったまま、毛布《もうふ》の中《なか》で寝返《ねがえ》りを打《う》った。片方《かたほう》の小《ちい》さな手《て》が、脇《わき》に置《お》かれた手紙《てがみ》を握《にぎ》った。自分《じぶん》が特別《とくべつ》だなんて知《し》らずに、有名《ゆうめい》だなんて知《し》らずに、ハリー・ポッターは眠《ねむ》り続《つづ》けている。数時間《すうじかん》もすれば、ダーズリー夫人《ふじん》が戸《と》を開《あ》け、ミルクの空《あ》き瓶《びん》を外《そと》に出《だ》そうとしたとたん、悲鳴《ひめい》を上《あ》げるだろう。その声《こえ》でハリーは目《め》を覚《さ》ますだろう。それから数週間《すうしゅうかん》は、いとこのダドリーにこづかれ、つねられることになるだろうに……そんなことは何《なに》も知《し》らずに、赤《あか》ん坊《ぼう》は眠《ねむ》り続《つづ》けている……ハリーにはわかるはずもないが、こうして眠《ねむ》っているこの瞬間《しゅんかん》にも、国中《くにじゅう》の人《ひと》が、あちこちでこっそりと集《あつ》まり、杯《さかずき》を挙《あ》げ、ヒソヒソ声《ごえ》で、こう言《い》っているのだ。

「生《い》き残《のこ》った男《おとこ》の子《こ》、ハリー・ポッターにかんぱい！」

第《だい》2章《しょう》 消《き》えたガラス

ダーズリー夫妻《ふさい》が目《め》を覚《さ》まし、戸口《とぐち》の石段《いしだん》に赤《あか》ん坊《ぼう》がいるのを見《み》つけてから、十年近《ねんちか》くがたった。プリベット通《どお》りは少《すこ》しも変《か》わっていない。太陽《たいよう》が、昔《むかし》と同《おな》じこぎれいな庭《にわ》のむこうから昇《のぼ》り、ダーズリー家《け》の玄関《げんかん》の真鍮《しんちゅう》の「4」の数字《すうじ》を照《て》らした。その光《ひかり》が、はうように居間《いま》に射《さ》し込《こ》んでゆく。ダーズリー氏《し》があの運命的《うんめいてき》なふくろうのニュースを聞《き》いた夜《よる》から、居間《いま》はまったく変《か》わっていなかった。ただ暖炉《だんろ》の上《うえ》の写真《しゃしん》だけが、長《なが》い時間《じかん》のたったことを知《し》らせている。十年前《ねんまえ》は、ぽんぽん飾《かざ》りのついた色《いろ》とりどりの帽子《ぼうし》をかぶり、ピンクのビーチボールのような顔《かお》をした赤《あか》ん坊《ぼう》の写真《しゃしん》がたくさん並《なら》んでいた……ダドリー・ダーズリーはもう赤《あか》ん坊《ぼう》ではない。写真《しゃしん》には金髪《きんぱつ》の大《おお》きな男《おとこ》の子《こ》が写《うつ》っている。初《はじ》めて自転車《じてんしゃ》に乗《の》った姿《すがた》、お祭《まつ》りの回転木馬《かいてんもくば》の上《うえ》、パパと一緒《いっしょ》にコンピュータ・ゲーム、ママに抱《だ》きしめられてキスされる姿《すがた》。この部屋《へや》のどこにも、この家《いえ》にもう一人少年《ひとりしょうねん》が住《す》んでいる気配《けはい》はない。

しかし、ハリー・ポッターはそこにいた。今《いま》はまだ眠《ねむ》っているが、もう、そう長《なが》くは寝《ね》ていられないだろう。ペチュニアおばさんが目《め》を覚《さ》ました。おばさんのかん高《だか》い声《こえ》で、一日《いちにち》の騒音《そうおん》が始《はじ》まるのだ。

「さあ、起《お》きて！　早《はや》く！」

ハリーは驚《おどろ》いて目《め》を覚《さ》ました。おばさんが部屋《へや》の戸《と》をドンドンたたいている。

「起《お》きるんだよ！」と金切《かなき》り声《ごえ》がした。

おばさんがキッチンのほうに歩《ある》いていく音《おと》、それからフライパンをこんろにかける音《おと》がした。仰向《あおむ》けになったままで、ハリーは今《いま》まで見《み》ていた夢《ゆめ》を思《おも》い出《だ》そうとしていた。いい夢《ゆめ》だったのに……。空飛《そらと》ぶオートバイが出《で》てきたっけ。ハリーは前《まえ》にも同《おな》じ夢《ゆめ》を見《み》たような不思議《ふしぎ》な心地《ここち》がした。

「まだ起《お》きないのかい？」おばさんが戸《と》のむこうに戻《もど》ってきて、きつい声《こえ》を出《だ》した。

「もうすぐだよ」

「さあ、支度《したく》をおし。ベーコンの具合《ぐあい》を見《み》ておくれ。焦《こ》がしたら承知《しょうち》しないよ。今日《きょう》はダドリーちゃんのお誕生日《たんじょうび》なんだから、何《なに》もかも完璧《かんぺき》にしなくちゃ」

ハリーはうめいた。

「何《なに》か言《い》ったかい？」

おばさんが戸《と》の外《そと》からかみつくように言《い》った。

「何《なん》にも言《い》わないよ。何《なん》にも……」

ダドリーの誕生日《たんじょうび》――どうして忘《わす》れていたんだろう。ハリーはのろのろと起《お》き上《あ》がり、靴下《くつした》を探《さが》した。ベッドの下《した》で見《み》つけた靴下《くつした》の片方《かたほう》にはりついていたクモを引《ひ》きはがしてから、ハリーは靴下《くつした》をはいた。クモにはもう慣《な》れっこだ。何《なに》しろ階段下《かいだんした》の物置《ものおき》はクモだらけだったし、そこがハリーの部屋《へや》だったのだから。

服《ふく》を着《き》ると、ハリーは廊下《ろうか》に出《で》てキッチンに向《む》かった。食卓《しょくたく》はダドリーの誕生日《たんじょうび》のプレゼントの山《やま》に埋《う》もれてほとんど見《み》えなかった。欲《ほ》しがっていた新《あたら》しいコンピュータもあるようだし、二台目《だいめ》のテレビやレース用自転車《ようじてんしゃ》ももちろんあった。ダドリーがなぜレース用自転車《ようじてんしゃ》を欲《ほ》しがるのか、ハリーにとってはまったくの謎《なぞ》だった。太《ふと》って運動嫌《うんどうぎら》いなのに――誰《だれ》かにパンチを食《く》らわせる運動《うんどう》だけは別《べつ》だけど……。ダドリーはハリーをお気《き》に入《い》りのサンドバッグにしていたが、よく空振《からぶ》りした。一見《いっけん》そうは見《み》えなくても、ハリーはとてもすばしっこかったのだ。

暗《くら》い物置《ものおき》に住《す》んでいるせいか、ハリーは年《とし》の割《わり》には小柄《こがら》でやせていた。その上《うえ》、着《き》るものはハリーの四倍《ばい》も大《おお》きいダドリーのお古《ふる》ばかりだったので、ますますやせて小《ちい》さく見《み》えた。

ハリーは、ひざこぞうが目立《めだ》つような細《ほそ》い脚《あし》で、細面《ほそおもて》の顔《かお》に真《ま》っ黒《くろ》な髪《かみ》、輝《かがや》く緑色《みどりいろ》の目《め》をしていた。丸《まる》いめがねをかけていたが、ダドリーの顔面《がんめん》パンチがしょっちゅう飛《と》んでくるので、セロハンテープであちこちはりつけてあった。自分《じぶん》の顔《かお》でたった一つ気《き》に入《い》っていたのは、額《ひたい》にうっすらと見《み》える稲妻形《いなずまがた》の傷《きず》だ。物心《ものごころ》ついたときから傷《きず》があった。ハリーの記憶《きおく》では、ペチュニアおばさんに真《ま》っ先《さき》に聞《き》いた質問《しつもん》は「どうして傷《きず》があるの」だった。

「おまえの両親《りょうしん》が自動車事故《じどうしゃじこ》で死《し》んだときの傷《きず》だよ。質問《しつもん》は許《ゆる》さないよ」

これがおばさんの答《こた》えだった。**質問《しつもん》は許《ゆる》さない**――ダーズリー家《け》で平穏無事《へいおんぶじ》に暮《く》らすための第《だい》一《いち》の規則《きそく》だった。

ハリーがベーコンを裏返《うらがえ》していると、バーノンおじさんがキッチンに入《はい》ってきた。

「髪《かみ》をとかせ！」

朝《あさ》の挨拶《あいさつ》がわりにおじさんは一喝《いっかつ》した。

だいたい週《しゅう》に一度《ど》、おじさんは新聞越《しんぶんご》しにハリーを上目《うわめ》づかいに見《み》ながら、髪《かみ》を短《みじか》く切《き》れと大《おお》声《ごえ》を出《だ》すのだった。同級生《どうきゅうせい》の男《おとこ》の子《こ》を全部束《ぜんぶたば》にしてもかなわないほど、ひんぱんにハリーは散《さん》髪《ぱつ》させられたが、まったくむだだった。切《き》っても切《き》ってもすぐ元《もと》どおりに伸《の》びるのだ。しかもありとあらゆる方向《ほうこう》に。

ハリーが卵《たまご》を焼《や》いていると、ダドリーが母親《ははおや》に連《つ》れられてキッチンに入《はい》ってきた。父親《ちちおや》そっくりだ。大《おお》きなピンクの顔《かお》で、首《くび》はほとんどなく、薄《うす》い水色《みずいろ》の小《ちい》さな目《め》をして、たっぷりとしたブロンドの髪《かみ》が、縦《たて》にも横《よこ》にも大《おお》きい顔《かお》の上《うえ》に載《の》っかっている。おばさんはダドリーのことをよく、天使《てんし》のようだわ、と言《い》ったが、ハリーは、豚《ぶた》がかつらをつけたみたいだ、と思《おも》っていた。

ハリーは食卓《しょくたく》の上《うえ》にベーコンと卵《たまご》の皿《さら》を並《なら》べた。プレゼントのせいでほとんどすき間《ま》がないので、そう簡単《かんたん》には置《お》けない。ダドリーのほうは、プレゼントの数《かず》を数《かぞ》えていたが、突然顔色《とつぜんかおいろ》を変《か》えてパパとママを見上《みあ》げた。

「三十六だ。去年《きょねん》より二つ少《すく》ないや」

「坊《ぼう》や、マージおばさんの分《ぶん》を数《かぞ》えなかったでしょう。パパとママからの大《おお》きな包《つつ》みの下《した》にありますよ」

「わかったよ。でも三十七だ」

ダドリーの顔《かお》に血《ち》がのぼってきた。ハリーはダドリーのかんしゃく玉《だま》が大爆発寸前《だいばくはっすんぜん》なのを感《かん》じて、いつテーブルがひっくり返《かえ》されてもいいように大急《おおいそ》ぎでベーコンに食《く》らいついた。

おばさんもあきらかに危険《きけん》に気《き》づいたらしく、あわてて言《い》った。

「今日《きょう》お出《で》かけしたとき、あと二つ買《か》ってあげましょう。どう？　かわいこちゃん。あと二個《こ》もよ。それでいい？」

ダドリーはちょっと考《かんが》え込《こ》んだ。かなり難《むずか》しい計算《けいさん》らしかったが、やがて、のろのろと言《い》った。

「そうすると、ぼく、三十……三十……」

「三十九よ、かわいい坊《ぼう》や」

「そうか、そんならいいや」

ダドリーはドッカと座《すわ》り込《こ》み、一番手近《いちばんてぢか》にあった包《つつ》みをわしづかみにした。

バーノンおじさんはクスクス笑《わら》った。

「やんちゃ君《くん》はパパと同《おな》じで、絶対損《ぜったいそん》したくないってわけだ。なんてすごい子《こ》だ！　ダドリーや」

パパはダドリーの髪《かみ》をくしゃくしゃっとなでた。

電話《でんわ》が鳴《な》り、おばさんがキッチンを出《で》ていった。おじさんもハリーも、ダドリーが包《つつ》みを解《と》くのを眺《なが》めていた。レース用自転車《ようじてんしゃ》、8ミリカメラ、ラジコン飛行機《ひこうき》、新《あたら》しいコンピュータ・ゲーム十六本《ぽん》、ビデオレコーダー……おばさんが戻《もど》ってきたときは、金《きん》の腕時計《うでどけい》の包《つつ》みをビリビリ破《やぶ》っているところだった。おばさんは怒《おこ》ったような困《こま》ったような顔《かお》で現《あらわ》れた。

「バーノン、大変《たいへん》だわ。フィッグさんが脚《あし》を骨折《こっせつ》しちゃって、この子《こ》を預《あず》かれないって」

おばさんはハリーのほうをあごでしゃくった。

ダドリーはショックで口《くち》をあんぐり開《あ》けたが、ハリーの心《こころ》は踊《おど》った。毎年《まいとし》、誕生日《たんじょうび》になると、ダドリーは友達《ともだち》と二人《ふたり》で、おじさんとおばさんに連《つ》れられ、アドベンチャーパークやハンバーガーショップ、映画《えいが》などに出《で》かけることになっていた。ハリーはいつも置《お》いてけぼりで、ふた筋《すじ》むこうに住《す》んでいる変《か》わり者《もの》のフィッグばあさんに預《あず》けられていた。ハリーはそこが大嫌《だいきら》いだった。家中《いえじゅう》キャベツの臭《にお》いがするし、おまけにばあさんが今《いま》まで飼《か》った猫《ねこ》の写真《しゃしん》を全部《ぜんぶ》、無理《むり》やり見《み》せるからだ。

「どうします？」

ペチュニアおばさんは、ハリーが仕組《しく》んだと言《い》わんばかりに恐《おそ》ろしい顔《かお》でハリーをにらんだ。ハリーは骨折《こっせつ》したばあさんに同情《どうじょう》すべきだと思《おも》ったが、これから一年間《ねんかん》はティブルスやらスノーイー、ミスター・ポーズ、タフティーなどの猫《ねこ》の写真《しゃしん》を見《み》ないですむと思《おも》うと、同情《どうじょう》しろというほうが無理《むり》だった。

「マージに電話《でんわ》したらどうかね」とおじさんが提案《ていあん》した。

「バカなこと言《い》わないで。マージはこの子《こ》を嫌《きら》ってるのよ」

ダーズリー夫妻《ふさい》はよくこんなふうに、ハリーの目《め》の前《まえ》で、本人《ほんにん》をまるで無視《むし》して話《はなし》をした。いやむしろ、ハリーを言葉《ことば》の通《つう》じないいけがらわしいナメクジのように見《み》ていた。

「それなら、ほれ、何《なん》ていう名前《なまえ》だったか、おまえの友達《ともだち》の――イボンヌ、どうかね」

「バケーションでマジョルカ島《しま》よ」

「僕《ぼく》をここに置《お》いていったら」

そうなることを期待《きたい》しながらハリーが口《くち》をはさんだ。――いつもとちがうテレビ番組《ばんぐみ》を自分《じぶん》で選《えら》んで見《み》ることができるかもしれないし、ひょっとするとダドリーのコンピュータをいじったりできるかもしれない――

おばさんはレモンを丸《まる》ごと飲《の》み込《こ》んだような顔《かお》をした。

「それで、帰《かえ》ってきたら家《いえ》がバラバラになってるってわけ？」

「僕《ぼく》、家《いえ》を爆破《ばくは》したりしないよ」

誰《だれ》もハリーの言《い》うことを聞《き》いていなかった。

「動物園《どうぶつえん》まで連《つ》れて行《い》ったらどうかしら……それで、車《くるま》の中《なか》に残《のこ》しておいたら……」

おばさんが気《き》のりのしない様子《ようす》で言《い》った。

「しかし新車《しんしゃ》だ。ハリーを一人《ひとり》で中《なか》に残《のこ》しておくわけにはいかん……」

ダドリーはわんわん泣《な》きだした。うそ泣《な》きだ。ここ何年《なんねん》も本当《ほんとう》に泣《な》いたことなんてないが、顔《かお》をゆがめてめそめそすれば、母親《ははおや》が欲《ほ》しいものは何《なん》でもくれることを知《し》っているのだ。

「ダッドちゃん、ダドリーちゃん、泣《な》かないで。ママがついているわ。おまえの特別《とくべつ》な日《ひ》を、あいつなんかにだいなしにさせたりしやしないから！」

おばさんはダドリーを抱《だ》きしめた。

「ぼく……いやだ……あいつが……く、く、くるなんて！」

しゃくりあげるふりをしながらダドリーがわめいた。

「いつだって、あいつが、めちゃめちゃにするんだ！」

抱《だ》きしめている母親《ははおや》の腕《うで》のすきまから、ダドリーはハリーに向《む》かって意地悪《いじわる》くニヤリと笑《わら》った。

ちょうどその時《とき》、玄関《げんかん》のベルが鳴《な》った。

「ああ、なんてことでしょう。みんなが来《き》てしまったわ！」

おばさんは大《おお》あわてだった。――やがてダドリーの一の子分《こぶん》、ピアーズ・ポルキスが母親《ははおや》に連《つ》れられて部屋《へや》に入《はい》ってきた。ねずみ顔《がお》のガリガリにやせた子《こ》だ。ダドリーが誰《だれ》かを殴《なぐ》るときに、腕《うで》を後《うし》ろにねじ上《あ》げる役《やく》をするのはたいていこの子《こ》だ。ダドリーはたちまちうそ泣《な》きをやめた。

三十分後《ぷんご》、ハリーはダーズリー一家《いっか》の車《くるま》の後部座席《こうぶざせき》にピアーズ、ダドリーと一緒《いっしょ》に座《すわ》り、生《う》まれて初《はじ》めて動物園《どうぶつえん》に向《む》かっていた。信《しん》じられないような幸運《こううん》だった。おじさんもおばさんも、結《けっ》局《きょく》ハリーをどうしていいか、ほかに思《おも》いつかなかったのだ。ただし、出発前《しゅっぱつまえ》にバーノンおじさんはハリーをそばに呼《よ》んだ。

「言《い》っておくがな……」

おじさんは大《おお》きな赤《あか》ら顔《がお》をハリーの目《め》の前《まえ》につきつけた。

「小僧《こぞう》、変《へん》なことをしてみろ。ちょっとでもだ、そしたらクリスマスまでずっと物置《ものおき》に閉《と》じ込《こ》めてやる」

「僕《ぼく》、何《なに》もしないよ。ほんとだよ……」

しかし、おじさんは信《しん》じていなかった。ハリーの言《い》うことを今《いま》まで誰《だれ》も信《しん》じてくれなかった。困《こま》ったことに、ハリーのまわりでよく不思議《ふしぎ》なことが起《お》きたし、自分《じぶん》がやったんじゃないとダーズリー夫妻《ふさい》にいくら訴《うった》えてもむだだった。

ある時《とき》、床屋《とこや》から帰《かえ》ってきたハリーが、散髪《さんぱつ》する前《まえ》と同《おな》じように髪《かみ》が伸《の》びているのを見《み》て業《ごう》をにやしたペチュニアおばさんが、キッチンバサミでクリクリに刈《か》り上《あ》げたことがあった。「醜《みにく》い傷《きず》を隠《かく》すため」と前髪《まえがみ》だけは残《のこ》してくれたが、あとはほとんど丸坊主《まるぼうず》になった。ダドリーはハリーを見《み》てばか笑《わら》いしたし、ハリーは翌日《よくじつ》の学校《がっこう》のことを思《おも》うと眠《ねむ》れなかった。ただでさえ、だぶだぶの服《ふく》を着《き》てセロハンテープだらけのめがねをかけたハリーは物笑《ものわら》いの種《たね》だった。しかし、翌朝起《よくあさお》きてみると、髪《かみ》は刈《か》り上《あ》げる前《まえ》とまったく変《か》わらなかった。おかげでハリーは一週間《しゅうかん》、物置《ものおき》に閉《と》じ込《こ》められた。どうしてこんなに早《はや》く髪《かみ》が伸《の》びたのかわからないと、ハリーがいくら言《い》ってもだめだった。

またある時《とき》は、おばさんがダドリーのお古《ふる》の吐《は》き気《け》がするようなセーター——茶色《ちゃいろ》でオレンジ色《いろ》の毛玉《けだま》が浮《う》き上《あ》がっていた——を無理《むり》にハリーに着《き》せようとしたが、ハリーの頭《あたま》からかぶせようと、おばさんがやっきになればなるほど、服《ふく》はどんどん小《ちい》さくなった。とうとう、指人形《ゆびにんぎょう》ならいざ知《し》らず、ハリーにはとうてい着《き》られないほどに縮《ちぢ》んでしまった。おばさんが、きっと洗濯《せんたく》で縮《ちぢ》んだのだと決《き》めつけたので、このときはハリーはおしおきを受《う》けずにすんでホッとした。

反対《はんたい》にひどい目《め》にあったのが、学校《がっこう》の屋根事件《やねじけん》だった。いつものようにダドリー軍団《ぐんだん》に追《お》いかけられたハリーは、気《き》がついたら食堂《しょくどう》の屋根《やね》の煙突《えんとつ》の上《うえ》に腰《こし》かけていた。これには誰《だれ》よりもハリー自身《じしん》が驚《おどろ》いた。ダーズリー家《け》には女校長先生《おんなこうちょうせんせい》から、ハリーが学校《がっこう》の建物《たてもの》によじ登《のぼ》ったと、たいそうご立腹《りっぷく》の手紙《てがみ》がきた。しかし、ハリーがやったことといえば——物置《ものおき》に閉《と》じ込《こ》められたとき、外《そと》にいるバーノンおじさんにも大声《おおごえ》でそう言《い》ったのだが——食堂《しょくどう》の外《そと》にあった大《おお》きな容《よう》器《き》の陰《かげ》に飛《と》び込《こ》もうとしただけだったのだ。ハリーはジャンプした拍子《ひょうし》に風《かぜ》にさらわれたにちがいないと思《おも》った。

しかし、今日《きょう》は絶対《ぜったい》おかしなことがあってはならない。学校《がっこう》でも、物置《ものおき》でも、キャベツ臭《くさ》いフィッグばあさんの居間《いま》でもないところで一日《いちにち》を過《す》ごせるのだから、ダドリーやピアーズと一緒《いっしょ》だって文句《もんく》は言《い》えない。

運転《うんてん》をしながら、おじさんはおばさんを相手《あいて》にブツブツ不平《ふへい》を言《い》った。何《なに》しろ不平《ふへい》を言《い》うのが好《す》きなのだ。会社《かいしゃ》の人間《にんげん》のこと、ハリーのこと、市議会《しぎかい》のこと、ハリーのこと、銀行《ぎんこう》のこと、ハリーのこと、ざっとこんなところがお気《き》に入《い》りのネタだった。今朝《けさ》は、オートバイがやり玉《だま》に上《あ》がった。

「……ムチャクチャな音《おと》を出《だ》して走《はし》りおって。チンピラどもが」

オートバイに追《お》い抜《ぬ》かれたときにおじさんが言《い》った。

「僕《ぼく》、オートバイの夢《ゆめ》を見《み》た」ハリーは急《きゅう》に思《おも》い出《だ》した。「空《そら》を飛《と》んでたよ」

バーノンおじさんはとたんに前《まえ》の車《くるま》にぶつかりそうになった。運転席《うんてんせき》からぐるっと振《ふ》り向《む》きざま、口《くち》ひげをはやした巨大《きょだい》な赤《あか》かぶのような顔《かお》で、おじさんはハリーをどなりつけた。

「オートバイは空《そら》を飛《と》ばん！」

ダドリーとピアーズがクスクス笑《わら》った。

「飛《と》ばないことはわかってる。ただの夢《ゆめ》だよ」

ハリーは何《なん》にも言《い》わなきゃよかったと思《おも》った。ダーズリー夫妻《ふさい》はハリーが質問《しつもん》するのも嫌《きら》ったが、もっと嫌《きら》ったのは、夢《ゆめ》だろうが漫画《まんが》だろうが、何《なに》かがまともではない行動《こうどう》をする話《はなし》だった。ハリーがそんな話《はなし》をすると、まるで危険《きけん》なことを考《かんが》えているとでも思《おも》っているようだった。

その日《ひ》はお天気《てんき》もよく、土曜日《どようび》で、動物園《どうぶつえん》は家族連《かぞくづ》れで混《こ》み合《あ》っていた。ダーズリー夫妻《ふさい》は入口《いりぐち》でダドリーとピアーズに大《おお》きなチョコレートアイスクリームを買《か》い与《あた》えた。ハリーを急《いそ》いでアイス・スタンドから遠《とお》ざけようとしたが、間《ま》に合《あ》わず、愛想《あいそう》のよい売《う》り子《こ》のおばさんが、坊《ぼう》やは何《なに》がいいのと聞《き》いたので、しかたなしにハリーにも安《やす》いレモンアイスを買《か》い与《あた》えた。これだってけっこういける、とアイスをなめながら、ハリーはみんなと一緒《いっしょ》にゴリラのおりを眺《なが》めた。ゴリラが頭《あたま》をかいている姿《すがた》がダドリーそっくりだ。あれで金髪《きんぱつ》だったらな……。

こんなにすばらしい朝《あさ》を過《す》ごしたのは、ハリーにとって久《ひさ》しぶりだった。昼近《ひるちか》くになると、ダドリーもピアーズも動物《どうぶつ》に飽《あ》きてきたので、かわりにお気《き》に入《い》りのハリー殴《なぐ》りを始《はじ》めるかもしれないと思《おも》い、ハリーは慎重《しんちょう》に二人《ふたり》から少《すこ》し離《はな》れて歩《ある》くようにした。園内《えんない》のレストランでお昼《ひる》を食《た》べたが、ダドリーはチョコレートパフェが小《ちい》さいとかんしゃくを起《お》こし、おじさんがもう一つ買《か》ってやるはめになり、ハリーはパフェのお下《さ》がりを食《た》べることを許《ゆる》された。

あとになって思《おも》えば、こんないいことばかりが続《つづ》くはずがなかった。

昼食《ちゅうしょく》のあとで、爬虫類館《はちゅうるいかん》を見《み》た。館内《かんない》はヒヤッとして暗《くら》く、壁《かべ》に沿《そ》ってガラスケースが並《なら》び、中《なか》には照明《しょうめい》がついていた。ガラスのむこうにはいろいろなトカゲや蛇《へび》がいて、材木《ざいもく》や石《いし》の上《うえ》をするするとはい回《まわ》っていた。ダドリーとピアーズは巨大《きょだい》なコブラと、人間《にんげん》でもしめ殺《ころ》しそうな太《ふと》いニシキヘビを見《み》たがった。ダドリーはすぐに館内《かんない》で一番大《いちばんおお》きな蛇《へび》を見《み》つけた。バーノンおじさんの車《くるま》を二巻《ふたま》きにして砕《くだ》いてくずかごに放《ほう》り込《こ》みそうな大蛇《だいじゃ》だ――ただし、今《いま》はそういうムードではないらしい。それどころかぐっすり眠《ねむ》っている。

ダドリーは、ガラスに鼻《はな》を押《お》しつけて、つやつやと光《ひか》る茶色《ちゃいろ》のとぐろを見《み》つめていた。

「動《うご》かしてよ」

ダドリーは父親《ちちおや》にせがんだ。おじさんはガラスをトントンとたたいたが、蛇《へび》は身《み》じろぎもしない。

「もう一回《かい》やって」

ダドリーが命令《めいれい》した。おじさんは拳《こぶし》でドンドンとガラスをたたいたが、蛇《へび》は眠《ねむ》り続《つづ》けている。

「つまんないや」

ダドリーはブーブー言《い》いながら行《い》ってしまった。

ハリーはガラスの前《まえ》に来《き》て、じっと蛇《へび》を見《み》つめた。蛇《へび》のほうこそ退屈《たいくつ》のあまり死《し》んでしまっても不思議《ふしぎ》はない。一日中《いちにちじゅう》、ガラスをたたいてチョッカイを出《だ》すバカな人間《にんげん》ども以外《いがい》に友達《ともだち》もいない……物置《ものおき》で寝起《ねお》きするほうがまだましだ。ドアをドンドンやられるのはペチュニアおばさんが朝起《あさお》こしに来《く》るときだけだし、少《すく》なくともハリーは家《いえ》の中《なか》を歩《ある》き回《まわ》れる。

突然《とつぜん》、蛇《へび》はギラリと光る目《め》を開《あ》け、ゆっくり、とてもゆっくりとかま首《くび》をもたげ、ハリーの目《め》線《せん》と同《おな》じ高《たか》さまで持《も》ち上《あ》げた。

蛇《へび》がウィンクした。

……

ハリーは目《め》を見張《みは》った。あわてて誰《だれ》か見《み》ていないかと、周《まわ》りを見《み》まわした。大丈夫《だいじょうぶ》だ。ハリーは蛇《へび》に視線《しせん》を戻《もど》し、ウィンクを返《かえ》した。

蛇《へび》はかま首《くび》をバーノンおじさんとダドリーのほうに伸《の》ばし、目《め》を天井《てんじょう》に向《む》けた。その様子《ようす》は、明《あき》らかにハリーにこう言《い》っていた。

「**いつもこうさ**」

「わかるよ」

蛇《へび》に聞《き》こえるかどうかわからなかったが、ガラス越《ご》しにハリーはそうつぶやいた。

「ほんとにいらいらするだろうね」

蛇《へび》は激《はげ》しくうなずいた。

「ところで、どこから来《き》たの？」

蛇《へび》はガラスケースの横《よこ》にある掲示板《けいじばん》を尾《お》でツンツンとつついた。ハリーがのぞいてみると、

ボア・コンストリクター　原産地《げんさんち》＝ブラジル

と書《か》いてある。

「いいところなの？」

蛇《へび》はもう一度《いちど》、尾《お》で掲示板《けいじばん》をつついた。

この蛇《へび》は動物園《どうぶつえん》で生《う》まれました

「そうなの……じゃ、ブラジルに行《い》ったことがないんだね？」

蛇《へび》がうなずいたとたん、ハリーの後《うし》ろで耳《みみ》をつんざくような大声《おおごえ》がして、ハリーも蛇《へび》も飛《と》び上《あ》がりそうになった。

「ダドリー！　ダーズリーおじさん！　早《はや》く来《き》て蛇《へび》を見《み》て。信《しん》じられないようなことやってるよ！」

ダドリーがドタドタと、それなりに全速力《ぜんそくりょく》でやってきた。

「どけよ、おいっ」

ダドリーがハリーの肋骨《ろっこつ》にパンチを食《く》らわせた。不意《ふい》を食《く》らってハリーはコンクリートの床《ゆか》にひっくり返《かえ》った。次《つぎ》の瞬間《しゅんかん》の出来事《できごと》は、あっという間《ま》だったので、どんなふうに起《お》こったのか誰《だれ》

にもわからなかった。最初《さいしょ》、ダドリーとピアーズがガラスに寄《よ》りかかった。次《つぎ》の瞬間《しゅんかん》、二人《ふたり》は恐怖《きょうふ》の叫《さけ》びを上《あ》げて飛《と》びのいた。

ハリーは起《お》き上《あ》がり、息《いき》をのんだ。蛇《へび》のケースのガラスが消《き》えていた。大蛇《だいじゃ》はすばやくとぐろをほどき、ずるずると外《そと》にはい出《だ》した。館内《かんない》にいた客《きゃく》たちは叫《さけ》び声《ごえ》を上《あ》げ、出口《でぐち》に向《む》かってかけだした。

蛇《へび》がするするとハリーのそばを通《とお》り過《す》ぎるとき、誓《ちか》ってもいい、ハリーはたしかに、低《ひく》い、シューシューという声《こえ》を聞《き》いたのだ。

「**ブラジルへ、俺《おれ》は行《い》く——シュシュシュ、ありがとよ。アミーゴ**」

爬虫類館《はちゅうるいかん》の飼育係《しいくがかり》はショック状態《じょうたい》だった。

「でも、ガラスは、ガラスはいったいどこに？」と言《い》い続《つづ》けていた。

園長《えんちょう》は自《みずか》らペチュニアおばさんに濃《こ》くて甘《あま》い紅茶《こうちゃ》をいれ、ペコペコと謝《あやま》った。ピアーズとダドリーはわけのわからないことを口走《くちばし》るばかりだった。ハリーが見《み》ていたかぎりでは、蛇《へび》は通《とお》りがかりざまに二人《ふたり》のかかとにかみつくふりをしただけなのに、バーノンおじさんの車《くるま》に全員《ぜんいん》が戻《もど》ったときには、ダドリーは「蛇《へび》に足《あし》を食《く》いちぎられそうになった」と言《い》い、ピアーズは「うそじゃない、蛇《へび》がしめ殺《ころ》そうとした」と言《い》った。しかしハリーにとって最悪《さいあく》だったのは、だんだん落《お》ち着《つ》いてきたピアーズが言《い》った言葉《ことば》だった。

「ハリーは蛇《へび》と話《はな》してた。ハリー、そうだろ？」

バーノンおじさんはまずピアーズを無事《ぶじ》に家《いえ》から送《おく》り出《だ》すまでどうなるのをがまんし、それからハリーの処分《しょぶん》に取《と》りかかった。怒《いか》りのあまり、おじさんは声《こえ》も出《で》なかった。やっとのことで、

「行《い》け——物置《ものおき》——出《で》るな——食事抜《しょくじぬ》き」

と言《い》うと、椅子《いす》に倒《たお》れこんでしまった。おばさんは急《いそ》いでおじさんに飲《の》ませるブランデーの大《おお》瓶《びん》を取《と》りに行《い》った。

ハリーが暗《くら》い物置《ものおき》に入《はい》ってからだいぶ時間《じかん》がたった。時計《とけい》が欲《ほ》しいと思《おも》った。どのぐらい時間《じかん》がたったのかわからないし、ダーズリー一家《いっか》が眠《ねむ》ってしまったかどうかもわからない。みんなが寝静《ねしず》まるまではキッチンでこっそり盗《ぬす》み食《ぐ》いをすることもできない。

ダーズリー一家《いっか》と暮《く》らしてほぼ十年《ねん》が……思《おも》い出《だ》すかぎりみじめな十年《ねん》が過《す》ぎた。赤《あか》ん坊《ぼう》のときから、両親《りょうしん》が自動車事故《じどうしゃじこ》で死《し》んでから、ずっとだ。両親《りょうしん》が死《し》んだとき、自分《じぶん》が車《くるま》の中《なか》にいたかどうかさえ思《おも》い出《だ》せない。ときどき、物置《ものおき》の中《なか》で長《なが》い時間《じかん》を過《す》ごしながら、一生懸命《いっしょうけんめい》思《おも》い出《で》を

たぐっていると、不思議《ふしぎ》な光景《こうけい》が見《み》えてくることがあった。目《め》のくらむような緑《みどり》の閃光《せんこう》と焼《や》けつくような額《ひたい》の痛《いた》みだ。緑《みどり》の光《ひかり》がどこから出《で》ているのかは想像《そうぞう》がつかなかったが、ハリーはきっと、これが自動車事故《じどうしゃじこ》なんだ、と思《おも》った。両親《りょうしん》のことはまったく思《おも》い出《だ》せなかった。おじさんもおばさんも一度《いちど》も話《はな》してくれないし、もちろん質問《しつもん》は禁《きん》じられていた。この家《いえ》のどこにも両親《りょうしん》の写真《しゃしん》はなかった。

小《ちい》さかったころ、ハリーは誰《だれ》か見知《みし》らぬ親《しん》せきが自分《じぶん》を迎《むか》えにやってくることを何度《なんど》も何度《なんど》も夢見《ゆめみ》た。しかし、そんなことは一度《いちど》も起《お》こらなかった。ダーズリー一家《いっか》しか家族《かぞく》はなかった。それなのに、ときどき、街《まち》で見知《みし》らぬ人《ひと》がハリーのことを知《し》っているのではないかと思《おも》うことがあった――そう思《おも》いたかったのかもしれない――。見知《みし》らぬばかりか、実《じつ》に奇妙《きみょう》な人《ひと》たちだった。一度《いちど》は、おばさんやダドリーと一緒《いっしょ》に買《か》い物《もの》に出《で》たとき、店《みせ》の中《なか》で紫色《むらさきいろ》のシルクハットをかぶった小《ちい》さな男《おとこ》の人《ひと》がハリーにおじぎをした。おばさんは、知《し》っている人《ひと》なのかと激《はげ》しくハリーを問《と》いつめ、何《なに》も買《か》わずに二人《ふたり》を連《つ》れて店《みせ》を飛《と》び出《だ》した。一度《いちど》はバスの中《なか》で、緑《みどり》ずくめのとっぴな格好《かっこう》をしたおばあさんがハリーに向《む》かってうれしそうに手《て》を振《ふ》った。つい先日《せんじつ》も、ひどく長《なが》い紫《むらさき》のマントを着《き》たハゲ頭《あたま》の男《おとこ》が、街中《まちなか》でハリーとしっかり握手《あくしゅ》までして、そのまま一言《ひとこと》も言《い》わずに立《た》ち去《さ》った。一番奇妙《いちばんきみょう》なのは、ハリーがもう一度《いちど》よく見《み》ようとしたとたん、こうした人《ひと》たちが消《き》えてしまうことだった。

学校《がっこう》でもハリーはひとりぼっちだった。だぶだぶの服《ふく》に壊《こわ》れためがねをかけたおかしなハリー・ポッターが、ダドリー軍団《ぐんだん》に憎《にく》まれていることをみんな知《し》っていたし、誰一人《だれひとり》、ダドリー軍団《ぐんだん》に逆《さか》らおうとはしなかったのだ。

第《だい》3章《しょう》 知《し》らない人《ひと》からの手紙《てがみ》

大蛇《だいじゃ》の逃亡事件《とうぼうじけん》のおかげで、ハリーは今《いま》までで一番長《いちばんなが》いおしおきを受《う》けた。やっとお許《ゆる》しが出《で》て、物置《ものおき》から出《だ》してもらったときには、もう夏休《なつやす》みが始《はじ》まっていた。ダドリーは、と言《い》えば、買《か》ってもらったばかりの8ミリカメラをとっくに壊《こわ》し、ラジコン飛行機《ひこうき》も墜落《ついらく》させ、おまけに、レース用自転車《ようじてんしゃ》に初《はじ》めて乗《の》ったその日《ひ》に、プリベット通《どお》りを松葉杖《まつばづえ》で横切《よこぎ》っていたフィッグばあさんにぶつかって、転倒《てんとう》させてしまうという事件《じけん》まで引《ひ》き起《お》こしていた。

休《やす》みが始《はじ》まっていたのはうれしかったが、ハリーは毎日《まいにち》のように遊《あそ》びにやってくるダドリーの悪友《あくゆう》から逃《のが》れることはできなかった。ピアーズ、デニス、マルコム、ゴードン、みんなそろいもそろってデカくてウスノロばかりだったが、なかでもとびきりデカで、ウスノロなのがダドリーだったので、軍団《ぐんだん》のリーダーはダドリーだった。あとの四人《にん》はダドリーのお気《き》に入《い》りのスポーツ「ハリー狩《がり》」に参加《さんか》できるだけで大満足《だいまんぞく》だった。

そういうわけで、ハリーは、なるべく家《いえ》の外《そと》でぶらぶらして過《す》ごすことにした。夏休《なつやす》みさえ終《お》われば――それだけがわずかな希望《きぼう》の光《ひかり》だった。九月《がつ》になれば七年制《ねんせい》の中等学校《ちゅうとうがっこう》に入《はい》る。そうすれば、生《う》まれて初《はじ》めてダドリーから離《はな》れられる。ダドリーはバーノンおじさんの母校《ぼこう》、「名門《めいもん》」私立《しりつ》スメルティングズ男子校《だんしこう》に行《い》くことになっていた。ピアーズ・ポルキスもそこに入学《にゅうがく》する。ハリーは地元《じもと》の、普通《ふつう》の、公立《こうりつ》ストーンウォール校《こう》へ行《い》くことになっていた。ダドリーにはこれが愉快《ゆかい》でたまらない。

「ストーンウォールじゃ、最初《さいしょ》の登校日《とうこうび》に新入生《しんにゅうせい》の頭《あたま》をトイレに突《つ》っ込《こ》むらしいぜ。二階《かい》に行《い》って練習《れんしゅう》しようか？」

「遠慮《えんりょ》しとくよ。トイレだって君《きみ》の頭《あたま》みたいに気味《きみ》の悪《わる》いものを流《なが》したことはないよ。突《つ》っ込《こ》まれたほうこそいい迷惑《めいわく》だ……トイレのほうが吐《は》き気《け》がするだろうさ」

そう言《い》うが早《はや》いか、ハリーはすばやくかけだした。ダドリーはハリーの言《い》ったことの意味《いみ》をまだ考《かんが》えていた。

七月《がつ》に入《はい》り、ペチュニアおばさんは、ダドリーを連《つ》れてロンドンまでスメルティングズ校《こう》の制《せい》服《ふく》を買《か》いに出《で》かけた。ハリーはフィッグばあさんに預《あず》けられはしたが、いつもよりましだった。飼《か》い猫《ねこ》の一匹《ぴき》につまずいて脚《あし》を骨折《こっせつ》してからというもの、フィッグばあさんは前《まえ》ほど猫好《ねこず》きではなくなったらしい。ハリーはテレビを見《み》ることを許《ゆる》されたばかりか、チョコレートケーキを一切《ひとき》れもらった。何年《なんねん》もしまいこんであったような味《あじ》がした。

その夜《よる》、ダドリーはピカピカの制服《せいふく》を着《き》て居間《いま》を行進《こうしん》してみせた。スメルティングズ男子校《だんしこう》では、みんな茶色《ちゃいろ》のモーニングにオレンジ色《いろ》のニッカーボッカーをはき、平《ひら》ったい麦《むぎ》わらのカンカン帽《ぼう》をかぶる。てっぺんにこぶ状《じょう》の握《にぎ》りのある杖《つえ》を持《も》つことになっていて、これはもっぱら先生《せんせい》が見《み》ていないすきをねらって、生徒《せいと》が互《たが》いに殴《なぐ》り合《あ》うために使《つか》われる。卒業後《そつぎょうご》の人生《じんせい》に役立《やくだ》つ訓練《くんれん》らしい。

真新《まあたら》しいニッカーボッカー姿《すがた》のダドリーを見《み》て、バーノンおじさんは、人生《じんせい》で最《もっと》も誇《ほこ》らしい瞬《しゅん》間《かん》だと声《こえ》をつまらせた。ペチュニアおばさんは、こんなに大《おお》きくなって、こんなにハンサムな子《こ》が、私《わたし》のちっちゃなダドリー坊《ぼう》やだなんて信《しん》じられないと、うれし泣《な》きした。ハリーはとても何《なに》か言《い》うどころではなく、笑《わら》いをこらえるのに必死《ひっし》で、あばら骨《ぼね》が二本《ほん》は折《お》れたかと思《おも》うほど苦《くる》しかった。

翌朝《よくあさ》、朝食《ちょうしょく》を食《た》べにハリーがキッチンに入《はい》ると、ひどい悪臭《あくしゅう》が漂《ただよ》っていた。洗《あら》い場《ば》に置《お》かれた大《おお》きなたらいから臭《にお》ってくる。近《ちか》づいてのぞくと、灰色《はいいろ》の液体《えきたい》に汚《きたな》らしいボロ布《ぬの》がプカプカ浮《う》いていた。

「これ、なに？」

してはいけないのにハリーは質問《しつもん》した。そういうとき、ペチュニアおばさんは必《かなら》ず唇《くちびる》をギュッと結《むす》ぶ。

「おまえの新《あたら》しい制服《せいふく》だよ」

「そう。こんなにびしょびしょじゃないといけないなんて知《し》らなかったな」

ハリーはあらためてたらいに目《め》をやりながら言《い》った。

「おだまり！　ダドリーのお古《ふる》をわざわざおまえのために灰色《はいいろ》に染《そ》めてやってるんじゃないか。仕上《しあ》がればちゃーんとした制服《せいふく》になるよ」

とうていそうは思《おも》えなかった。でもハリーは何《なに》も言《い》わないほうがいいと思《おも》った。食卓《しょくたく》に着《つ》いて、ストーンウォール入学《にゅうがく》一日目《にちめ》の自分《じぶん》の姿《すがた》を想像《そうぞう》した……たぶん年《とし》とった象《ぞう》の皮《かわ》を着《き》たみたいに見《み》えるだろうな……でもそれは考《かんが》えないことにした。

ダドリーとバーノンおじさんが入《はい》ってきて、臭《にお》いに顔《かお》をしかめた。バーノンおじさんはいつものように朝刊《ちょうかん》を広《ひろ》げ、ダドリーは、片時《かたとき》も手放《てばな》さないスメルティングズ校《こう》の杖《つえ》で食卓《しょくたく》をバンとたたいた。

その時《とき》、郵便受《ゆうびんう》けが開《ひら》き、郵便《ゆうびん》が玄関《げんかん》マットの上《うえ》に落《お》ちる音《おと》がした。

「ダドリーや。郵便《ゆうびん》を取《と》っておいで」と新聞《しんぶん》の陰《かげ》からバーノンおじさんの声《こえ》。

「ハリーに取《と》らせろよ」

「ハリー、取《と》ってこい」

「ダドリーに取《と》らせてよ」

「ダドリー、スメルティングズの杖《つえ》でつついてやれ」

ハリーはスメルティングズ杖《づえ》をかわし、郵便《ゆうびん》を取《と》りに行《い》った。マットの上《うえ》に三通落《つうお》ちている。ワイト島《とう》でバケーションを過《す》ごしているバーノンおじさんの妹《いもうと》、マージからの絵葉書《えはがき》。請求書《せいきゅうしょ》らしい茶封筒《ちゃぶうとう》。それに……ハリー宛《あて》の手紙《てがみ》。

ハリーは手紙《てがみ》を拾《ひろ》い上《あ》げてまじまじと見《み》つめた。心臓《しんぞう》は巨大《きょだい》なゴムひものようにビュンビュンと高鳴《たかな》った。これまでの人生《じんせい》で、ただの一度《いちど》もハリーに手紙《てがみ》をくれた人《ひと》はいない。くれるはずの人《ひと》もいない。友達《ともだち》も親《しん》せきもいない……。図書館《としょかん》に登録《とうろく》もしていないので、「すぐ返却《へんきゃく》せよ」などというぶっきらぼうな手紙《てがみ》でさえもらったことはない。それなのに手紙《てがみ》が来《き》た。正真正銘《しょうしんしょうめい》ハリー宛《あて》だ。

サレー州《しゅう》　リトル・ウィンジング
プリベット通《どお》り4番地《ばんち》　階段下《かいだんした》の物置内《ものおきない》

ハリー・ポッター様《さま》

何《なに》やら分厚《ぶあつ》い、重《おも》い、黄色《きいろ》みがかった羊皮紙《ようひし》の封筒《ふうとう》に入《はい》っている。宛名《あてな》はエメラルド色《いろ》のインクで書《か》かれている。切手《きって》は貼《は》られていない。

震《ふる》える手《て》で封筒《ふうとう》を裏返《うらがえ》してみると、紋章《もんしょう》入《い》りの紫色《むらさきいろ》のろうで封印《ふういん》がしてあった。真《ま》ん中《なか》に大《おお》きく〝H《エイチ》〟と書《か》かれ、その周《まわ》りをライオン、鷲《わし》、穴熊《あなぐま》、蛇《へび》が取《と》り囲《かこ》んでいる。

「小僧《こぞう》、早《はや》くせんか！」

キッチンからバーノンおじさんのどなり声《ごえ》がする。

「何《なに》をやっとるんだ。手紙爆弾《てがみばくだん》の検査《けんさ》でもしとるのか？」

自分《じぶん》のジョークでおじさんはクックックと笑《わら》った。

ハリーは手紙《てがみ》を見《み》つめたままでキッチンに戻《もど》った。バーノンおじさんに請求書《せいきゅうしょ》と絵葉書《えはがき》を渡《わた》し、椅子《いす》に座《すわ》ってゆっくりと黄色《きいろ》の封筒《ふうとう》を開《ひら》きはじめた。

バーノンおじさんは請求書《せいきゅうしょ》の封筒《ふうとう》をビリビリと開《あ》け、不機嫌《ふきげん》にフンと鼻《はな》を鳴《な》らし、次《つぎ》に絵葉書《えはがき》の裏《うら》を返《かえ》して読《よ》んだ。

「マージが病気《びょうき》だよ。くさりかけた貝《かい》を食《く》ったらしい……」

とペチュニアおばさんに伝《つた》えたその時《とき》、ダドリーが突然叫《とつぜんさけ》んだ。

「パパ！　ねえ！　ハリーが何《なに》か持《も》ってるよ」

ハリーは、封筒《ふうとう》と同《おな》じ厚手《あつで》の羊皮紙《ようひし》に書《か》かれた手紙《てがみ》をまさに広《ひろ》げようとしていた。が、バーノンおじさんがそれをひったくった。

「それ、僕《ぼく》のだよ！」

ハリーは奪《うば》い返《かえ》そうとした。

「おまえに手紙《てがみ》なんぞ書《か》くやつがいるか？」

とバーノンおじさんはせせら笑《わら》い、片手《かたて》でパラッと手紙《てがみ》を開《ひら》いてちらりと目《め》をやった。とたんに、おじさんの顔《かお》が交差点《こうさてん》の信号《しんごう》よりすばやく赤《あか》から青《あお》に変《か》わった。それだけではない。数秒《すうびょう》後《ご》には、くさりかけたおかゆのような白《しろ》っぽい灰色《はいいろ》になった。

「ペ、ペ、ペチュニア！」

おじさんがあえぎながら言《い》った。

ダドリーが手紙《てがみ》を奪《うば》って読《よ》もうとしたが、おじさんは手《て》が届《とど》かないように高々《たかだか》と掲《かか》げていた。ペチュニアおばさんはいぶかしげに手紙《てがみ》を取《と》り、最初《さいしょ》の一行《ぎょう》を読《よ》んだとたんに、一瞬《いっしゅん》、気《き》を失《うしな》うかのように見《み》えた。

「バーノン、どうしましょう……あなた！」

二人《ふたり》は顔《かお》を見合《みあ》わせ、ハリーやダドリーがそこにいることなど忘《わす》れたかのようだった。ダドリーは無視《むし》されることに慣《な》れていない。スメルティングズ杖《づえ》で、父親《ちちおや》の頭《あたま》をコツンとたたいた。

「ぼく、読《よ》みたいよ」

ダドリーがわめいた。

「僕《ぼく》に読《よ》ませて。それ、僕《ぼく》のだよ」

ハリーは怒《おこ》った。

「あっちへ行《い》け！　二人《ふたり》ともだ」

バーノンおじさんは、手紙《てがみ》を封筒《ふうとう》に押《お》し込《こ》みながら、かすれた声《こえ》でそう言《い》った。

「僕《ぼく》の手紙《てがみ》を返《かえ》して！」

ハリーはその場《ば》を動《うご》かなかった。

「ぼくが見《み》るんだ！」

ダドリーも迫《せま》った。

「行《い》けといったら行《い》け！」

そうなるやいなや、バーノンおじさんは、二人《ふたり》の襟首《えりくび》をつかんで部屋《へや》の外《そと》に放《ほう》り出《だ》し、ピシャリとキッチンのドアを閉《し》めてしまった。どちらが鍵穴《かぎあな》に耳《みみ》をつけられるか、ハリーとダドリーの無言《むごん》の激《はげ》しい争奪戦《そうだつせん》はダドリーの勝《か》ちに終《お》わった。ハリーは争《あらそ》いでずり落《お》ちためがねを片《かた》耳《みみ》からぶら下《さ》げたまま床《ゆか》にはいつくばり、ドアと床《ゆか》の間《あいだ》からもれてくる声《こえ》を聞《き》こうとした。

「バーノン。住所《じゅうしょ》をごらんなさい……どうしてあの子《こ》の寝《ね》ている場所《ばしょ》がわかったのかしら。まさかこの家《いえ》を見張《みは》っているんじゃないでしょうね？」

「見張《みは》っている……スパイだ……跡《あと》をつけられているのかもしれん」

バーノンおじさんの興奮《こうふん》したつぶやき声《こえ》が聞《き》こえた。

「あなた、どうしましょう。返事《へんじ》を書《か》く？　お断《ことわ》りです……そう書《か》いてよ」

ハリーの目《め》に、キッチンを行《い》ったり来《き》たりするおじさんのピカピカに磨《みが》いた黒《くろ》い靴《くつ》が見《み》えた。

「いや」

しばらくしておじさんはやっと口《くち》を開《ひら》いた。

「いいや、ほうっておこう。返事《へんじ》がなけりゃ……そうだ、それが一番《いちばん》だ……何《なに》もせん……」

「でも……」

「ペチュニア！　我《わ》が家《や》にはああいう連中《れんちゅう》はお断《ことわ》りだ。ハリーを拾《ひろ》ってやったとき、誓《ちか》ったろう？　ああいう危険《きけん》なナンセンスは絶対《ぜったい》たたき出《だ》してやるって」

その夜《よる》、仕事《しごと》から帰《かえ》ったおじさんは、今《いま》までただの一度《いちど》もしなかったことをした。ハリーの物《もの》置《おき》にやってきたのだ。

「僕《ぼく》の手紙《てがみ》はどこ？」

バーノンおじさんの大《おお》きな図体《ずうたい》が狭《せま》いドアから入《はい》ってきたとき、ハリーは真《ま》っ先《さき》に聞《き》いた。

「誰《だれ》からの手紙《てがみ》なの？」

「知《し》らない人《ひと》からだ。まちがえておまえに宛《あ》てたんだ。焼《や》いてしまったよ」

おじさんはぶっきらぼうに答《こた》えた。

「絶対《ぜったい》にまちがいなんかじゃない。封筒《ふうとう》に物置《ものおき》って書《か》いてあったよ」

ハリーは怒《おこ》った。

「だまらっしゃい！」

おじさんの大声《おおごえ》で、天井《てんじょう》からクモが数匹《すうひき》落《お》ちてきた。おじさんは二、三回《かい》深呼吸《しんこきゅう》して、無理《むり》に笑顔《えがお》を取《と》りつくろったが、相当苦《そうとうくる》しい笑顔《えがお》だった。

「エー、ところで、ハリーや……この物置《ものおき》だがね。おばさんとも話《はな》したんだが……おまえもここに住《す》むにはちょいと大《おお》きくなり過《す》ぎたことだし……ダドリーの二つ目《め》の部屋《へや》に移《うつ》ったらいいと思《おも》うんだがね」

「どうして？」

「質問《しつもん》しちゃいかん！　さっさと荷物《にもつ》をまとめて、すぐ二階《にかい》へ行《い》くんだ」

おじさんはまたどなった。

ダーズリー家《け》には寝室《しんしつ》が四部屋《へや》ある。バーノンおじさんとペチュニアおばさんの部屋《へや》、来客用《らいきゃくよう》（おじさんの妹《いもうと》のマージが泊《と》まることが多《おお》い）、ダドリーの寝《ね》る部屋《へや》、そこに入《はい》りきらないおもちゃやその他《た》いろいろな物《もの》が、ダドリーの二つ目《め》の部屋《へや》に置《お》かれている。物置《ものおき》から全財産《ぜんざいさん》を二階《かい》の寝室《しんしつ》に移《うつ》すのに、ハリーはたった一回階段《かいかいだん》を上《あ》がればよかった。ベッドに腰《こし》かけて周《まわ》りを見回《み》《まわ》すと、ガラクタばかりが置《お》いてあった。買《か》ってからまだ一か月《げつ》しかたっていないのに、8ミリカメラは小型戦車《こがたせんしゃ》の上《うえ》に転《ころ》がされていた。ダドリーは、たった一回《かい》その戦車《せんしゃ》に乗《の》ったときに、隣《となり》の犬《いぬ》をひいてしまった。隅《すみ》に置《お》かれたダドリーの一台目《だいめ》のテレビは、お気《き》に入《い》りの番組《ばんぐみ》が中止《ちゅうし》になったと言《い》ってけりつけ、大穴《おおあな》をあけてしまった。大《おお》きな鳥《とり》かごにはオウムが入《はい》っていたこともあったが、ダドリーが学校《がっこう》で本物《ほんもの》の空気銃《くうきじゅう》と交換《こうかん》した。その銃《じゅう》は、ダドリーが尻《しり》に敷《し》いて銃身《じゅうしん》をひどく曲《ま》げてしまい、今《いま》は棚《たな》の上《うえ》にほったらかしになっている。ほかの棚《たな》は本《ほん》でいっぱいだが、これだけは手《て》を触《ふ》れた様子《ようす》がない。

下《した》からダドリーが母親《ははおや》に向《む》かってわめいているのが聞《き》こえた。

「あいつをあの部屋《へや》に入《い》れるのはいやだ……あの部屋《へや》はぼくが使《つか》うんだ……あいつを追《お》い出《だ》してよ……」

ハリーはフッとため息《いき》をつき、ベッドに体《からだ》を横《よこ》たえた。きのうまでだったら、二階《かい》に住《す》めるなら、ほかには何《なに》もいらないと思《おも》っていた。今日《きょう》のハリーは、手紙《てがみ》なしでこの部屋《へや》にいるより、手紙《てがみ》さえあれば物置《ものおき》にいてもいいと思《おも》った。

次《つぎ》の朝《あさ》、みんなだまって朝食《ちょうしょく》を食《た》べた。ダドリーはショック状態《じょうたい》だった。わめいたり、父親《ちちおや》をスメルティングズ杖《づえ》でたたいたり、わざと気分《きぶん》が悪《わる》くなってみせたり、母親《ははおや》をけとばしたり、飼《か》っていた亀《かめ》を放《ほう》り投《な》げて温室《おんしつ》の屋根《やね》をぶち破《やぶ》ったりしたのに、それでも部屋《へや》は取《と》り戻《もど》せなかったからだ。ハリーはきのうの今《いま》ごろのことを考《かんが》え、玄関《げんかん》で手紙《てがみ》を開《あ》けてしまえばよかったと後悔《こうかい》していた。おじさんとおばさんは、暗《くら》い表情《ひょうじょう》で始終顔《しじゅうかお》を見合《みあ》わせていた。

朝《あさ》の郵便《ゆうびん》が届《とど》いた。バーノンおじさんは、努《つと》めてハリーにやさしくしようとしているらしく、ダドリーに郵便《ゆうびん》を取《と》りに行《い》かせた。スメルティングズ杖《づえ》でそこらじゅうをたたきまくりながら、ダドリーは玄関《げんかん》に行《い》った。やがて、ダドリーの大声《おおごえ》がした。

「また来《き》たよ！　プリベット通《どお》り四番地《ばんち》、一番小《いちばんちい》さい寝室《しんしつ》、ハリー・ポッター様《さま》――」

バーノンおじさんは首《くび》をしめられたような叫《さけ》び声《ごえ》を上《あ》げて椅子《いす》から跳《と》び上《あ》がり、廊下《ろうか》をかけだした。続《つづ》いてハリー――バーノンおじさんはダドリーを組《く》み伏《ふ》せて手紙《てがみ》を奪《うば》い取《と》ったが、ハリーが後《うし》ろからおじさんの首《くび》をつかんだので、三《み》つ巴《どもえ》となった。取《と》っ組《く》み合《あ》いの大混戦《だいこんせん》がしばらく続《つづ》き、みんないやというほどスメルティングズ杖《づえ》を食《く》らって、やがて息《いき》も絶《た》えだえに立《た》ち上《あ》がったのはバーノンおじさんだった。ハリーへの手紙《てがみ》をわしづかみにしている。

「物置《ものおき》に……じゃない、自分《じぶん》の部屋《へや》に行《い》け」

おじさんはゼイゼイしながら命令《めいれい》した。

「ダドリー、おまえも行《い》け……とにかく行《い》け」

ハリーは移《うつ》ってきたばかりの自分《じぶん》の部屋《へや》の中《なか》をぐるぐる歩《ある》き回《まわ》った。物置《ものおき》から引《ひ》っ越《こ》したことを誰《だれ》かが知《し》っている。最初《さいしょ》の手紙《てがみ》を受《う》け取《と》らなかったことを知《し》っている。だったら差出人《さしだしにん》は必《かなら》ずもう一度《いちど》出《だ》すのでは？　今度《こんど》こそ失敗《しっぱい》しないようにするぞ。ハリーには名案《めいあん》があった。

壊《こわ》れた時計《とけい》を直《なお》しておいたので、目覚《めざ》ましは翌朝《よくあさ》六時《じ》に鳴《な》った。ハリーは目覚《めざ》ましを急《いそ》いで止《と》め、こっそり服《ふく》を着《き》た。ダーズリー一家《いっか》を起《お》こさないように、電気《でんき》もつけず、ひっそりと階段《かいだん》を下《お》りた。

プリベット通《どお》りの角《かど》のところで郵便配達《ゆうびんはいたつ》を待《ま》てばよい。四番地宛《ばんちあて》の手紙《てかみ》を受《う》け取《と》るんだ。忍《しの》び足《あし》で暗《くら》い廊下《ろうか》を渡《わた》り、玄関《げんかん》へと向《む》かうハリーの心臓《しんぞう》は早鐘《はやがね》のように鳴《な》った……。

「**ウワーワワワァァァァァ！**」

ハリーは空中《くうちゅう》に跳《と》び上《あ》がった——玄関《げんかん》マットの上《うえ》で、何《なに》か大《おお》きくてグニャッとしたものを踏《ふ》んだ……何《なん》だ？　**生《い》き物《もの》だ！**

二階《かい》の電気《でんき》がついた。ハリーは度肝《どぎも》を抜《ぬ》かれた。大《おお》きくてグニャッとしたものは、なんと、バーノンおじさんの顔《かお》だった。おじさんは、まさにハリーのやろうとしたことを阻止《そし》するために、寝袋《ねぶくろ》にくるまって玄関《げんかん》のドアの前《まえ》で横《よこ》になっていたのだ。それから三十分《ぷん》、おじさんはえんえんとハリーをどなりつけ、最後《さいご》に紅茶《こうちゃ》をいれてこいと命令《めいれい》した。ハリーはすごすごとキッチンに向《む》かい、そこから玄関《げんかん》に戻《もど》ってきたちょうどその時《とき》、バーノンおじさんのひざの上《うえ》に郵便《ゆうびん》が投《な》げ込《こ》まれた。緑色《みどりいろ》で宛名《あてな》が書《か》かれた手紙《てがみ》が三通《つうみ》見えた。

「僕《ぼく》の……」

と言《い》い終《お》わらないうちに、おじさんはハリーの目《め》の前《まえ》で手紙《てがみ》をビリビリと破《やぶ》り捨《す》てた。

バーノンおじさんはその日《ひ》、会社《かいしゃ》を休《やす》み、家《いえ》の郵便受《ゆうびんう》けをくぎづけにした。口《くち》いっぱいにくぎをくわえたまま、おじさんはペチュニアおばさんに理由《りゆう》を説明《せつめい》した。

「いいか、配達《はいたつ》さえさせなけりゃ連中《れんちゅう》もあきらめるさ」

「でもあなた、そんなことでうまくいくかしら」

「ああ、連中《れんちゅう》の考《かんが》えることときたらおまえ、まともじゃない。わしらとは人種《じんしゅ》がちがう」

バーノンおじさんは、今《いま》しがたおばさんが持《も》ってきたフルーツケーキでくぎを打《う》とうとしていた。


金曜《きんよう》には、十二通《つう》もの手紙《てがみ》が届《とど》いた。郵便受《ゆうびんう》けに入《はい》らないので、ドアの下《した》から押《お》し込《こ》まれたり、横《よこ》のすきまに差《さ》し込《こ》まれたり、一階《かい》のトイレの小窓《こまど》からねじ込《こ》まれたものも数通《すうつう》あった。バーノンおじさんはまた会社《かいしゃ》を休《やす》んだ。手紙《てがみ》を全部焼《ぜんぶや》き捨《す》て、くぎと金槌《かなづち》を取《と》り出《だ》すと、玄関《げんかん》と裏口《うらぐち》のドアのすきまというすきまに板《いた》を打《う》ちつけ、誰一人外《だれひとりそと》に出《で》られないようにした。くぎを打《う》ちながら、「チューリップ畑《ばたけ》を忍《しの》び足《あし》」のせかせかした曲《きょく》を鼻歌《はなうた》で歌《うた》い、ちょっとした物音《ものおと》にも跳《と》び上《あ》がった。

土曜日《どようび》。もう手《て》がつけられなくなった。二十四通《つう》のハリー宛《あて》の手紙《てがみ》が家《いえ》の中《なか》に忍《しの》びこんできた。牛乳配達《ぎゅうにゅうはいたつ》が、いったい何事《なにごと》だろうという顔《かお》つきで、卵《たまご》を二ダース、居間《いま》の窓《まど》からペチュニアおばさんに手渡《てわた》したが、その卵《たまご》の一個《こ》一個《こ》に丸《まる》めた手紙《てがみ》が隠《かく》してあったのだ。バーノンおじさんは、誰《だれ》かに文句《もんく》を言《い》わなければ気《き》がすまず、郵便局《ゆうびんきょく》と牛乳店《ぎゅうにゅうてん》に怒《いか》りの電話《でんわ》をかけた。ペチュニアおばさんはミキサーで手紙《てがみ》を粉々《こなごな》にした。

「おまえなんかにこんなにめちゃくちゃ話《はな》したがっているのはいったい誰《だれ》なんだ？」

ダドリーも驚《おどろ》いてハリーに聞《き》いた。

日曜《にちよう》の朝《あさ》、バーノンおじさんはつかれたやや青《あお》い顔《かお》で、しかしうれしそうに朝食《ちょうしょく》の席《せき》に着《つ》いた。

「日曜《にちよう》は郵便《ゆうびん》は休《やす》みだ」

新聞《しんぶん》にママレードを塗《ぬ》りたくりながら、おじさんは嬉々《きき》としてみんなに言《い》った。

「今日《きょう》はいまいましい手紙《てがみ》なんぞ――」

そう言《い》い終《お》わらないうちに、何《なに》かがキッチンの煙突《えんとつ》を伝《つた》ってヒューッと落《お》ちてきて、おじさんの後頭部《こうとうぶ》にコツンとぶつかった。次《つぎ》の瞬間《しゅんかん》、三十枚《まい》も四十枚《まい》もの手紙《てがみ》が、暖炉《だんろ》から雨《あめ》あられと降《ふ》ってきた。ダーズリーたちはみんな身《み》をかわしたが、ハリーは飛《と》びついて手紙《てがみ》をつかまえようとした。

「出《で》ていけ。**出《で》ていくんだ！**」

バーノンおじさんはハリーの腰《こし》のあたりをつかまえて廊下《ろうか》に放《ほう》り出《だ》した。ペチュニアおばさんとダドリーは顔《かお》を腕《うで》でかばいながら部屋《へや》から逃《に》げ出《だ》した。バーノンおじさんがドアをピシャリと閉《し》めたあとも、手紙《てがみ》が部屋《へや》の中《なか》に洪水《こうずい》のようにあふれ出《で》て壁《かべ》やら床《ゆか》やらではね返《かえ》る音《おと》が聞《き》こえてきた。

「これで決《き》まりだ」

バーノンおじさんは平静《へいせい》に話《はな》そうとしてはいたが、同時《どうじ》に口《くち》ひげをしこたま引《ひ》き抜《ぬ》いていた。

「みんな、出発《しゅっぱつ》の準備《じゅんび》をして五分後《ふんご》に、ここに集合《しゅうごう》だ。家《いえ》を離《はな》れることにする。着替《きが》えだけ持《も》ってきなさい。問答無用《もんどうむよう》だ！」

口《くち》ひげを半分《はんぶん》も引《ひ》き抜《ぬ》いてしまったおじさんの形相《ぎょうそう》はすさまじく、誰《だれ》も問答《もんどう》する気《き》になれなかった。十分後《ぶんご》、板《いた》をガンガンに打《う》ちつけたドアをこじ開《あ》け、一行《いっこう》は車《くるま》に乗《の》り込《こ》み、高速道路《こうそくどうろ》を目指《めざ》して突《つ》っ走《ぱし》っていた。ダドリーは後《うし》ろの席《せき》でグスグス泣《な》いていた。テレビやビデオやコンピュータをスポーツバッグに詰《つ》め込《こ》もうとしてみんなを待《ま》たせたので、父親《ちちおや》からガツンと頭《あたま》に一発《ぱつ》食《く》らったのだ。

一行《いっこう》を乗《の》せて車《くるま》は走《はし》った。どこまでも走《はし》った――ペチュニアおばさんさえ、どこに行《い》くのかと質問《しつもん》もできない。バーノンおじさんはときどき急《きゅう》カーブを切《き》り、進行方向《しんこうほうこう》と反対《はんたい》の方向《ほうこう》に車《くるま》を走《はし》らせたりした。

「振《ふ》り払《はら》うんだ……振《ふ》り切《き》るんだ」

そのたびにおじさんはブツブツ言《い》った。

一行《いっこう》は一日中《いちにちじゅう》飲《の》まず食《く》わずで走《はし》りに走《はし》った。暗《くら》くなるころにはダドリーが泣《な》きわめいていた。腹《はら》ペコで、お気《き》に入《い》りのテレビ番組《ばんぐみ》は五本《ほん》も見逃《みのが》したし、こんなに長時間《ちょうじかん》、コンピュータ・ゲームでエイリアンを一人《ひとり》もやっつけなかったなんて、ダドリーの人生最悪《じんせいさいあく》の一日《いちにち》だった。

バーノンおじさんは、どこか大《おお》きな町《まち》はずれの、陰気《いんき》くさいホテルの前《まえ》でやっと車《くるま》を止《と》めた。ダドリーとハリーはツイン・ベッドの部屋《へや》に泊《と》まった。湿《しめ》っぽい、かび臭《くさ》いシーツだった。ダドリーは高《たか》いびきだったが、ハリーは眠《ねむ》れないままに、窓辺《まどべ》に腰《こし》かけ、下《した》を通《とお》り過《す》ぎる車《くるま》のライトを眺《なが》めながら物思《ものおも》いに沈《しず》んでいた……。

翌朝《よくあさ》、かび臭《くさ》いコーンフレークと、缶詰《かんづめ》の冷《つめ》たいトマトをのせたトーストの朝食《ちょうしょく》をとった。ちょうど食《た》べ終《お》わったとき、ホテルの女主人《おんなしゅじん》がやってきた。

「ごめんなさいまっし。ハリー・ポッターという人《ひと》はいなさるかね？　今《いま》しがた、フロントにこれとおんなじもんがざっと百ほど届《とど》いたがね」

女主人《おんなしゅじん》は、みんなが宛名《あてな》を読《よ》めるように手紙《てがみ》をかざして見《み》せた。緑《みどり》のインクだ。

コークワース州《しゅう》
レールビューホテル17号室《ごうしつ》
ハリー・ポッター様《さま》

ハリーは手紙《てがみ》をつかもうとしたが、バーノンおじさんがその手《て》を払《はら》いのけた。女主人《おんなしゅじん》は目《め》を丸《まる》くした。

「わしが引《ひ》き取《と》る」

バーノンおじさんはすばやく立《た》ちあがり、女主人《おんなしゅじん》について食堂《しょくどう》を出《で》ていった。

「ねえ、家《いえ》に帰《かえ》ったほうがいいんじゃないかしら？」

ペチュニアおばさんが恐《おそ》る恐《おそ》るそう言《い》ったのはそれから数時間後《すうじかんご》だったが、車《くるま》を走《はし》らせるバーノンおじさんにはまるで聞《き》こえていない。いったいおじさんが何《なに》を探《さが》そうとしているのか、誰《だれ》にも皆目《かいもく》わからなかった。ある時《とき》は森《もり》の奥深《おくふか》くまで入《はい》り、降《お》りてあたりを見回《みまわ》し、頭《かぶり》を振《ふ》り、また車《くるま》に戻《もど》り、また走《はし》り――ある時《とき》は耕《たがや》された畑《はたけ》のど真《ま》ん中《なか》で、またある時《とき》は吊《つ》り橋《ばし》の真《ま》ん中《なか》で、そしてまたある時《とき》は立体駐車場《りったいちゅうしゃじょう》の屋上《おくじょう》で、おじさんは同《おな》じことをくり返《かえ》した。

「パパ、気《き》が変《へん》になったんじゃない？」

夕方近《ゆうがたちか》くになって、ダドリーがぐったりして母親《ははおや》に問《と》いかけた。バーノンおじさんは海岸近《かいがんちか》くで車《くるま》を停《と》め、みんなを車《くるま》に閉《と》じ込《こ》めて鍵《かぎ》をかけ、姿《すがた》を消《け》した。

雨《あめ》が降《ふ》ってきた。大粒《おおつぶ》の雨《あめ》が車《くるま》の屋根《やね》を打《う》った。

「今日《きょう》は月曜《げつよう》だ」

ダドリーは母親《ははおや》に向《む》かって哀《あわ》れっぽい声《こえ》を出《だ》した。

「今夜《こんや》は『グレート・ハンベルト』があるんだ。テレビのある所《ところ》に泊《と》まりたいよう」

月曜《げつよう》だ。ハリーは何《なに》か思《おも》い出《だ》しかけていた。もし月曜《げつよう》なら——曜日《ようび》に関《かん》してはダドリーの言《い》うことは信用《しんよう》できる……テレビのおかげで——もし本当《ほんとう》にそうなら、明日《あす》は火曜日《かようび》、そしてハリーの十一歳《さい》の誕生日《たんじょうび》だ。誕生日《たんじょうび》が楽《たの》しかったことは一度《いちど》もない……去年《きょねん》のダーズリー一家《いっか》からのプレゼントは、コートを掛《か》けるハンガーとおじさんのお古《ふる》の靴下《くつした》だった。それでも、十一歳《さい》の誕《たん》生日《じょうび》は一生《いっしょう》に一度《いちど》しか来《こ》ない。

バーノンおじさんはにんまりしながら戻《もど》ってきた。長《なが》い、細《ほそ》い包《つつ》みを抱《かか》えている。何《なに》を買《か》ったのかとおばさんが聞《き》いても、答《こた》えなかった。

「申《もう》し分《ぶん》のない場所《ばしょ》を見《み》つけたぞ。来《く》るんだ。みんな降《お》りろ！」

外《そと》はとても寒《さむ》かった。バーノンおじさんは、海《うみ》のかなたに見《み》える、何《なに》やら大《おお》きな岩《いわ》を指《ゆび》さしている。その岩《いわ》のてっぺんに、とほうもなくみすぼらしい小屋《こや》がちょこんとのっている――テレビがないことだけは保証《ほしょう》できる。

「今夜《こんや》は嵐《あらし》が来《く》るぞ！」

バーノンおじさんは上機嫌《じょうきげん》で手《て》をたたきながら言《い》った。

「このご親切《しんせつ》な方《かた》が、船《ふね》を貸《か》してくださることになった」

歯《は》のすっかり抜《ぬ》けた老人《ろうじん》がよぼよぼと近《ちか》づいてきて、何《なに》やら気味《きみ》の悪《わる》い笑《え》みを浮《う》かべながら、鉛色《なまりいろ》の波打《なみう》ち際《ぎわ》に木《こ》の葉《は》のように浮《う》かぶボロ船《ぶね》を指《ゆび》さした。

「食料《しょくりょう》は手《て》に入《い》れた。一同《いちどう》、乗船《じょうせん》！」

バーノンおじさんが号令《ごうれい》をかけた。

船《ふね》の中《なか》は凍《こご》えそうな寒《さむ》さだった。氷《こおり》のような波《なみ》しぶきと雨《あめ》が首筋《くびすじ》を伝《つた》わり、刺《さ》すような風《かぜ》が顔《かお》を打《う》った。何時間《なんじかん》もたったかと思《おも》われるころ、船《ふね》は岩《いわ》にたどり着《つ》き、バーノンおじさんは先頭《せんとう》を切《き》ってすべったり転《ころ》んだりしながらオンボロ小屋《ごや》へと向《む》かった。

小屋《こや》の中《なか》はひどかった。海草《かいそう》の臭《にお》いがツンと鼻《はな》を刺《さ》し、板壁《いたかべ》のすきまからヒューヒューと風《かぜ》が吹《ふ》き込《こ》んでいた。おまけに火《ひ》の気《け》のない暖炉《だんろ》は湿《しめ》っていた。部屋《へや》は二つしかなかった。

バーノンおじさんの用意《ようい》した食料《しょくりょう》は、ポテトチップ一人一袋《ひとりひとふくろ》、バナナ四本《ほん》しかなかった。暖炉《だんろ》に火《ひ》を入《い》れようと、おじさんはポテトチップの空《あ》き袋《ぶくろ》に火《ひ》をつけたが、くすぶってチリチリと縮《ちぢ》んだだけだった。

「今《いま》ならあの手紙《てがみ》が役立《やくだ》つかもしれんな。え？」

おじさんは楽《たの》しそうに言《い》った。

おじさんは上機嫌《じょうきげん》だった。こんな嵐《あらし》の中《なか》、まさかここまで郵便《ゆうびん》を届《とど》けにくるやつはいまい、と思《おも》っているにちがいない。ハリーもおじさんと同意見《どういけん》だったが、上機嫌《じょうきげん》にはなれなかった。

夜《よる》になると、予報《よほう》どおり嵐《あらし》が吹《ふ》き荒《あ》れた。波《なみ》は高《たか》く、しぶきがピシャピシャと小屋《こや》の壁《かべ》を打《う》った。風《かぜ》は猛《たけ》り、汚《よご》れた窓《まど》をガタガタいわせた。ペチュニアおばさんは奥《おく》の部屋《へや》からかび臭《くさ》い毛布《もうふ》を二、三枚見《まいみ》つけてきて、ダドリーのために虫食《むしく》いだらけのソファの上《うえ》にベッドをこしらえた。おじさんとおばさんは、奥《おく》の部屋《へや》のデコボコしたベッドにおさまった。ハリーは床《ゆか》のやわらかそうな所《ところ》を探《さが》して、一番薄《いちばんうす》い、一番《いちばん》ボロの毛布《もうふ》にくるまって体《からだ》を丸《まる》くした。

夜《よる》がふけるにつれて、嵐《あらし》はますます激《はげ》しさを増《ま》した。ハリーは眠《ねむ》れなかった。ガタガタ震《ふる》えながら、なんとか楽《らく》な姿勢《しせい》になろうと何度《なんど》も寝返《ねがえ》りを打《う》った。空腹《くうふく》でお腹《なか》が鳴《な》った。ダドリーの大《おお》いびきも、真夜中近《まよなかちか》くに始《はじ》まった雷《かみなり》のゴロゴロという低《ひく》い音《おと》にかき消《け》されていった。ソファからはみ出《だ》してぶらぶらしているダドリーの太《ふと》った手首《てくび》に、蛍光文字盤《けいこうもじばん》つきの腕時計《うでどけい》があった。あと十分《ぷん》でハリーは十一歳《さい》になる。

横《よこ》になったまま、ハリーは自分《じぶん》の誕生日《たんじょうび》が刻一刻《こくいっこく》と近《ちか》づくのを見《み》ていた。おじさんやおばさんは覚《おぼ》えているのだろうか。手紙《てがみ》をくれた人《ひと》は今《いま》どこにいるのだろう。

——あと五分《ふん》。ハリーは外《そと》で何《なに》かが軋《きし》むのを聞《き》いた。屋根《やね》が落《お》ちてきませんように。いや、落《お》ちたほうが暖《あたた》かいかもしれない。あと四分《ぷん》。プリベット通《どお》りの家《いえ》は手紙《てがみ》であふれているかもしれない。帰《かえ》ったら一つぐらいはなんとか抜《ぬ》き取《と》ることができるかもしれない。

——あと三分《ぷん》。あんなに強《つよ》く岩《いわ》を打《う》つのは荒海《あらうみ》なのか？　それに——あと二分《ふん》——あの奇妙《きみょう》なガリガリという音《おと》は何《なん》なのだろう？　岩《いわ》が崩《くず》れて海《うみ》に落《お》ちる音《おと》か？

——十一歳《さい》まで、あと一分《ぷん》。三十秒《びょう》……二十……十……九……いやがらせにダドリーを起《お》こしてやろうか。……三……二……一……。

ドーン！

小屋中《こやじゅう》が震《ふる》えた。ハリーはびくっと跳《と》び起《お》きてドアを見《み》つめた。誰《だれ》か外《そと》にいる。ドアをノックしている。

第《だい》4章《しょう》 鍵《かぎ》の番人《ばんにん》

ドーン。

もう一度《いちど》、誰《だれ》かがノックした。ダドリーが跳《と》び起《お》きて、寝《ね》ぼけた声《こえ》を上《あ》げた。

「なに？　大砲《たいほう》？　どこ？」

むこうの部屋《へや》でガラガラガッシャンと音《おと》がしたかと思《おも》うと、バーノンおじさんがライフル銃《じゅう》を手《て》に、すっとんできた――あの細長《ほそなが》い包《つつ》みが何《なん》だったのか、今《いま》わかった。

「誰《だれ》だ。そこにいるのは。言《い》っとくが、こっちには銃《じゅう》があるぞ！」おじさんは叫《さけ》んだ。

一瞬《いっしゅん》の空白《くうはく》があった。そして……。

バターン！

蝶番《ちょうつがい》も吹《ふ》っ飛《と》び、ものすごい力《ちから》で開《あ》けられた扉《とびら》が、轟音《ごうおん》を上《あ》げて床《ゆか》に倒《たお》れた。

戸口《とぐち》には大男《おおおとこ》が突《つ》っ立《た》っていた。ぼうぼうと長《なが》い髪《かみ》、もじゃもじゃの荒々《あらあら》しいひげに隠《かく》れて、顔《かお》はほとんど見《み》えない。でも、毛《け》むくじゃらの中《なか》から、真《ま》っ黒《くろ》なコガネムシのような目《め》がキラキラ輝《かがや》いているのが見《み》える。

大男《おおおとこ》は窮屈《きゅうくつ》そうに部屋《へや》に入《はい》ってきた。身《み》をかがめても、髪《かみ》が天井《てんじょう》をこすった。男《おとこ》は腰《こし》を折《お》ってドアを拾《ひろ》い上《あ》げると、いとも簡単《かんたん》に元《もと》の枠《わく》にバチンと戻《もど》した。外《そと》の嵐《あらし》の音《おと》がやや薄《うす》らいで聞《き》こえた。大男《おおおとこ》は振《ふ》り返《かえ》ってぐるりとみんなを見渡《みわた》した。

「茶《ちゃ》でもいれてくれんかね？　いやはや、ここまで来《く》るのは骨《ほね》だったぞ……」

男《おとこ》は大股《おおまた》でソファに近《ちか》づき、恐怖《きょうふ》で凍《こお》りついているダドリーに言《い》った。

「少《すこ》し空《あ》けてくれや、太《ふと》っちょ」

ダドリーは金切《かなき》り声《ごえ》を上《あ》げて逃《に》げ出《だ》し、母親《ははおや》の陰《かげ》に隠《かく》れた。おばさんは震《ふる》えながらおじさんの陰《かげ》にうずくまっていた。

「オーッ、ハリーだ！」と大男《おおおとこ》が言《い》った。

ハリーは恐《おそ》ろしげな、荒々《あらあら》しい黒《くろ》い影《かげ》のような男《おとこ》の顔《かお》を見上《みあ》げ、コガネムシのような目《め》がくしゃくしゃになって笑《わら》いかけているのを見《み》つけた。

「最後《さいご》におまえさんを見《み》たときにゃ、まだほんの赤《あか》ん坊《ぼう》だったなあ。父《とう》さんそっくりになった。でも目《め》は母《かあ》さんの目《め》だなあ」と大男《おおおとこ》は言《い》った。

バーノンおじさんは奇妙《きみょう》なかすれ声《こえ》を出《だ》した。

「今《いま》すぐお引《ひ》き取《と》りを願《ねが》いたい。家宅侵入罪《かたくしんにゅうざい》ですぞ！」

「だまれ、ダーズリー。くさった大《おお》スモモめ」

と言《い》うやいなや、大男《おおおとこ》はソファの背《せ》ごしに手《て》を伸《の》ばしておじさんの手《て》から銃《じゅう》をひったくり、まるでゴム細工《ざいく》でもひねるかのようにやすやすと丸《まる》めて一結《ひとむす》びにし、部屋《へや》の隅《すみ》に放《ほう》り投《な》げてしまった。

バーノンおじさんはまたまた奇妙《きみょう》な声《こえ》を上《あ》げた。今度《こんど》は踏《ふ》みつけられたネズミのような声《こえ》だった。

「何《なに》はともあれ……ハリーや」

大男《おおおとこ》はダーズリーに背《せ》を向《む》けてハリーに話《はな》しかけた。

「お誕生日《たんじょうび》おめでとう。おまえさんにちょいとあげたいもんがある……どっかで俺《おれ》が尻《しり》に敷《し》いちまったかもしれんが、まあ味《あじ》は変《か》わらんだろ」

黒《くろ》いコートの内《うち》ポケットから、ややひしゃげた箱《はこ》が出《で》てきた。ハリーは震《ふる》える指《ゆび》で箱《はこ》を開《あ》けた。中《なか》は大《おお》きなとろりとしたチョコレートケーキで、上《うえ》には緑色《みどりいろ》の砂糖《さとう》で、「**ハリー　お誕生日**《たんじょうび》**おめでとう**」と書《か》いてあった。

ハリーは大男《おおおとこ》を見上《みあ》げた。ありがとうと言《い》うつもりだったのに、言葉《ことば》が途中《とちゅう》で迷子《まいご》になって、かわりに「あなたは誰《だれ》？」と言《い》ってしまった。大男《おおおとこ》はクスクス笑《わら》いながら答《こた》えた。

「うんうん、まだ自己紹介《じこしょうかい》をしとらんかった。俺《おれ》はルビウス・ハグリッド。ホグワーツの鍵《かぎ》と領地《りょうち》を守《まも》る番人《ばんにん》だ」

男《おとこ》は巨大《きょだい》な手《て》を差《さ》し出《だ》し、ハリーの腕《うで》をブンブン振《ふ》って握手《あくしゅ》した。

「さあて、お茶《ちゃ》にしようじゃないか。え？」

男《おとこ》はもみ手《て》しながら言《い》った。

「紅茶《こうちゃ》よりちょいと強《つよ》い液体《えきたい》だってかまわんぞ。まあ、あればの話《はなし》だがな」

大男《おおおとこ》は、チリチリに縮《ちぢ》んだポテトチップの空《あ》き袋《ぶくろ》が転《ころ》がっているだけの、火《ひ》の気《け》のない暖炉《だんろ》に目《め》をやると、フンと鼻《はな》を鳴《な》らしながら、暖炉《だんろ》に覆《おお》いかぶさるようにして何《なに》やら始《はじ》めた。次《つぎ》の瞬間《しゅんかん》、大男《おおおとこ》が身《み》を引《ひ》くと、暖炉《だんろ》にはごうごうと火《ひ》が起《お》こっていた。

火《ひ》は湿《しめ》った小屋《こや》をチラチラゆらめく明《あ》かりで満《み》たし、ハリーは暖《あたた》かい湯《ゆ》にとっぷりとつかったような温《ぬく》もりが体中《からだじゅう》を包《つつ》むのを感《かん》じた。

大男《おおおとこ》はソファにドッカと座《すわ》った。ソファが重《おも》みで沈《しず》み込《こ》んだ。男《おとこ》はコートのポケットから次々《つぎつぎ》にいろいろなものを取《と》り出《だ》しはじめた。銅《どう》のやかん、ひしゃげたソーセージ一袋《ひとふくろ》、火《ひ》かき棒《ぼう》、ティーポット、口《くち》の欠《か》けたマグカップ数個《すうこ》、琥珀色《こはくいろ》の液体《えきたい》が入《はい》った瓶《びん》。その液体《えきたい》を一杯《ぱい》ひっかけてから、大男《おおおとこ》はお茶《ちゃ》の準備《じゅんび》を始《はじ》めた。やがて、ソーセージがジュージュー焼《や》ける音《おと》と匂《にお》いで小屋《こや》中《じゅう》がいっぱいになった。誰《だれ》も声《こえ》を出《だ》すものはいなかった。太《ふと》くてやわらかそうな、少《すこ》し焦《こ》げ目《め》のついたソーセージが六本《ぽん》、焼《や》き串《ぐし》からはずされたとき、ダドリーがそわそわしはじめたので、おじさんは一喝《いっかつ》した。

「ダドリー、この男《おとこ》のくれるものに、いっさいさわってはいかん」

大男《おおおとこ》はクックッと低《ひく》く笑《わら》いながら言《い》った。

「おまえのデブチン息子《むすこ》はこれ以上太《いじょうふと》らんでいい。ダーズリーとっつあん、余計《よけい》な心配《しんぱい》だ」

男《おとこ》はソーセージをハリーに渡《わた》した。お腹《なか》がすいていたので、ハリーはこんなにおいしいものは食《た》べたことがないと思《おも》った。それでも、目《め》だけは大男《おおおとこ》にくぎづけになっていた。誰《だれ》も説明《せつめい》してくれないので、とうとうハリーは口《くち》を開《ひら》いた。

「あの、僕《ぼく》、まだあなたが誰《だれ》だかわからないんですけど」

大男《おおおとこ》はお茶《ちゃ》をガブリと飲《の》んで、手《て》の甲《こう》で口《くち》をぬぐった。

「ハグリッドって呼《よ》んでおくれ。みんなそう呼《よ》ぶんだ。さっき言《い》ったように、ホグワーツの番人《ばんにん》だ――ホグワーツのことはもちろん知《し》っとろうな？」

「あの……、いいえ」

ハグリッドはショックを受《う》けたような顔《かお》をした。

「ごめんなさい」ハリーはあわてて言《い》った。

「ごめんなさいだと？」

ハグリッドはほえるような大声《おおごえ》を出《だ》すと、ダーズリーたちをにらみつけた。ダーズリー親子《おやこ》は薄暗《うすぐら》いところで、小《ちい》さくなっていた。

「ごめんなさいはこいつらのセリフだ。おまえさんが手紙《てがみ》を受《う》け取《と》ってないのは知《し》っとったが、まさかホグワーツのことも知《し》らんとは、思《おも》ってもみんかったぞ。なんてこった！　おまえの両親《りょうしん》がいったいどこであんなにいろんなことを学《まな》んだのか、不思議《ふしぎ》に思《おも》わなんだのか？」

「いろんなことって？」ハリーが尋《たず》ねた。

「**いろんなことって、**だと？」

ハグリッドの雷《かみなり》のような声《こえ》が響《ひび》く。

「ちょっとまった！」

ハグリッドは仁王立《におうだ》ちになった。怒《いか》りでハグリッドの体《からだ》が小屋《こや》いっぱいにふくれ上《あ》がったかのようだった。ダーズリー親子《おやこ》はすくみあがって壁《かべ》にはりついていた。

ハグリッドは、ダーズリーたちに詰《つ》め寄《よ》って、かみつくように言《い》った。

「この子《こ》が……この子《こ》ともあろうものが……何《なに》も知《し》らんというのか……まったく**なんにも？**」

ハリーは、ちょっと言《い》い過《す》ぎじゃないかと思《おも》った。学校《がっこう》にも行《い》ったし、成績《せいせき》だってそう悪《わる》くなかったんだから。

「僕《ぼく》、**少**《すこ》**しなら**知《し》ってるよ。算数《さんすう》とか、そんなのだったら」

ハグリッドは首《くび》を横《よこ》に振《ふ》った。

「**我々**《われわれ》**の**世界《せかい》のことだよ。つまり、おまえさんの世界《せかい》だ。俺《おれ》の世界《せかい》。おまえさんの両親《りょうしん》の世界《せかい》のことだ」

「何《なん》の世界《せかい》？」

ハグリッドはいまや爆発寸前《ばくはつすんぜん》の形相《ぎょうそう》だ。

「**ダーズリー！**」

ドッカーンときた。

バーノンおじさんは真《ま》っ青《さお》な顔《かお》で、何《なに》やら「ムニャムニャ」と意味《いみ》のないことを言《い》うばかりだった。ハグリッドはハリーを燃《も》えるような目《め》で見《み》つめた。

「じゃが、おまえさんの父《とう》さん母《かあ》さんのことは知《し》っとるだろうな。ご両親《りょうしん》は有名《ゆうめい》なんだ。おまえ**さんも**有名《ゆうめい》なんだよ」

「えっ？　僕《ぼく》の……父《とう》さんと母《かあ》さんが有名《ゆうめい》だったなんて、ほんとに？」

「知《し》らんのか……おまえは、知《し》らんのか……」

ハグリッドは髪《かみ》をかきむしり、当惑《とうわく》したまなざしでハリーを見《み》つめた。

「おまえさんは、自分《じぶん》が何者《なにもの》なのか知《し》らんのだな？」

しばらくしてハグリッドはそう言《い》った。

バーノンおじさんが急《きゅう》に声《こえ》を取《と》り戻《もど》して、命令口調《めいれいくちょう》で言《い》った。

「やめろ！　客人《きゃくじん》。今《いま》すぐやめろ！　その子《こ》にこれ以上何《いじょうなに》も言《い》ってはいかん！」

ハグリッドはすさまじい形相《ぎょうそう》でおじさんをにらみつけた。そのものすごさときたら、たとえ今《いま》のダーズリー氏《し》より勇敢《ゆうかん》な人《ひと》がいたってしっぽを巻《ま》いただろう。ハグリッドの言葉《ことば》は、一言一言《ひとことひとこと》怒《いか》りでわなわなと震《ふる》えていた。

「きさまは何《なに》も話《はな》してやらなかったんだな？　ダンブルドアがこの子《こ》のために残《のこ》した手紙《てがみ》の中身《なかみ》を、一度《いちど》も？　俺《おれ》はあの場《ば》にいたんだ！　ダンブルドアが手紙《てがみ》を置《お》くのを見《み》ていたんだぞ！　それなのに、きさまはずーっとこの子《こ》に隠《かく》していたんだな？」

「いったい何《なに》を隠《かく》してたの？」ハリーは急《せ》き込《こ》んで聞《き》いた。

「**やめろ。絶対言《ぜったいい》うな！**」

おじさんはあわてふためいて叫《さけ》び、ペチュニアおばさんは、恐怖《きょうふ》で引《ひ》きつった声《こえ》を上《あ》げた。

「二人《ふたり》とも勝手《かって》にわめいていろ。ハリー——おまえは魔法使《まほうつか》いだ」

小屋《こや》の中《なか》が、シーンとした。聞《き》こえるのはただ、波《なみ》の音《おと》とヒューヒューという風《かぜ》の音《おと》……。

「僕《ぼく》が、何《なん》だって？」ハリーは息《いき》をのんだ。

「魔法使《まほうつか》いだよ、今言《いまい》ったとおり」

ハグリッドはまたソファにドシンと座《すわ》った。ソファがギシギシとうめき声《こえ》を上《あ》げて、前《まえ》より深《ふか》く沈《しず》み込《こ》んだ。

「しかも、訓練《くんれん》さえ受《う》けりゃ、そんじょそこらの魔法使《まほうつか》いよりすごくなる。なんせ、ああいう父《とう》さんと母《かあ》さんの子《こ》だ。おまえは魔法使《まほうつか》いに決《き》まっちょる。そうじゃねえか？　さて、手紙《てがみ》を読《よ》む時《とき》がきたようだ」

ハリーはついに黄色味《きいろみ》がかった封筒《ふうとう》に手《て》を伸《の》ばした。エメラルド色《いろ》で宛名《あてな》が書《か》いてある。

海《うみ》の上《うえ》
岩《いわ》の上《うえ》の小屋《こや》　床《ゆか》
　ハリー・ポッター様《さま》

中《なか》から手紙《てがみ》を取《と》り出《だ》し、読《よ》んだ。

ホグワーツ魔法《まほう》魔術《まじゅつ》学校《がっこう》

校長《こうちょう》　アルバス・ダンブルドア

マーリン勲章勲《くんしょうくん》一等《とう》、大魔法使《だいまほうつか》い、魔法戦士隊長《まほうせんしたいちょう》、
最上級独立魔法使《さいじょうきゅうどくりつまほうつか》い、国際魔法使《こくさいまほうつか》い連盟会員《れんめいかいいん》

親愛《しんあい》なるポッター殿《どの》

このたびホグワーツ魔法魔術学校《まほうまじゅつがっこう》にめでたく入学《にゅうがく》を許可《きょか》されましたこと、心《こころ》よりお喜《よろこ》び申《もう》し上《あ》げます。

教科書《きょうかしょ》並《なら》びに必要《ひつよう》な教材《きょうざい》のリストを同封《どうふう》いたします。

新学期《しんがっき》は九月《がつ》一日《ついたち》に始《はじ》まります。七月《がつ》三十一日《にち》必着《ひっちゃく》でふくろう便《びん》にてのお返事《へんじ》をお待《ま》ちしております。

敬具《けいぐ》

副校長《ふくこうちょう》　ミネルバ・マクゴナガル

ハリーの頭《あたま》で、まるで花火《はなび》のように次々《つぎつぎ》と疑問《ぎもん》がはじけた。何《なに》から先《さき》に聞《き》いてよいのかわからない。しばらくしてやっと、つっかえながら聞《き》いた。

「これどういう意味《いみ》ですか？　ふくろう便《びん》を待《ま》つって」

「おっとどっこい。忘《わす》れるとこだった」

ハグリッドは「しまった」というふうにおでこを手《て》でパチンとたたいたが、その力《ちから》の強《つよ》いこと、馬車馬《ばしゃうま》でも吹《ふ》っ飛《と》んでしまいそうだ。そして、コートのポケットから今度《こんど》はふくろうを引《ひ》っ張《ぱ》り出《だ》した……少《すこ》しもみくちゃになってはいたが、生《い》きている本物《ほんもの》だ……それから、長《なが》い羽根《はね》ペンと……羊皮紙《ようひし》の巻紙《まきがみ》を取《と》り出《だ》した。ハグリッドが歯《は》の間《あいだ》から舌《した》を少《すこ》しのぞかせながら走《はし》り書《が》きするのを、ハリーは逆《さか》さまから読《よ》んだ。

ダンブルドア先生《せんせい》
ハリーに手紙《てがみ》を渡《わた》しました。明日《あす》は入学《にゅうがく》に必要《ひつよう》なものを買《か》いに連《つ》れてゆきます。
ひどい天気《てんき》です。お元気《げんき》で。

ハグリッドより

ハグリッドは手紙《てがみ》をくるくるっと丸《まる》めてふくろうのくちばしにくわえさせ、戸《と》を開《あ》けて嵐《あらし》の中《なか》に放《はな》った。そして、まるで電話《でんわ》でもかけたかのようにあたりまえの顔《かお》で、ソファに戻《もど》った。

ハリーはポカンと口《くち》を開《あ》けていることに気《き》づいてあわてて閉《と》じた。

「どこまで話《はな》したかな？」とハグリッドが言《い》ったとき、おじさんが灰色《はいいろ》の顔《かお》に怒《いか》りの表情《ひょうじょう》をあらわにし、暖炉《だんろ》の火《ひ》の明《あか》るみにぐいと進《すす》み出《で》た。

「ハリーは行《い》かせんぞ」

「おまえのようなコチコチのマグルに、この子《こ》を引《ひ》き止《と》められるもんなら、拝見《はいけん》しようじゃないか」とハグリッドはうなった。

「マグ——何《なん》て言《い》ったの？」気《き》になってハリーは聞《き》いた。

「マグルだよ。連中《れんちゅう》のような魔法族《まほうぞく》ではない者《もの》を俺《おれ》たちはそう呼《よ》ぶ。よりによって、俺《おれ》の見《み》た中《なか》でも最悪《さいあく》の、極《きわ》めつきの大《おお》マグルの家《いえ》で育《そだ》てられるなんて、おまえさんも不運《ふうん》だったなあ」

「ハリーを引《ひ》き取《と》ったとき、くだらんごちゃごちゃはおしまいにするとわしらは誓《ちか》った。この子《こ》の中《なか》からそんなものはたたき出《だ》してやると誓《ちか》ったんだ！　魔法使《まほうつか》いなんて、まったく！」

「知《し》ってたの？　おじさん、僕《ぼく》があの、ま、魔法使《まほうつか》いだってこと、知《し》ってたの？」

突然《とつぜん》ペチュニアおばさんがかん高《だか》い声《こえ》を上《あ》げた。

「知《し》ってたかですって？　ああ、知《し》ってたわ。知《し》ってましたとも！　あのしゃくな妹《いもうと》がそうだったんだから、おまえだってそうに決《き》まってる。妹《いもうと》にもちょうどこれと同《おな》じような手紙《てがみ》が来《き》て、さっさと行《い》ってしまった……その学校《がっこう》とやらへね。休《やす》みで帰《かえ》ってくるときにゃ、ポケットはカエルの卵《たまご》でいっぱいだし、ティーカップをネズミに変《か》えちまうし。私《わたし》だけは、妹《いもうと》の本当《ほんとう》の姿《すがた》を見《み》てたんだよ……奇人《きじん》だって。ところがどうだい、父《ちち》も母《はは》も、やれリリー、それリリーって、わが家《や》に魔女《まじょ》がいるのが自慢《じまん》だった」

おばさんはここで大《おお》きく息《いき》を吸《す》い込《こ》むと、何年《なんねん》もがまんしていたものを吐《は》き出《だ》すように一気《いっき》にまくしたてた。

「そのうち学校《がっこう》であのポッターに出会《であ》って、二人《ふたり》ともどっかへ行《い》って結婚《けっこん》した。そしておまえが生《う》まれたんだ。ええ、ええ、知《し》ってましたとも。おまえも同《おな》じだろうってね。同《おな》じように変《へん》てこりんで、同《おな》じように……まともじゃないってね。それから妹《いもうと》は、自業自得《じごうじとく》で吹《ふ》っ飛《と》んじまった。おかげでわたしたちゃ、おまえを押《お》しつけられたってわけさ！」

ハリーは真《ま》っ青《さお》で声《こえ》も出《で》ない。やっと口《くち》がきけるようになったとき、叫《さけ》ぶように言《い》った。

「吹《ふ》っ飛《と》んだ？　自動車事故《じどうしゃじこ》で死《し》んだって言《い》ったじゃない！」

「自動車事故《じどうしゃじこ》！」

ハグリッドはソファからいきなり立《た》ち上《あ》がり、怒《いか》りのうなり声《ごえ》を上《あ》げた。ダーズリー親子《おやこ》はあわてでまた隅《すみ》っこの暗《くら》がりに逃《に》げ戻《もど》った。

「自動車事故《じどうしゃじこ》なんぞで、リリーやジェームズ・ポッターが死《し》ぬわけがなかろう。魔法界《まほうかい》の子供《こども》は一人残《ひとりのこ》らずハリーの名前《なまえ》を知《し》っとるというのに、何《なん》たる屈辱《くつじょく》！　何《なん》たる恥《はじ》！　ハリー・ポッターが自分《じぶん》のことを知《し》らんとは！」

「でも、どうしてなの？　いったい何《なに》があったの？」ハリーは急《せ》き込《こ》んで尋《たず》ねた。

ハグリッドの顔《かお》から怒《いか》りが消《き》え、急《きゅう》に気《き》づかわしげな表情《ひょうじょう》になった。

「こんなことになろうとは」

ハグリッドの声《こえ》は低《ひく》く、物憂《ものう》げだった。

「ダンブルドアが、おまえさんを捕《つか》まえるのに苦労《くろう》するかもしれん、と言《い》いなさったが、まさか、おまえさんがこれほど知《し》らんとはなあ。ハリーや、おまえに話《はな》して聞《き》かせるのは、俺《おれ》には荷《に》が重《おも》すぎるかもしれん……だが、誰《だれ》かがやらにゃ……何《なに》も知《し》らずにホグワーツに行《い》くわけにはいくまいて」

ハグリッドはダーズリー親子《おやこ》をじろっと見《み》た。

「さあ、俺《おれ》が知《し》ってることをおまえさんに話《はな》すのが一番《いちばん》いいじゃろう……ただし、すべてを話《はな》すことはできん。まだ謎《なぞ》に包《つつ》まれたままのところがあるんでな……」

ハグリッドは腰《こし》を下《お》ろし、しばらくはじっと火《ひ》を見《み》つめていたが、やがて語《かた》りだした。

「事《こと》の起《お》こりは、ある人《ひと》からだと言《い》える。名前《なまえ》は……こりゃいかん。おまえはその名《な》を知《し》らん。我々《われわれ》の世界《せかい》じゃみんな知《し》っとるのに……」

「誰《だれ》なの？」

「さて……できれば名前《なまえ》を口《くち》にしたくないもんだ。誰《だれ》も言《い》いたがらんのだが」

「どうしてなの？」

「どうもこうも、ハリーや。みんな、未《いま》だに恐《おそ》れとるんだよ。いやはや、こりゃ困《こま》った。いいかな、ある魔法使《まほうつか》いがおってな、悪《あく》の道《みち》に走《はし》ってしまったわけだ……悪《あく》も悪《あく》、とことん悪《あく》、悪《あく》よりも悪《あく》とな。その名《な》は……」ハグリッドは一瞬息《いっしゅんいき》を詰《つ》めた、が、言葉《ことば》にならなかった。

「名前《なまえ》を書《か》いてみたら？」ハリーがうながした。

「うんにゃ、名前《なまえ》の綴《つづ》りがわからん。言《い》うぞ、それっ！　ヴォルデモート」

ハグリッドは身震《みぶる》いした。

「二度《にど》と口《くち》にさせんでくれ。そういうこった。もう二十年《ねん》も前《まえ》になるが、この魔法使《まほうつか》いは仲間《なかま》を集《あつ》めはじめた。何人《なんにん》かは仲間《なかま》に入《はい》った……恐《おそ》れて入《はい》った者《もの》もいたし、そいつがどんどん力《ちから》をつけていたので、おこぼれに預《あず》かろうとした者《もの》もいた。暗黒《あんこく》の日々《ひび》じゃよ、ハリー。誰《だれ》を信《しん》じていいかわからん。知《し》らない連中《れんちゅう》とはとても友達《ともだち》になろうなんて考《かんが》えられん……恐《おそ》ろしいことがいろいろ起《お》こった。我々《われわれ》の世界《せかい》をそいつが支配《しはい》するようになった。もちろん、立《た》ち向《む》かう者《もの》もいた……だが、みんな殺《ころ》された。恐《おそ》ろしや……残《のこ》された数少《かずすく》ない安全《あんぜん》な場所《ばしょ》がホグワーツだった。ダンブルドアだけは、『例《れい》のあの人《ひと》』も一目《いちもく》置《お》いていた。学校《がっこう》にだけはさすがに手出《てだ》しができんかった。その時《とき》はな。そういうこった。

おまえの父《とう》さん、母《かあ》さんはな、おれの知《し》っとる中《なか》で一番《いちばん》すぐれた魔法使《まほうつか》いと魔女《まじょ》だったよ。在学中《ざいがくちゅう》は、二人《ふたり》ともホグワーツの首席《しゅせき》だった！『あの人《ひと》』が、なんでもっと前《まえ》に二人《ふたり》を味方《みかた》に引《ひ》き入《い》れようとせんかったのか、謎《なぞ》じゃて……だが二人《ふたり》はダンブルドアと親《した》しいし、闇《やみ》の世界《せかい》とは関《かか》わるはずがないと知《し》っとったんだろうな。

あやつは二人《ふたり》を説得《せっとく》できると思《おも》ったのかもしれんし……邪魔者《じゃまもの》として片《かた》づけようと思《おも》ったのかもしれん。わかっているのは、十年前《ねんまえ》のハロウィーンに、おまえさんたち三人《にん》が住《す》んでいた村《むら》にあやつが現《あらわ》れたってことだけだ。おまえさんは一歳《さい》になったばかりだったよ。やつがおまえさんたちの家《いえ》にやってきた。そして……そして……」

ハグリッドは突然《とつぜん》、水玉模様《みずたまもよう》の汚《きたな》いハンカチを取《と》り出《だ》し、ボアーッと霧笛《むてき》のような音《おと》を響《ひび》かせて鼻《はな》をかんだ。

「すまん。だが、ほんとに悲《かな》しかった……おまえの父《とう》さん母《かあ》さんのようないい人《ひと》はどこを探《さが》したっていやしない……そういうこった。

『あの人《ひと》』は二人《ふたり》を殺《ころ》した。そしてだ、そしてこれがまったくの謎《なぞ》なんだが……やつはおまえさんも殺《ころ》そうとした。きれいさっぱりやってしまおうというつもりだったんだろうな。もしかしたら、殺《ころ》すこと自体《じたい》が楽《たの》しみになっていたのかもしれん。ところができんかった。おまえの額《ひたい》の傷《きず》痕《あと》がどうしてできたか不思議《ふしぎ》に思《おも》ったことはありゃせんか？　並《なみ》の切《き》り傷《きず》じゃない。強力《きょうりょく》な悪《あく》の呪《のろ》いにかけられたときにできる傷《きず》だ。おまえの父《とう》さん母《かあ》さんを殺《ころ》し、家《いえ》までめちゃめちゃにした呪《のろ》いが、おまえにだけは効《き》かんかった。ハリーや、だからおまえさんは有名《ゆうめい》なんだよ。あやつが目《め》をつけた者《もの》で生《い》き残《のこ》ったのは一人《ひとり》もいない……おまえさん以外《いがい》はな。当時《とうじ》最《もっと》も力《ちから》のあった魔法《まほう》使《つか》いや魔女《まじょ》が、何人《なんにん》も殺《ころ》された……マッキノン家《け》、ボーン家《け》、プルウェット家《け》……なのに、まだほんの赤《あか》ん坊《ぼう》のおまえさんだけが生《い》き残《のこ》った」

ハリーの心《こころ》に言《い》い知《し》れぬ痛《いた》みが走《はし》った。ハグリッドが語《かた》り終《お》わったとき、ハリーはあの目《め》もくらむような緑《みどり》の閃光《せんこう》を見《み》た。これまでに思《おも》い出《だ》したときよりずっと鮮烈《せんれつ》に……そして、これまで一度《いちど》も思《おも》い出《だ》さなかったことまで、初《はじ》めて思《おも》い出《だ》した。冷《つめ》たい、残忍《ざんにん》な高笑《たかわら》いを。

ハグリッドは沈《しず》んだ目《め》でハリーを見《み》ながら話《はなし》を続《つづ》けた。

「ダンブルドアの言《い》いつけで、この俺《おれ》が、おまえさんを壊《こわ》れた家《いえ》から連《つ》れ出《だ》した。この連中《れんちゅう》のところへおまえさんを連《つ》れてきた……」

「バカバカしい」

バーノンおじさんの声《こえ》がした。ハリーは飛《と》び上《あ》がった。ダーズリー親子《おやこ》がいることをすっかり忘《わす》れていた。おじさんはどうやら勇気《ゆうき》を取《と》り戻《もど》したらしい。拳《こぶし》を握《にぎ》りしめ、ハグリッドをはたとにらみつけた。

「いいか、よく聞《き》け、小僧《こぞう》」おじさんがうなった。

「たしかにおまえは少々《しょうしょう》おかしい。だが、恐《おそ》らく、みっちりたたきなおせば治《なお》るだろう……おまえの両親《りょうしん》の話《はなし》だが、まちがいなく、妙《みょう》ちくりんな変人《へんじん》だ。連中《れんちゅう》のようなのはいないほうが、世《よ》の中《なか》が少《すこ》しはましになるとわしは思《おも》う。――あいつらは身《み》から出《で》たさび、魔法使《まほうつか》いなんて変《へん》な仲間《なかま》と交《まじ》わるからだ……思《おも》ったとおりだ。常々《つねづね》ろくな死《し》に方《かた》はせんと思《おも》っておったわ……」

その時《とき》、ハグリッドがソファからガバッと立《た》ち上《あ》がり、コートから取《と》り出《だ》した使《つか》い古《ふる》しのピンクの傘《かさ》を、刀《かたな》のようにバーノンおじさんに突《つ》きつけながら言《い》った。

「それ以上《いじょう》、一言《ひとこと》でも言《い》ってみろ、ダーズリー。ただじゃすまんぞ」

ひげもじゃの大男《おおおとこ》に傘《かさ》で串刺《くしざ》しにされる危険《きけん》を感《かん》じ、バーノンおじさんの勇気《ゆうき》はまたもやくじけ、壁《かべ》にはりついてだまってしまった。

「それでいいんだ」

ハグリッドは息《いき》を荒《あら》らげてそう言《い》うと、ソファに座《すわ》りなおした。ソファはついに床《ゆか》まで沈《しず》み込《こ》んでしまった。

ハリーはまだまだ聞《き》きたいことが山《やま》のようにあった。

「でもヴォル……あ、ごめんなさい……『あの人《ひと》』はどうなったの？」

「それがわからんのだ。ハリー。消《き》えたんだ。消滅《しょうめつ》だ。おまえさんを殺《ころ》そうとしたその夜《よる》にな。だからおまえはいっそう有名《ゆうめい》なんだよ。最大《さいだい》の謎《なぞ》だ。なぁ……あやつはますます強《つよ》くなっていた……なのに、なんで消《き》えなきゃならん？

あやつが死《し》んだという者《もの》もいる。俺《おれ》に言《い》わせりゃ、くそくらえだ。やつに人間《にんげん》らしさのかけらでも残《のこ》っているんなら死《し》ぬこともあろうさ。まだどこかにいて、時《とき》の来《く》るのを待《ま》っているという者《もの》もいるな。俺《おれ》はそうは思《おも》わん。やつに従《したが》っていた連中《れんちゅう》は我々《われわれ》のほうに戻《もど》ってきた。夢《ゆめ》から覚《さ》めたように戻《もど》ってきた者《もの》もいる。やつが戻《もど》ってくるんなら、そんなことはできまい。

やつはまだどこかにいるが、力《ちから》を失《うしな》ってしまった、そう考《かんが》えている者《もの》が大多数《だいたすう》だ。もう何《なに》もできないぐらい弱《よわ》っているとな。ハリーや、おまえさんの何《なに》かが、あやつを降参《こうさん》させたからだよ。あの晩《ばん》、あやつが考《かんが》えてもみんかった何《なに》かが起《お》きたんだ……俺《おれ》には何《なに》かはわからんが。誰《だれ》にもわからんが……しかし、おまえさんの何《なに》かがやつに参《まい》ったと言《い》わせたのだけはたしかだ」

ハグリッドはやさしさと敬意《けいい》に輝《かがや》く眼差《まなざ》しでハリーを見《み》た。ハリーは喜《よろこ》ぶ気《き》にも、誇《ほこ》る気《き》にもなれなかった。むしろ、とんでもないまちがいだという思《おも》いのほうが強《つよ》かった。魔法使《まほうつか》いだって？　この僕《ぼく》が？　そんなことがありえるだろうか。ダドリーに殴《なぐ》られ、バーノンおじさんとペチュニアおばさんにいじめられてきたのに。もし本当《ほんとう》に魔法使《まほうつか》いなら、物置《ものおき》に閉《と》じ込《こ》められそうになるたび、どうして連中《れんちゅう》をイボイボヒキガエルに変《か》えられなかったんだろう？　昔《むかし》、世界一強《せかいいちつよ》い魔法使《まほうつか》いをやっつけたなら、どうしてダドリーなんかが、おもしろがって僕《ぼく》をサッカーボールのようにけっていじめることができるんだろう？

「ハグリッド」ハリーは静《しず》かに言《い》った。

「きっとまちがいだよ。僕《ぼく》が魔法使《まほうつか》いだなんてありえないよ」

驚《おどろ》いたことに、ハグリッドはクスクス笑《わら》った。

「魔法使《まほうつか》いじゃないって？　えっ？　おまえが怖《こわ》かったとき、怒《おこ》ったとき、何《なに》も起《お》こらなかったか？」

ハリーは暖炉《だんろ》の火《ひ》を見《み》つめた。そう言《い》えば……おじさんやおばさんをカンカンに怒《おこ》らせたおかしな出来事《できごと》は、ハリーが困《こま》ったとき、腹《はら》を立《た》てたときに起《お》こった……ダドリー軍団《ぐんだん》に追《お》いかけられたとき、どうやったのかわからないが、連中《れんちゅう》の手《て》の届《とど》かないところに逃《に》げられたし……ちんちくりんな髪《かみ》に刈《か》り上《あ》げられて学校《がっこう》に行《い》くのがとてもいやだったとき、髪《かみ》は、あっという間《ま》に元《もと》どおりに伸《の》びたし……最後《さいご》にダドリーに殴《なぐ》られたとき、自分《じぶん》でもそうとは気《き》づかず、仕返《しかえ》しをしたんじゃないか？　大蛇《だいじゃ》にダドリーを襲《おそ》わせたじゃないか。

ハリーはハグリッドに向《む》かってほほえんだ。ハグリッドも、そうだろうという顔《かお》でニッコリした。

「なぁ？　ハリー・ポッターが魔法使《まほうつか》いじゃないなんて、そんなことはないぞ……見《み》ておれ。おまえさんはホグワーツですごく有名《ゆうめい》になるぞ」

だが、おじさんはおとなしく引《ひ》き下《さ》がりはしなかった。

「行《い》かせん、と言《い》ったはずだぞ」食《く》いしばった歯《は》の間《あいだ》から声《こえ》がもれた。

「こいつはストーンウォール校《こう》に行《い》くんだ。やがてはそれを感謝《かんしゃ》するだろう。わしは手紙《てがみ》を読《よ》んだぞ。準備《じゅんび》するのはバカバカしいものばかりだ……呪文《じゅもん》の本《ほん》だの魔法《まほう》の杖《つえ》だの、それに……」

「この子《こ》が行《い》きたいと言《い》うなら、おまえのようなコチコチのマグルに止《と》められるものか」

ハグリッドがうなった。

「リリーとジェームズの息子《むすこ》、ハリー・ポッターがホグワーツに行《い》くのを止《と》めるだと。たわけが。ハリーの名前《なまえ》は生《う》まれた時《とき》から入学名簿《にゅうがくめいぼ》にのっとる。世界一《せかいいち》の魔法《まほう》の名門校《めいもんこう》に入《はい》るんだ。七年《ねん》たてば、見《み》ちがえるようになろう。これまでとちがって、同《おな》じ仲間《なかま》の子供《こども》たちとともに過《す》ごすんだ。しかも、ホグワーツの歴代《れきだい》の校長《こうちょう》の中《なか》で最《もっと》も偉大《いだい》なアルバス・ダンブルドア校長《こうちょう》の下《もと》でな」

「いかれたまぬけじじいが小僧《こぞう》に魔法《まほう》を教《おし》えるのに、わしは金《かね》なんか払《はら》わんぞ！」

バーノンおじさんが叫《さけ》んだ。

ついに言葉《ことば》が過《す》ぎたようだ。ハグリッドは傘《かさ》をつかんで、頭《あたま》の上《うえ》でぐるぐる回《まわ》した。

「絶対《ぜったい》に」

雷《かみなり》のような声《こえ》だった。

「おれの……前《まえ》で……アルバス……ダンブルドアを……侮辱《ぶじょく》するな！」

ハグリッドはヒューッと傘《かさ》を振《ふ》り下《お》ろし、ダドリーにその先端《せんたん》を向《む》けた。一瞬《いっしゅん》、紫色《むらさきいろ》の光《ひかり》が走《はし》り、爆竹《ばくちく》のような音《おと》がしたかと思《おも》うと、鋭《するど》い悲鳴《ひめい》がして、次《つぎ》の瞬間《しゅんかん》、ダドリーは太《ふと》ったお尻《しり》を両手《りょうて》で押《お》さえ、痛《いた》みでわめきながら床《ゆか》の上《うえ》を飛《と》び跳《は》ねていた。ダドリーが後《うし》ろ向《む》きになったとき、ハリーは見《み》た——ズボンの穴《あな》から突《つ》き出《だ》しているのは、くるりと丸《まる》まった豚《ぶた》のしっぽだった。

バーノンおじさんは叫《さけ》び声《ごえ》をあげ、ペチュニアおばさんとダドリーを隣《となり》の部屋《へや》に引《ひ》っぱっていった。最後《さいご》にもう一度《いちど》こわごわハグリッドを見《み》ると、おじさんはドアをバタンと閉《し》めた。

ハグリッドは傘《かさ》を見下《みお》ろし、ひげをなでた。

「かんしゃくを起《お》こすんじゃなかった」

ハグリッドは悔《く》やんでいた。

「だが、いずれにしてもうまくいかんかった。豚《ぶた》にしてやろうと思《おも》ったんだが、もともとあんまりにも豚《ぶた》にそっくりなんで、変《か》えるところがなかった」

ぼさぼさ眉毛《まゆげ》の下《した》からハリーを横目《よこめ》で見《み》ながら、ハグリッドが言《い》った。

「ホグワーツでは今《いま》のことを誰《だれ》にも言《い》わんでくれるとありがたいんだが。俺《おれ》は……その……厳密《げんみつ》に言《い》えば、魔法《まほう》を使《つか》っちゃならんことになっとるんで。おまえさんを追《お》いかけて、手紙《てがみ》を渡《わた》したりいろいろするのに、少《すこ》しは使《つか》ってもいいとお許《ゆる》しが出《で》た……この役目《やくめ》をすすんで引《ひ》き受《う》けたのも、一つにはそれがあったからだが……」

「どうして魔法《まほう》を使《つか》っちゃいけないの？」とハリーが聞《き》いた。

「ふむ、まあ——俺《おれ》もホグワーツ出身《しゅっしん》で、ただ、俺《おれ》は……その……実《じっ》は退学処分《たいがくしょぶん》になったんだ。

三年生《ねんせい》のときにな、杖《つえ》を真《ま》っ二《ぷた》つに折《お》られた。だが、ダンブルドアが、俺《おれ》を森《もり》の番人《ばんにん》としてホグワーツにいられるようにしてくださった。偉大《いだい》なお方《かた》だ。ダンブルドアは」

「どうして退学《たいがく》になったの？」

「もう夜《よる》も遅《おそ》い。明日《あす》は忙《いそが》しいぞ」

ハグリッドは大《おお》きな声《こえ》で言《い》った。

「町《まち》へ行《い》って、教科書《きょうかしょ》やら何《なに》やら買《か》わんとな」

ハグリッドは分厚《ぶあつ》い黒《くろ》のコートを脱《ぬ》いで、ハリーに放《ほう》ってよこした。

「それを掛《か》けて寝《ね》るといい。ちいとばかりもごもご動《うご》いても気《き》にするなよ。どっかのポケットにヤマネが二、三匹《びき》入《はい》っとるはずだ」

第《だい》5章《しょう》　ダイアゴン横丁《よこちょう》

翌朝《よくあさ》、ハリーは早々《はやばや》と目《め》を覚《さ》ました。朝《あさ》の光《ひかり》だと気づいても、ハリーは目《め》を固《かた》く閉《と》じたままでいた。

「夢《ゆめ》だったんだ」

ハリーはきっぱりと自分《じぶん》に言《い》い聞《き》かせた。

「ハグリッドっていう大男《おおおとこ》がやってきて、僕《ぼく》が魔法使《まほうつか》いの学校《がっこう》に入《はい》るって言《い》ったけど、あれは夢《ゆめ》だったんだ。目《め》を開《あ》けたら、きっといつもの物置《ものおき》の中《なか》にいるんだ」

その時《とき》、戸《と》をたたく大《おお》きな音《おと》がした。

「ほら、ペチュニアおばさんが戸《と》をたたいている」

ハリーの心《こころ》は沈《しず》んだ。それでもまだ目《め》を開《あ》けなかった。いい夢《ゆめ》だったのに……。

トン、トン、トン。

「わかったよ。起《お》きるよ」ハリーはもごもごと言《い》った。

起《お》き上《あ》がると、ハグリッドの分厚《ぶあつ》いコートがハリーの体《からだ》からすべり落《お》ちた。小屋《こや》の中《なか》はこぼれるような陽《ひ》の光《ひかり》だった。嵐《あらし》は過《す》ぎた。ハグリッドはペチャンコになったソファで眠《ねむ》っている。ふくろうが足《あし》の爪《つめ》で窓《まど》ガラスをたたいていた。くちばしに新聞《しんぶん》をくわえている。

ハリーは急《いそ》いで立《た》ち上《あ》がった。うれしくて、胸《むね》の中《なか》で風船《ふうせん》が大《おお》きくふくらんだ。まっすぐ窓辺《まどべ》まで行《い》って、窓《まど》を開《あ》け放《はな》った。ふくろうが窓《まど》からスイーッと入《はい》ってきて、新聞《しんぶん》をハグリッドの上《うえ》にポトリと落《お》とした。ハグリッドはそれでも起《お》きない。ふくろうはひらひらと床《ゆか》に舞《ま》い降《お》り、ハグリッドのコートを激《はげ》しくつっつきはじめた。

「だめだよ」

ハリーがふくろうを追《お》い払《はら》おうとすると、ふくろうは鋭《するど》いくちばしをハリーに向《む》かってカチカチいわせ、獰猛《どうもう》にコートを襲《おそ》い続《つづ》けた。

「ハグリッド、ふくろうが……」

ハリーは大声《おおごえ》で呼《よ》んだ。

「金《かね》を払《はら》ってやれ」

ハグリッドはソファに顔《かお》を埋《う》めたままもごもご言《い》った。

「えっ？」

「新聞配達料《しんぶんはいたつりょう》だよ。ポケットの中《なか》を見《み》てくれ」

ハグリッドのコートは、ポケットをつないで作《つく》ったみたいにポケットだらけだ……鍵束《かぎたば》、ナメクジ駆除剤《くじょざい》、ひもの玉《たま》、ハッカキャンディ、ティーバッグ……そしてやっと、ハリーは奇妙《きみょう》なコインを一《ひと》つかみ引《ひ》っ張《ぱ》り出《だ》した。

「五クヌートやってくれ」

ハグリッドの眠《ねむ》そうな声《こえ》がした。

「クヌート？」

「小《ちい》さい銅貨《どうか》だよ」

ハリーは小《ちい》さい銅貨《どうか》を五枚数《まいかぞ》えた。ふくろうは足《あし》を差《さ》し出《だ》した。小《ちい》さい革《かわ》の袋《ふくろ》がくくりつけてある。お金《かね》を入《い》れると、ふくろうは開《あ》けっ放《ぱな》しになっていた窓《まど》から飛《と》び去《さ》った。

ハグリッドは大声《おおごえ》であくびをして起《お》き上《あ》がり、もう一度伸《いちどの》びをした。

「出《で》かけようか、ハリー。今日《きょう》は忙《いそが》しいぞ。ロンドンまで行《い》って、おまえさんの入学用品《にゅうがくようひん》をそろえんとな」

ハリーは、魔法使《まほうつか》いのコインをいじりながらしげしげと見《み》つめていた。そしてその瞬間《しゅんかん》、あることに気《き》がついた。とたんに、幸福《こうふく》の風船《ふうせん》が胸《むね》の中《なか》でパチンとはじけたような気持《きも》ちがした。

「あのね……ハグリッド」

「ん？」

ハグリッドはどでかいブーツをはきながら聞《き》き返《かえ》した。

「僕《ぼく》、お金《かね》がないんだ……それに、きのうバーノンおじさんから聞《き》いたでしょう。僕《ぼく》が魔《ま》法《ほう》の勉《べん》強《きょう》をしに行《い》くのにはお金《かね》は出《だ》さないって」

「そんなことは心配《しんぱい》いらん」

ハグリッドは立《た》ち上《あ》がって頭《あたま》をボソボソかきながら言《い》った。

「父《とう》さん母《かあ》さんがおまえさんに何《なん》にも残《のこ》していかんかったと思《おも》うのか？」

「でも、家《いえ》が壊《こわ》されて……」

「まさか！　家《いえ》の中《なか》に金《かね》なんぞ置《お》いておくものか。さあ、まずは魔《ま》法《ほう》使《つか》いの銀行《ぎんこう》、グリンゴッツへ行《い》くぞ。ソーセージをお食《た》べ。さめてもなかなかいける。……それに、おまえさんのバースデーケーキを一口《ひとくち》、なんてのも悪《わる》くないな」

「魔《ま》法《ほう》使《つか》いの世界《せかい》には銀行《ぎんこう》まであるの？」

「一つだけだがな。グリンゴッツだ。小鬼《こおに》が経営《けいえい》しとる」

「こ・お・に？」

ハリーは持《も》っていた食《た》べかけソーセージを落《お》としてしまった。

「そうだ……だから、銀行強盗《ぎんこうごうとう》なんて狂気《きょうき》の沙汰《さた》だ、ほんに。小鬼《こおに》ともめ事《ごと》を起《お》こすべからずだよ、ハリー。何《なに》かを安全《あんぜん》にしまっておくには、グリンゴッツが世界一安全《せかいいちあんぜん》な場所《ばしょ》だ――。たぶんホグワーツ以外《いがい》ではな。実《じつ》は、ほかにもグリンゴッツに行《い》かにゃならん用事《ようじ》があってな。ダンブルドアに頼《たの》まれて、ホグワーツの仕事《しごと》だ」

ハグリッドは誇《ほこ》らしげに反《そ》り返《かえ》った。

「ダンブルドア先生《せんせい》は大切《たいせつ》な用事《ようじ》をいつも俺《おれ》に任《まか》せてくださる。おまえさんを迎《むか》えに来《き》たり、グリンゴッツから何《なに》か持《も》ってきたり……俺《おれ》を信用《しんよう》していなさる。な？」

「忘《わす》れ物《もの》はないかな。そんじゃ、出《で》かけるとするか」

ハリーはハグリッドについて岩《いわ》の上《うえ》に出《で》た。空《そら》は晴《は》れわたり、海《うみ》は陽《ひ》の光《ひかり》に輝《かがや》いていた。バーノンおじさんが借《か》りた船《ふね》は、まだそこにあったが、嵐《あらし》で船底《ふなぞこ》は水浸《みずびた》しだった。

「どうやってここに来《き》たの？」

もう一艘船《いっそうふね》があるかと見回《みまわ》しながらハリーが聞《き》いた。

「飛《と》んで来《き》た」

「飛《と》んで？」

「そうだ……だが、帰《かえ》り道《みち》はこの船《ふね》だな。おまえさんを連《つ》れ出《だ》したから、もう魔法《まほう》は使《つか》えないことになっとる」

二人《ふたり》は船《ふね》に乗《の》り込《こ》んだ。ハリーはこの大男《おおおとこ》がどんなふうに飛《と》ぶんだろうと想像《そうぞう》しながら、ハグリッドをまじまじと見《み》つめていた。

「しかし、漕《こ》ぐっちゅうのもしゃくだな」

ハグリッドはハリーにちらっと目配《めくば》せした。

「まあ、なんだな、ちょっくら……エー、急《いそ》ぐことにするが、ホグワーツではバラさんでくれるか？」

「もちろんだよ」

ハリーは魔法《まほう》が見《み》たくてうずうずしていた。ハグリッドはまたしてもピンクの傘《かさ》を取《と》り出《だ》して、船《ふな》べりを傘《かさ》で二度《ど》たたいた。すると、船《ふね》はすべるように岸《きし》に向《む》かった。

「グリンゴッツを襲《おそ》うのはどうして狂気《きょうき》の沙汰《さた》なの？」

「呪《のろ》いとか……呪縛《じゅばく》だな」

ハグリッドは新聞《しんぶん》を広《ひろ》げながら答《こた》えた。

「うわさでは、重要《じゅうよう》な金庫《きんこ》はドラゴンが守《まも》っとるということだ。それに、道《みち》に迷《まよ》うさ——グリンゴッツはロンドンの地下数百《ちかすうひゃっ》キロのところにある。な？　地下鉄《ちかてつ》より深《ふか》い。なんとか欲《ほ》しいものを手《て》に入《い》れたにしても、迷《まよ》って出《で》てこられなけりゃ、餓死《がし》するわな」

ハグリッドが「日刊予言者新聞《にっかんよげんしゃしんぶん》」を読《よ》む間《あいだ》、ハリーはだまって今聞《いまき》いたことを考《かんが》えていた。新聞《しんぶん》を読《よ》む間《あいだ》は邪魔《じゃま》されたくないものだということを、バーノンおじさんから学《まな》んではいたが、だまっているのは辛《つら》かった。生《う》まれてこのかた、こんなにたくさん質問《しつもん》したかったことはない。

「魔法省《まほうしょう》がまた問題《もんだい》を起《お》こした」

ハグリッドがページをめくりながらつぶやいた。

「魔法省《まほうしょう》なんてあるの？」

ハリーは思《おも》わず質問《しつもん》してしまった。

「あるとも。当然《とうぜん》、ダンブルドアを大臣《だいじん》にと請《こ》われたんだがな、ホグワーツを離《はな》れなさるわけがない。そこでコーネリウス・ファッジなんてのが大臣《だいじん》になってな。あんなにドジなやつも珍《めずら》しい。毎朝《まいあさ》ふくろう便《びん》を何羽《なんわ》も出《だ》してダンブルドアにしつこくお伺《うかが》いをたてとるよ」

「でも、魔法省《まほうしょう》って、いったい何《なに》するの？」

「そうさな、一番《いちばん》の仕事《しごと》は魔法使《まほうつか》いや魔女《まじょ》があちこちにいるんだってことを、マグルに秘密《ひみつ》にしておくことだ」

「どうして？」

「どうしてかだって？　そりゃあおまえ、みんなすぐに魔法《まほう》で物事《ものごと》を解決《かいけつ》したがるようになろうが。うんにゃ、我々《われわれ》は関《かか》わり合《あ》いにならんのが一番《いちばん》ええ」

その時《とき》、船《ふね》は港《みなと》の岸壁《がんぺき》にコツンとあたった。ハグリッドは新聞《しんぶん》をたたみ、二人《ふたり》は石段《いしだん》を登《のぼ》って道《みち》に出《で》た。

小《ちい》さな町《まち》を駅《えき》に向《む》かって歩《ある》く途中《とちゅう》、道行《みちゆ》く人《ひと》がハグリッドをじろじろ見《み》た。無理《むり》もない。ハグリッドときたら、並《な》みの人《ひと》の二倍《ばい》も大《おお》きいというだけでなく、パーキングメーターのようなごくあたりまえのものを指《ゆび》さしては、大声《おおごえ》で、「あれを見《み》たか、ハリー。マグルの連中《れんちゅう》が考《かんが》えることときたら、え？」などと言《い》うのだから。

ハリーはハグリッドに遅《おく》れまいと小走《こばし》りで、息《いき》を弾《はず》ませながら尋《たず》ねた。

「ねえ、ハグリッド。グリンゴッツに**ドラゴン**がいるって言《い》ったね」

「ああ、そう言《い》われとる。俺《おれ》はドラゴンが欲《ほ》しい。いやまったく」

「欲《ほ》しい？」

「ガキのころからずーっと欲《ほ》しかった。……ほい、着《つ》いたぞ」

駅《えき》に着《つ》いた。あと五分《ふん》でロンドン行《い》きの電車《でんしゃ》が出《で》る。ハグリッドは「マグルの金《かね》」はわからんと、ハリーに紙幣《しへい》を渡《わた》し、二人分《ふたりぶん》の切符《きっぷ》を買《か》わせた。

電車《でんしゃ》の中《なか》で、ハグリッドはますます人目《ひとめ》をひいた。二人分《ふたりぶん》の席《せき》を占領《せんりょう》して、カナリア色《いろ》のサーカスのテントのようなものを編《あ》みはじめたのだ。

「ハリー、手紙《てがみ》を持《も》っとるか？」

編目《あみめ》を数《かぞ》えながらハグリッドが聞《き》いた。

ハリーは羊皮紙《ようひし》の封筒《ふうとう》をポケットから取《と》り出《だ》した。

「よし、よし。そこに必要《ひつよう》なもののリストがある」

ハリーは、昨夜《さくや》は気《き》づかなかった二枚目《まいめ》の紙《かみ》を広《ひろ》げて読《よ》んだ。

ホグワーツ魔法魔術学校《まほうまじゅつがっこう》

制服《せいふく》

一年生《ねんせい》は次《つぎ》の物《もの》が必要《ひつよう》です。

一、普段着《ふだんぎ》のローブ　三着《ちゃく》（黒《くろ》）

二、普段着《ふだんぎ》の三角帽《さんかくぼう》　昼用《ひるよう》　一個《こ》（黒《くろ》）
三、安全手袋《あんぜんてぶくろ》　一組《ひとくみ》（ドラゴンの革《かわ》またはそれに類《るい》するもの）
四、冬用《ふゆよう》マント　一着《ちゃく》（黒《くろ》、銀《ぎん》ボタン）
衣類《いるい》にはすべて名札《なふだ》をつけておくこと。

教科書《きょうかしょ》
全生徒《ぜんせいと》は次《つぎ》の本《ほん》を各《かく》一冊準備《さつじゅんび》すること。

『基本呪文集《きほんじゅもんしゅう》（一学年用《がくねんよう》）』　ミランダ・ゴズホーク著《ちょ》
『魔法史《まほうし》』　バチルダ・バグショット著《ちょ》
『魔法論《まほうろん》』　アドルバート・ワフリング著《ちょ》
『変身術入門《へんしんじゅつにゅうもん》』　エメリック・スィッチ著《ちょ》
『薬草《やくそう》とキノコ千種《せんしゅ》』　フィリダ・スポア著《ちょ》
『魔法薬調合法《まほうやくちょうごうほう》』　アージニウス・ジガー著《ちょ》
『幻《まぼろし》の動物《どうぶつ》とその生息地《せいそくち》』　ニュート・スキャマンダー著《ちょ》
『闇《やみ》の力《ちから》――護身術入門《ごしんじゅつにゅうもん》』　クエンティン・トリンブル著《ちょ》

その他学用品《たがくようひん》
杖《つえ》　一本《ぽん》
大鍋《おおなべ》　一つ（錫製《すずせい》、標準《ひょうじゅん》2型《がた》）
ガラス製《せい》またはクリスタル製《せい》の薬瓶《くすりびん》　一組《ひとくみ》
望遠鏡《ぼうえんきょう》　一台《だい》
真鍮製《しんちゅうせい》はかり　一組《ひとくみ》

ふくろう、または猫《ねこ》、またはヒキガエルを持《も》ってきてもよい。

一年生《ねんせい》は個人用《こじんよう》の箒《ほうき》の持参《じさん》を許《ゆる》されていないことを、保護者《ほごしゃ》はご確認《かくにん》ください。


「こんなのが全部《ぜんぶ》ロンドンで買《か》えるの？」

思《おも》ったことがつい声《こえ》に出《で》てしまった。

「どこで買《か》うか知《し》ってればな」とハグリッドが答《こた》えた。

ハリーにとって初《はじ》めてのロンドンだった。ハグリッドは、どこに行《い》くのかだけはわかっているらしかったが、普通《ふつう》の方法《ほうほう》でそこに行《い》くのには、まるで慣《な》れていないようだった。地下鉄《ちかてつ》の改札《かいさつ》口《ぐち》が小《ちい》さ過《す》ぎてつっかえたり、席《せき》が狭《せま》いの、電車《でんしゃ》がのろいのと大声《おおごえ》で文句《もんく》を言《い》ったりした。

「マグルの連中《れんちゅう》は魔法《まほう》なしでよくやっていけるもんだ」

故障《こしょう》して動《うご》かないエスカレーターを上《のぼ》りながらも、ハグリッドはブツクサ言《い》った。外《そと》に出《で》ると、そこは店《みせ》が建《た》ち並《なら》ぶにぎやかな通《とお》りだった。

ハグリッドは大《おお》きな体《からだ》でゆうゆうと人《ひと》ごみをかき分《わ》け、ハリーは後《うし》ろにくっついて行《い》きさえすればよかった。本屋《ほんや》の前《まえ》を通《とお》り、楽器店《がっきてん》、ハンバーガーショップ、映画館《えいがかん》を通《とお》り過《す》ぎたが、どこにも魔法《まほう》の杖《つえ》を売《う》っていそうな店《みせ》はなかった。ごく普通《ふつう》の人《ひと》でにぎわう、ごく普通《ふつう》の街《まち》だ。この足《あし》の下《した》、何《なん》キロもの地下《ちか》に、魔法使《まほうつか》いの金貨《きんか》の山《やま》が本当《ほんとう》に埋《う》められているのだろうか。呪文《じゅもん》の本《ほん》や魔法《まほう》の箒《ほうき》を売《う》る店《みせ》が本当《ほんとう》にあるのだろうか。みんなダーズリー親子《おやこ》がでっち上《あ》げた悪《わる》い冗談《じょうだん》では？　でもダーズリーたちにはユーモアのかけらもない。だから冗談《じょうだん》なんかじゃない。ハグリッドの話《はなし》は始《はじ》めから終《お》わりまで信《しん》じられないようなことばかりだったが、なぜかハリーはハグリッドなら信用《しんよう》できた。

「ここだ」

ハグリッドが立《た》ち止《ど》まった。

「『もれ鍋《なべ》』――有名《ゆうめい》なところだ」

ちっぽけな薄汚《うすよご》れたパブだった。ハグリッドに言《い》われなかったら、きっと見落《みお》としてしまっただろう。足早《あしばや》に道《みち》を歩《ある》いていく人《ひと》たちも、パブの隣《となり》にある本屋《ほんや》から反対隣《はんたいどなり》にあるレコード店《てん》へと目《め》を移《うつ》し、真《ま》ん中《なか》の「もれ鍋《なべ》」にはまったく目《め》もくれない。――変《へん》だな、ハグリッドと自分《じぶん》だけにしか見《み》えないんじゃないか、とハリーは思《おも》ったが、そう口《くち》にする前《まえ》に、ハグリッドがハリーを中《なか》へとうながした。

有名《ゆうめい》なところにしては、暗《くら》くてみすぼらしい。隅《すみ》のほうにおばあさんが数人腰《すうにんこし》かけて、小《ちい》さなグラスでシェリー酒《しゅ》を飲《の》んでいた。一人《ひとり》は長《なが》いパイプをくゆらしている。小柄《こがら》な、シルクハットをかぶった男《おとこ》がバーテンのじいさんと話《はな》している。じいさんはハゲていて、歯《は》の抜《ぬ》けたクルミのような顔《かお》をしている。二人《ふたり》が店《みせ》に入《はい》ると、低《ひく》いガヤガヤ声《ごえ》が止《と》まった。みんなハグリッドを知《し》っているようだった。手《て》を振《ふ》ったり、笑《わら》いかけたりしている。バーテンはグラスに手《て》を伸《の》ばし、

「大将《たいしょう》、いつものやつかい？」と聞《き》いた。

「トム、だめなんだ。ホグワーツの仕事中《しごとちゅう》でね」

ハグリッドは大《おお》きな手《て》でハリーの肩《かた》をパンパンたたきながらそう言《い》った。ハリーはひざがカクンとなった。

「なんと」バーテンはハリーをじっと見《み》た。「こちらが……いやこの方《かた》が……？」

「もれ鍋《なべ》」は急《きゅう》に水《みず》を打《う》ったように静《しず》かになった。

「やれうれしや」

バーテンのじいさんはささやくように言《い》った。

「ハリー・ポッター……なんたる光栄《こうえい》……」

バーテンは急《いそ》いでカウンターから出《で》てきてハリーにかけ寄《よ》ると、涙《なみだ》を浮《う》かべてその手《て》を握《にぎ》った。

「お帰《かえ》りなさい、ポッターさん。ほんとうにようこそお帰《かえ》りで」

ハリーは何《なん》と言《い》っていいかわからなかった。みんながこっちを見《み》ている。パイプのおばあさんは火《ひ》が消《き》えているのにも気《き》づかず、ふかし続《つづ》けている。ハグリッドは誇《ほこ》らしげにニッコリしている。

やがてあちらこちらで椅子《いす》を動《うご》かす音《おと》がして、パブにいた全員《ぜんいん》がハリーに握手《あくしゅ》を求《もと》めてきた。

「ドリス・クロックフォードです。ポッターさん、ついにお会《あ》いできました。信《しん》じられませんわ」

「なんて光栄《こうえい》な。ポッターさん、光栄《こうえい》です」

「あなたと握手《あくしゅ》したいと願《ねが》い続《つづ》けてきました……舞《ま》い上《あ》がっています」

「ポッターさん。どんなにうれしいか、うまく言《い》えません。ディグルです。ディーダラス・ディグルと言《い》います」

「僕《ぼく》、あなたに会《あ》ったことがあるよ。お店《みせ》で一度《いちど》、僕《ぼく》におじぎしてくれたよね」

ハリーがそう言《い》うと、ディーダラス・ディグルは興奮《こうふん》のあまりシルクハットを取《と》り落《お》とした。

「覚《おぼ》えていてくださった！　みんな聞《き》いたかい？　覚《おぼ》えていてくださったんだ」

ディーダラス・ディグルはみんなを見回《みまわ》して叫《さけ》んだ。

ハリーは次《つぎ》から次《つぎ》と握手《あくしゅ》した。ドリス・クロックフォードなど、何度《なんど》も握手《あくしゅ》を求《もと》めてきた。青《あお》白《じろ》い顔《かお》の若《わか》い男《おとこ》がいかにも神経質《しんけいしつ》そうに進《すす》み出《で》た。片方《かたほう》の目《め》がピクピクけいれんしている。

「クィレル教授《きょうじゅ》！」

ハグリッドが言《い》った。

「ハリー、クィレル先生《せんせい》はホグワーツの先生《せんせい》だよ」

「ポ、ポ、ポッター君《くん》」

クィレル先生《せんせい》はハリーの手《て》を握《にぎ》り、どもりながら言《い》った。

「お会《あ》いできて、ど、どんなにう、うれしいか」

「クィレル先生《せんせい》、どんな魔法《まほう》を教《おし》えていらっしゃるんですか？」

「や、や、闇《やみ》の魔術《まじゅつ》に対《たい》するぼ、ぼ、防衛術《ぼうえいじゅつ》です」

教授《きょうじゅ》は、まるでそのことは考《かんが》えたくないとでもいうようにボソボソ言《い》った。

「きみにそれがひ、必要《ひつよう》だというわけではな、ないがね。え？　ポ、ポ、ポッター君《くん》」

教授《きょうじゅ》は神経質《しんけいしつ》そうに笑《わら》った。

「学用品《がくようひん》をそ、そろえにきたんだね？　わ、私《わたし》も、吸血鬼《きゅうけつき》の新《あたら》しいほ、本《ほん》をか、買《か》いにいく、ひ、必要《ひつよう》がある」

教授《きょうじゅ》は自分《じぶん》の言《い》ったことにさえおびえているようだった。

みんなが寄《よ》ってくるので、教授《きょうじゅ》がハリーをひとり占《じ》めにはできなかった。それから十分《ぷん》ほど、ハリーはみんなから離《はな》れることができなかった。ガヤガヤ大騒《おおさわ》ぎの中《なか》で、ハグリッドの声《こえ》がやっとみんなの耳《みみ》に届《とど》いた。

「もう行《い》かんと……買《か》い物《もの》がごまんとあるぞ。ハリー、おいで」

ドリス・クロックフォードがまたまた最後《さいご》の握手《あくしゅ》を求《もと》めてきた。

ハグリッドはパブを通《とお》り抜《ぬ》け、壁《かべ》に囲《かこ》まれた小《ちい》さな中庭《なかにわ》にハリーを連《つ》れ出《だ》した。ごみ箱《ばこ》と雑草《ざっそう》が数本《すうほん》生《は》えているだけの庭《にわ》だ。

ハグリッドはハリーに向《む》かって、うれしそうに笑《わら》いかけながら言《い》った。

「ほれ、言《い》ったとおりだろうが？　おまえさんは有名《ゆうめい》だって。クィレル先生《せんせい》まで、おまえに会《あ》ったときは震《ふる》えてたじゃねえか……もっとも、あの人《ひと》はいっつも震《ふる》えてるがな」

「あの人《ひと》、いつもあんなに神経質《しんけいしつ》なの？」

「ああ、そうだ。哀《あわ》れなものよ。秀才《しゅうさい》なんだが。本《ほん》を読《よ》んで研究《けんきゅう》しとった間《あいだ》はよかったんだが、一年間《ねんかん》実地《じっち》に経験《けいけん》を積《つ》むちゅうことで休暇《きゅうか》を取《と》ってな……どうやら黒《くろ》い森《もり》で吸血鬼《きゅうけつき》に出会《であ》ったらしい。その上《うえ》、鬼婆《おにばば》といやーなことがあったらしい……それ以来《いらい》じゃ、人《ひと》が変《か》わってしもうた。生徒《せいと》を怖《こわ》がるわ、自分《じぶん》の教《おし》えてる科目《かもく》にもビクつくわ……さてと、俺《おれ》の傘《かさ》はどこかな？」

吸血鬼《きゅうけつき》？　鬼婆《おにばば》？　ハリーは頭《あたま》がくらくらした。ハグリッドはといえば、ごみ箱《ばこ》の上《うえ》の壁《かべ》のれんがを数《かぞ》えている。

「三つ上《あ》がって……横《よこ》に二つ……」

ブツブツ言《い》っている。

「よしと。ハリー下《さ》がってろよ」

ハグリッドは傘《かさ》の先《さき》で壁《かべ》を三度《ど》たたいた。すると、たたかれたれんがが震《ふる》え、次《つぎ》にくねくねと揺《ゆ》れた。そして真《ま》ん中《なか》に小《ちい》さな穴《あな》が現《あらわ》れたかと思《おも》うとそれがどんどん広《ひろ》がり、次《つぎ》の瞬間《しゅんかん》、目《め》の前《まえ》に、ハグリッドでさえ充分《じゅうぶん》に通《とお》れるほどのアーチ形《がた》の入口《いりぐち》ができた。そのむこうには石畳《いしだたみ》の曲《ま》がりくねった通《とお》りが、先《さき》が見《み》えなくなるまで続《つづ》いていた。

「ダイアゴン横丁《よこちょう》にようこそ」

ハリーが驚《おどろ》いているのを見《み》て、ハグリッドがニコーッと笑《わら》った。二人《ふたり》はアーチをくぐり抜《ぬ》けた。ハリーが急《いそ》いで振《ふ》り返《かえ》ったときには、アーチは見《み》る見《み》る縮《ちぢ》んで固《かた》いれんが壁《かべ》に戻《もど》るところだった。

そばの店《みせ》の外《そと》に積《つ》み上《あ》げられた大鍋《おおなべ》に、陽《ひ》の光《ひかり》がキラキラと反射《はんしゃ》している。上《うえ》には看板《かんばん》がぶら下《さ》がっている。

鍋屋《なべや》——大小《だいしょう》いろいろあります——銅《どう》、真鍮《しんちゅう》、錫《すず》、銀《ぎん》——自動《じどう》かき混《ま》ぜ鍋《なべ》——折《お》り畳《たた》み式《しき》

「一つ買《か》わにゃならんが、まずは金《かね》を取《と》ってこんとな」とハグリッドが言《い》った。

目玉《めだま》があと八つぐらい欲《ほ》しい、とハリーは思《おも》った。いろんな物《もの》を一度《いちど》に見《み》ようと、四方八方《しほうはっぽう》キョロキョロしながら横丁《よこちょう》を歩《ある》いた。お店《みせ》、その外《そと》に並《なら》んでいるもの、買《か》い物客《ものきゃく》も見《み》たい。薬問屋《くすりどんや》の前《まえ》で、小太《こぶと》りのおばさんが首《くび》を振《ふ》りふりつぶやいていた。

「ドラゴンのきも、三十グラムが十六シックルですって。バカバカしい……」

薄暗《うすぐら》い店《みせ》から、低《ひく》い、静《しず》かなホーホーという鳴《な》き声《ごえ》が聞《き》こえてきた。看板《かんばん》が出《で》ている。

イーロップのふくろう百貨店《ひゃっかてん》——森《もり》ふくろう、このはずく、めんふくろう、茶《ちゃ》ふくろう、白《しろ》ふくろう

ハリーと同《おな》い年《どし》ぐらいの男《おとこ》の子《こ》が数人《すうにん》、箒《ほうき》のショーウィンドウに鼻《はな》をくっつけて眺《なが》めている。誰《だれ》かが何《なに》か言《い》っているのが聞《き》こえる。

「見《み》ろよ。ニンバス２０００新型《しんがた》だ……超高速《ちょうこうそく》だぜ」

マントの店《みせ》、望遠鏡《ぼうえんきょう》の店《みせ》、ハリーが見《み》たこともない不思議《ふしぎ》な銀《ぎん》の道具《どうぐ》を売《う》っている店《みせ》もある。コウモリの脾臓《ひぞう》やウナギの目玉《めだま》の樽《たる》をうずたかく積《つ》み上《あ》げたショーウィンドウ。今《いま》にも崩《くず》れてきそうな呪文《じゅもん》の本《ほん》の山《やま》。羽根《はね》ペンや羊皮紙《ようひし》、薬瓶《くすりびん》、月球儀《げっきゅうぎ》……。

「グリンゴッツだ」ハグリッドの声《こえ》がした。

小《ちい》さな店《みせ》の立《た》ち並《なら》ぶ中《なか》、ひときわ高《たか》くそびえる真《ま》っ白《しろ》な建物《たてもの》だった。磨《みが》き上《あ》げられたブロンズの扉《とびら》の両脇《りょうわき》に、真紅《しんく》と金色《きんいろ》の制服《せいふく》を着《き》て立《た》っているのは……。

「ほれ、あれが小鬼《ゴブリン》だ」

そちらに向《む》かって白《しろ》い石段《いしだん》を登《のぼ》りながら、ハグリッドがヒソヒソ声《ごえ》で言《い》った。小鬼《ゴブリン》はハリーより頭《あたま》一つ小《ちい》さい。浅黒《あさぐろ》い賢《かしこ》そうな顔《かお》つきに、先《さき》の尖《とが》ったあごひげ、それに、なんと手足《てあし》の指《ゆび》の長《なが》いこと。二人《ふたり》が入口《いりぐち》に進《すす》むと、小鬼《ゴブリン》がおじぎした。中《なか》には二番目《ばんめ》の扉《とびら》があった。今度《こんど》は銀色《ぎんいろ》の両《りょう》

開《ひら》きの扉《とびら》で、何《なに》か言葉《ことば》が刻《きざ》まれている。

見知《みし》らぬ者《もの》よ　入《い》るがよい
欲《よく》のむくいを　知《し》るがよい
奪《うば》うばかりで　稼《かせ》がぬものは
やがてはつけを　払《はら》うべし
おのれのものに　あらざる宝《たから》
わが床下《ゆかした》に　求《もと》める者《もの》よ
盗人《ぬすびと》よ　気《き》をつけよ
宝《たから》のほかに　ひそむものあり

「言《い》ったろうが。ここから盗《ぬす》もうなんて、狂気《きょうき》の沙汰《さた》だわい」

とハグリッドが言《い》った。

左右《さゆう》の小鬼《ゴブリン》が、銀色《ぎんいろ》の扉《とびら》を入《はい》る二人《ふたり》におじぎをした。中《なか》は広々《ひろびろ》とした大理石《だいりせき》のホールだった。百人《にん》を超《こ》える小鬼《ゴブリン》が、細長《ほそなが》いカウンターのむこう側《がわ》で、脚高《あしだか》の丸椅子《まるいす》に座《すわ》り、大《おお》きな帳簿《ちょうぼ》に書《か》き込《こ》みをしたり、真鍮《しんちゅう》のはかりでコインの重《おも》さを計《はか》ったり、片《かた》めがねで宝石《ほうせき》を吟味《ぎんみ》したりしていた。ホールに通《つう》じる扉《とびら》は無数《むすう》にあって、これまた無数《むすう》の小鬼《ゴブリン》が、出入《でい》りする人々《ひとびと》を案内《あんない》している。

ハグリッドとハリーはカウンターに近《ちか》づいた。

「おはよう」

ハグリッドが手《て》のすいている小鬼《ゴブリン》に声《こえ》をかけた。

「ハリー・ポッターさんの金庫《きんこ》から金《かね》を取《と》りに来《き》たんだが」

「鍵《かぎ》はお持《も》ちでいらっしゃいますか？」

「どっかにあるはずだが――」

ハグリッドはポケットをひっくり返《かえ》し、中身《なかみ》をカウンターに出《だ》しはじめた。かびの生《は》えたような犬用《いぬよう》ビスケットが一つかみ、小鬼《ゴブリン》の経理《けいり》帳簿《ちょうぼ》にバラバラと散《ち》らばり、小鬼《ゴブリン》は鼻《はな》にしわを寄《よ》せた。ハリーは右《みぎ》のほうにいる小鬼《ゴブリン》が、まるで真《ま》っ赤《か》に燃《も》える石炭《せきたん》のような大《おお》きいルビーを山《やま》と積《つ》んで、次々《つぎつぎ》にはかりにかけているのを眺《なが》めていた。

「あった」

ハグリッドはやっと出《で》てきた小《ちい》さな黄金《おうごん》の鍵《かぎ》をつまみ上《あ》げた。

小鬼《ゴブリン》は、慎重《しんちょう》に鍵《かぎ》を調《しら》べてから、「承知《しょうち》いたしました」と言《い》った。

「それと、ダンブルドア教授《きょうじゅ》からの手紙《てがみ》を預《あずか》ってきとる」

ハグリッドは胸《むね》を張《は》って、重々《おもおも》しく言《い》った。

「七一三番金庫《ばんきんこ》にある、『例《れい》の物《もの》』についてだが」

小鬼《ゴブリン》は手紙《てがみ》をていねいに読《よ》むと、「了解《りょうかい》しました」とハグリッドに返《かえ》した。

「誰《だれ》かに両方《りょうほう》の金庫《きんこ》へ案内《あんない》させましょう。グリップフック！」

グリップフックも小鬼《ゴブリン》だった。ハグリッドが犬用《いぬよう》ビスケットを全部《ぜんぶ》ポケットに詰《つ》め込《こ》み終《お》えてから、二人《ふたり》はグリップフックについて、ホールから外《そと》に続《つづ》く無数《むすう》の扉《とびら》の一つへと向《む》かった。

「七一三番金庫《ばんきんこ》の例《れい》の物《もの》って、何《なに》？」ハリーが聞《き》いた。

「それは言《い》えん」

ハグリッドはいわくありげに言《い》った。

「極秘《ごくひ》だ。ホグワーツの仕事《しごと》でな。ダンブルドアは俺《おれ》を信頼《しんらい》してくださる。おまえさんにしゃべったりしたら、俺《おれ》がクビになるだけではすまんよ」

グリップフックが扉《とびら》を開《あ》けてくれた。ハリーはずっと大理石《だいりせき》が続《つづ》くと思《おも》っていたので驚《おどろ》いた。そこは松明《たいまつ》に照《て》らされた細《ほそ》い石造《いしづく》りの通路《つうろ》だった。急《きゅう》な傾斜《けいしゃ》が下《した》へと続《つづ》き、床《ゆか》には小《ちい》さな線路《せんろ》がついている。グリップフックが口笛《くちぶえ》を吹《ふ》くと、小《ちい》さなトロッコがこちらに向《む》かって元気《げんき》よく線路《せんろ》を上《あ》がってきた。三人《さんにん》は乗《の》り込《こ》んだ……ハグリッドもなんとか収《おさ》まった――発車《はっしゃ》。

くねくね曲《ま》がる迷路《めいろ》をトロッコはビュンビュン走《はし》った。ハリーは道《みち》を覚《おぼ》えようとした。左《ひだり》、右《みぎ》、左《ひだり》、三叉路《さんさろ》を直進《ちょくしん》、右《みぎ》、左《ひだり》、いや、とうてい無理《むり》だ。グリップフックが舵取《かじと》りをしていないのに、トロッコは行《い》き先《さき》を知《し》っているかのように勝手《かって》にビュンビュン走《はし》っていく。

冷《つめ》たい空気《くうき》の中《なか》を風《かぜ》を切《き》って走《はし》るので、ハリーは、目《め》がチクチクしたが、それでも目《め》を大《おお》きく見開《みひら》いたままでいた。一度《いちど》は、行《ゆ》く手《て》に火《ひ》が噴《ふ》き出《だ》したような気《き》がして、もしかしたらドラゴンじゃないかと身《み》をよじって見《み》てみたが、遅《おそ》かった――トロッコはさらに深《ふか》く潜《もぐ》っていった。地底《ちてい》湖《こ》のそばを通《とお》ると、巨大《きょだい》な鍾乳石《しょうにゅうせき》と石筍《せきじゅん》が天井《てんじょう》と床《ゆか》からせり出《だ》していた。

「僕《ぼく》、いつもわからなくなるんだけど」

トロッコの音《おと》に負《ま》けないよう、ハリーはハグリッドに大声《おおごえ》で呼《よ》びかけた。

「鍾乳石《しょうにゅうせき》と石筍《せきじゅん》って、どうちがうの？」

「三文字《さんもじ》と二文字《ふたもじ》のちがいだろ。たのむ、今《いま》は何《なん》にも聞《き》いてくれるな。吐《は》きそうだ」

たしかに、ハグリッドは真《ま》っ青《さお》だ。小《ちい》さな扉《とびら》の前《まえ》でトロッコはやっと止《と》まり、ハグリッドは降《お》りたものの、膝《ひざ》の震《ふる》えが止《と》まるまで通路《つうろ》の壁《かべ》にもたれかかっていた。

グリップフックが扉《とびら》の鍵《かぎ》を開《あ》けた。緑色《みどりいろ》の煙《けむり》がもくもくと噴《ふ》き出《だ》してきた。それが消《き》えたとき、ハリーはあっと息《いき》をのんだ。中《なか》には金貨《きんか》の山《やま》また山《やま》。高《たか》く積《つ》まれた銀貨《ぎんか》の山《やま》。そして小《ちい》さなクヌート銅貨《どうか》までザックザクだ。

「みーんなおまえさんのだ」ハグリッドはほほえんだ。

全部僕《ぜんぶぼく》のもの……信《しん》じられない。ダーズリー一家《いっか》はこのことを知《し》らなかったにちがいない。知《し》っていたら、瞬《またた》く間《ま》にかっさらっていっただろう。僕《ぼく》を養《やしな》うのにお金《かね》がかかってしょうがないとあんなにぐちを言《い》っていたんだもの。ロンドンの地下深《ちかふか》くに、こんなにもたくさん、僕《ぼく》の財産《ざいさん》がずーっと埋《う》められていたなんて。

ハグリッドはハリーがバッグにお金《かね》を詰《つ》め込《こ》むのを手伝《てつだ》った。

「金貨《きんか》はガリオンだ。銀貨《ぎんか》がシックルで、十七シックルが一ガリオン、一シックルは二十九クヌートだ。簡単《かんたん》だろうが。よーしと。これで、二、三学期分《がっきぶん》は大丈夫《だいじょうぶ》だろう。残《のこ》りはここにちゃーんとしまっといてやるからな」

ハグリッドはグリップフックのほうに向《む》きなおった。

「次《つぎ》は七一三番金庫《ばんきんこ》を頼《たの》む。ところでもうちーっとゆっくり行《い》けんか？」

「速度《そくど》は一定《いってい》となっております」

一行《いっこう》はさらに深《ふか》く、さらにスピードを増《ま》して潜《もぐ》っていった。狭《せま》い角《かど》をすばやく回《まわ》り込《こ》むたび、空気《くうき》はますます冷《ひ》え冷《び》えとしてきた。トロッコは地下渓谷《ちかけいこく》の上《うえ》をビュンビュン走《はし》った。ハリーは暗《くら》い谷底《たにぞこ》に何《なに》があるのかと身《み》を乗《の》り出《だ》してのぞき込《こ》んだが、ハグリッドがうめき声《こえ》を上《あ》げてハリーの襟首《えりくび》をつかみ引《ひ》き戻《もど》した。

七一三番金庫《ばんきんこ》には鍵穴《かぎあな》がなかった。

「下《さ》がってください」

グリップフックがもったいぶって言《い》い、長《なが》い指《ゆび》の一本《ぽん》でそっとなでると、扉《とびら》は溶《と》けるように消《き》え去《さ》った。

「グリンゴッツの小鬼《ゴブリン》以外《いがい》の者《もの》がこれをやりますと、扉《とびら》に吸《す》い込《こ》まれて、中《なか》に閉《と》じ込《こ》められてしまいます」とグリップフックが言《い》った。

「中《なか》に誰《だれ》か閉《と》じ込《こ》められていないかどうか、ときどき調《しら》べるの？」とハリーが聞《き》いた。

「十年《ねん》に一度《ど》ぐらいでございます」

グリップフックはニヤリと笑《わら》った。こんなに厳重《げんじゅう》に警護《けいご》された金庫《きんこ》だもの、きっと特別《とくべつ》なすごいものがあるにちがいない。ハリーは期待《きたい》して身《み》を乗《の》り出《だ》した。少《すく》なくともまばゆい宝石《ほうせき》か何《なに》かが……。中《なか》を見《み》た……なんだ、からっぽじゃないか、とはじめは思《おも》った。次《つぎ》に目《め》に入《はい》ったのは、茶《ちゃ》色《いろ》の紙《かみ》でくるまれた薄汚《うすよご》れた小《ちい》さな包《つつ》みだ。床《ゆか》に転《ころ》がっている。ハグリッドはそれを拾《ひろ》い上《あ》げ、コートの奥深《おくふか》くしまい込《こ》んだ。ハリーはそれがいったい何《なん》なのか知《し》りたくてたまらなかったが、聞《き》かないほうがよいことはわかっていた。

「行《い》くぞ。地獄《じごく》のトロッコへ。帰《かえ》り道《みち》は話《はな》しかけんでくれよ。俺《おれ》は口《くち》を閉《と》じているのが一番《いちばん》よさそうだからな」

もう一度《いちど》猛烈《もうれつ》なトロッコを乗《の》りこなして、陽《ひ》の光《ひかり》に目《め》をしばたたかせながら二人《ふたり》はグリンゴッツの外《そと》に出《で》た。バッグいっぱいのお金《かね》を持《も》って、まず最初《さいしょ》にどこに行《い》こうかとハリーは迷《まよ》った。ポンドに直《なお》したらいくらになるかなんて、計算《けいさん》しなくとも、ハリーはこれまでの人生《じんせい》で持《も》ったことがないほどたくさんのお金《かね》を持《も》っている……ダドリーでさえ持《も》ったことがないほどの額《がく》だ。

「制服《せいふく》を買《か》ったほうがいいな」

ハグリッドは「マダム・マルキンの洋装店《ようそうてん》――普段着《ふだんぎ》から式服《しきふく》まで」の看板《かんばん》をあごでさした。

「なあ、ハリー。『もれ鍋《なべ》』でちょっとだけ元気薬《げんきぐすり》をひっかけてきてもいいかな？　グリンゴッツのトロッコにはまいった」

ハグリッドは、まだ青《あお》い顔《かお》をしていた。ハグリッドといったんそこで別《わか》れ、ハリーはどぎまぎしながらマダム・マルキンの店《みせ》に一人《ひとり》で入《はい》っていった。

マダム・マルキンは、藤色《ふじいろ》ずくめの服《ふく》を着《き》た、愛想《あいそ》のよい、ずんぐりした魔女《まじょ》だった。

「坊《ぼっ》ちゃん。ホグワーツなの？」

ハリーが口《くち》を開《ひら》きかけたとたん、声《こえ》をかけてきた。

「全部《ぜんぶ》ここでそろいますよ……もう一人《ひとり》お若《わか》い方《かた》が丈《たけ》を合《あ》わせているところよ」

店《みせ》の奥《おく》のほうで、青白《あおじろ》い、あごのとがった男《おとこ》の子《こ》が踏台《ふみだい》の上《うえ》に立《た》ち、もう一人《ひとり》の魔女《まじょ》が長《なが》い黒《くろ》いローブをピンで留《と》めていた。マダム・マルキンはハリーをその隣《となり》の踏台《ふみだい》に立《た》たせ、頭《あたま》から長《なが》いローブを着《き》せかけ、丈《たけ》を合《あ》わせてピンで留《と》めはじめた。

「やあ、君《きみ》もホグワーツかい？」男《おとこ》の子《こ》が声《こえ》をかけた。

「うん」とハリーが答《こた》えた。

「僕《ぼく》の父《ちち》は隣《となり》で教科書《きょうかしょ》を買《か》ってるし、母《はは》はどこかその先《さき》で杖《つえ》を見《み》てる」

男《おとこ》の子《こ》はけだるそうな、気取《きど》った話《はな》し方《かた》をする。

「これから、二人《ふたり》を引《ひ》っぱって競技用《きょうぎよう》の箒《ほうき》を見《み》に行《い》くんだ。一年生《ねんせい》が自分《じぶん》の箒《ほうき》を持《も》っちゃいけないなんて、わけがわからないね。父《ちち》を脅《おど》して一本買《ぽんか》わせて、こっそり持《も》ち込《こ》んでやる」

ダドリーにそっくりだ、とハリーは思《おも》った。

「君《きみ》は自分《じぶん》の箒《ほうき》を持《も》ってるのかい？」

男《おとこ》の子《こ》はしゃべり続《つづ》けている。

「ううん」

「クィディッチはやるの？」

「ううん」

クィディッチ？　一体全体何《いったいぜんたいなん》だろうと思《おも》いながらハリーは答《こた》えた。

「僕《ぼく》はやるよ――父《ちち》は僕《ぼく》が寮《りょう》の代表選手《だいひょうせんしゅ》に選《えら》ばれなかったらそれこそ犯罪《はんざい》だって言《い》うんだ。僕《ぼく》もそう思《おも》うね。君《きみ》はどの寮《りょう》に入《はい》るかもう知《し》ってるの？」

「ううん」

だんだん情《なさ》けなくなりながら、ハリーは答《こた》えた。

「まあ、ほんとのところは、行《い》ってみないとわからないけど。そうだろう？　だけど僕《ぼく》はスリザリンに決《き》まってるよ。僕《ぼく》の家族《かぞく》はみんなそうだったんだから……ハッフルパフなんかに入《い》れられてみろよ。僕《ぼく》なら退学《たいがく》するな。そうだろう？」

「ウーム」

もうちょっとましな答《こた》えができたらいいのにとハリーは思《おも》った。

「ほら、あの男《おとこ》を見《み》てごらん！」

急《きゅう》に男の子《おとこ　こ》は窓《まど》のほうをあごでしゃくった。ハグリッドが店《みせ》の外《そと》に立《た》っていた。ハリーのほうを見《み》てニッコリしながら、手《て》に持《も》った二本《ほん》の大《おお》きなアイスクリームを指《ゆび》さし、これがあるから店《みせ》の中《なか》には入《い》れないよ、という手振《てぶ》りをしていた。

「あれ、ハグリッドだよ」

この子《こ》が知《し》らないことを自分《じぶん》が知《し》っている、とハリーはうれしくなった。

「ホグワーツで働《はたら》いてるんだ」

「ああ、聞《き》いたことがある。一種《いっしゅ》の召使《めしつか》いだろ？」

「森《もり》の番人《ばんにん》だよ」

時間《じかん》がたてばたつほど、ハリーはこの子《こ》が嫌《きら》いになっていた。

「そう、それだ。言《い》うなれば**野蛮人《やばんじん》**だって聞《き》いたよ……学校《がっこう》の領地内《りょうちない》のほったて小屋《ごや》に住《す》んでいて、しょっちゅう酔《よ》っ払《ぱら》って、魔法《まほう》を使《つか》おうとして、自分《じぶん》のベッドに火《ひ》をつけるんだそうだ」

「彼《かれ》って最高《さいこう》だと思《おも》うよ」

ハリーは冷《つめ》たく言《い》い放《はな》った。

「へえ？」

男《おとこ》の子《こ》は鼻先《はなさき》でせせら笑《わら》った。

「どうして君《きみ》と一緒《いっしょ》なの？　君《きみ》の両親《りょうしん》はどうしたの？」

「死《し》んだよ」

ハリーはそれしか言《い》わなかった。この子《こ》に詳《くわ》しく話《はな》す気《き》にはなれない。

「おや、ごめんなさい」

謝《あやま》っているような口振《くちぶ》りではなかった。

「でも、君《きみ》の両親《りょうしん》も僕《ぼく》らと同族《どうぞく》なんだろう？」

「魔法使《まほうつか》いと魔女《まじょ》だよ。そういう意味《いみ》で聞《き》いてるんなら」

「ほかの連中《れんちゅう》は入学《にゅうがく》させるべきじゃないと思《おも》うよ。そう思《おも》わないか？　連中《れんちゅう》は僕《ぼく》らと同《おな》じじゃないんだ。僕《ぼく》らのやり方《かた》がわかるような育《そだ》ち方《かた》をしてないんだ。手紙《てがみ》をもらうまではホグワーツのことだって聞《き》いたこともなかった、なんてやつもいるんだ。考《かんが》えられないようなことだよ。入学《にゅうがく》は、昔《むかし》からの魔法使《まほうつか》い名門家族《めいもんかぞく》に限《かぎ》るべきだと思《おも》うよ。君《きみ》、家族《かぞく》の姓《せい》は何《なん》て言《い》うの？」

ハリーが答《こた》える前《まえ》に、マダム・マルキンが「さあ、終《お》わりましたよ、坊《ぼっ》ちゃん」と言《い》ってくれたのを幸《さいわ》いに、ハリーは踏台《ふみだい》からポンと跳《と》び降《お》りた。この子《こ》との会話《かいわ》をやめる口実《こうじつ》ができて好都合《こうつごう》だ。

「じゃ、ホグワーツでまた会《あ》おう。たぶんね」と気取《きど》った男《おとこ》の子《こ》が言《い》った。

店《みせ》を出《で》て、ハグリッドが持《も》ってきたアイスクリームを食《た》べながら――ナッツ入《い》りのチョコレートとラズベリーアイスだ――、ハリーはだまりこくっていた。

「どうした？」ハグリッドが聞《き》いた。

「なんでもないよ」

ハリーはうそをついた。

次《つぎ》は羊皮紙《ようひし》と羽根《はね》ペンを買《か》った。書《か》いているうちに色《いろ》が変《か》わるインクを見《み》つけて、ハリーはちょっと元気《げんき》が出《で》た。店《みせ》を出《で》てから、ハリーが聞《き》いた。

「ねえ、ハグリッド。クィディッチってなあに？」

「なんと、ハリー。おまえさんがなんにも知《し》らんということを忘《わす》れとった……クィディッチを知《し》らんとは！」

「これ以上《いじょう》落《お》ち込《こ》ませないでよ」

ハリーはマダム・マルキンの店《みせ》で出会《であ》った青白《あおじろ》い少年《しょうねん》の話《はなし》をした。

「……その子《こ》が言《い》うんだ。マグルの家《いえ》の子《こ》はいっさい入学《にゅうがく》させるべきじゃないって……」

「おまえはマグルの家《いえ》の子《こ》じゃねえ。おまえが何者《なにもの》なのかその子《こ》がわかっていたらなあ……その子《こ》だって、親《おや》が魔法使《まほうつか》いなら、おまえさんの名前《なまえ》を聞《き》きながら育《そだ》ったはずだ……魔法使《まほうつか》いなら誰《だれ》だって、『もれ鍋《なべ》』でおまえさんが見《み》たとおりなんだよ。とにかくだ、そのガキに何《なに》がわかる。俺《おれ》の知《し》ってる最高《さいこう》の魔法使《まほうつか》いの中《なか》には、長《なが》いことマグルの家系《かけい》が続《つづ》いて、急《きゅう》にその子《こ》だけが魔法《まほう》の力《ちから》を持《も》ったという者《もの》もおるぞ……おまえの母《かあ》さんを見《み》ろ！　その姉《ねえ》さんがどんな人間《にんげん》か見《み》てみろ！」

「それで、クィディッチって？」

「俺《おれ》たちのスポーツだ。魔法族《まほうぞく》のスポーツだよ。マグルの世界《せかい》じゃ、そう、サッカーだな――誰《だれ》だってクィディッチの試合《しあい》に夢中《むちゅう》だ。箒《ほうき》に乗《の》って空中《くうちゅう》でゲームをやる。ボールは四つあって……ルールを説明《せつめい》するのはちぃと難《むずか》しいなあ」

「じゃ、スリザリンとハッフルパフって？」

「学校《がっこう》の寮《りょう》の名前《なまえ》だ。四つあってな。ハッフルパフには劣等生《れっとうせい》が多《おお》いとみんなは言《い》うが、しかし……」

「僕《ぼく》、きっとハッフルパフだ」ハリーは落《お》ち込《こ》んだ。

「スリザリンよりはハッフルパフのほうがましだ」ハグリッドの表情《ひょうじょう》が暗《くら》くなった。

「悪《あく》の道《みち》に走《はし》った魔法使《まほうつか》いや魔女《まじょ》は、みんなスリザリン出身《しゅっしん》だ。『例《れい》のあの人《ひと》』もそうだ」

「ヴォル……あ、ごめん……『あの人《ひと》』もホグワーツだったの？」

「ずいぶん昔《むかし》のことだ」


次《つぎ》に教科書《きょうかしょ》を買《か》った。「フローリシュ・アンド・ブロッツ書店《しょてん》」の書棚《しょだな》には、天井《てんじょう》まで本《ほん》がぎっしり積《つ》み上《あ》げられていた。敷石《しきいし》ぐらいの大《おお》きな革製本《かわせいほん》やシルクの表紙《ひょうし》で切手《きって》くらいの大《おお》きさの本《ほん》もあり、奇妙《きみょう》な記号《きごう》ばかりの本《ほん》があるかと思《おも》えば、何《なん》にも書《か》いてない本《ほん》もあった。本《ほん》など読《よ》んだことがないダドリーでさえ、夢中《むちゅう》でさわったにちがいないと思《おも》う本《ほん》もいくつかあった。ハグリッドは、ビンディクタス・ビリディアン著《ちょ》『呪《のろ》いのかけ方《かた》、解《と》き方《かた》――友人《ゆうじん》をうっとりさせ、最新《さいしん》の復讐方法《ふくしゅうほうほう》で敵《てき》を困《こま》らせよう～ハゲ、クラゲ脚《あし》、舌《した》もつれ、その他《た》あの手《て》この手《て》～』を読《よ》みふけっているハリーを、引《ひ》きずるようにして連《つ》れ出《だ》さなければならなかった。

「僕《ぼく》、どうやってダドリーに呪《のろ》いをかけたらいいか調《しら》べてたんだよ」

「それが悪《わる》いちゅうわけではないが、マグルの世界《せかい》ではよっぽど特別《とくべつ》な場合《ばあい》でねえと魔法《まほう》を使《つか》えんことになっちょる。それにな、呪《のろ》いなんておまえさんにはまだどれも無理《むり》だ。そのレベルになるにはもっとたーくさん勉強《べんきょう》せんとな」

ハグリッドは「リストに錫《すず》の鍋《なべ》と書《か》いてあるだろが」と言《い》って純金《じゅんきん》の大鍋《おおなべ》も買《か》わせてくれな

かった。そのかわり、魔法薬《まほうやく》の材料《ざいりょう》を計《はか》るはかりは上等《じょうとう》なのを一《ひと》そろい買《か》ったし、真鍮製《しんちゅうせい》の折《お》り畳《たた》み式望遠鏡《しきぼうえんきょう》も買《か》った。次《つぎ》は薬問屋《くすりどんや》に入《はい》った。悪《わる》くなった卵《たまご》とくさったキャベツの混《ま》じったようなひどい臭《にお》いがしたが、そんなことは気《き》にならないほどおもしろいところだった。ぬめぬめしたものを詰《つ》めた樽《たる》が床《ゆか》に立《た》ち並《なら》び、壁《かべ》には薬草《やくそう》や乾燥《かんそう》させた根《ね》、鮮《あざ》やかな色《いろ》の粉末《ふんまつ》などが入《はい》った瓶《びん》が並《なら》べられ、天井《てんじょう》からは羽根《はね》の束《たば》、牙《きば》やねじ曲《ま》がった爪《つめ》が糸《いと》に通《とお》してぶら下《さ》げられている。カウンター越《ご》しにハグリッドが基本的《きほんてき》な材料《ざいりょう》を注文《ちゅうもん》している間《あいだ》、ハリーは、一本《ぽん》二十一ガリオンの銀色《ぎんいろ》の一角獣《ユニコーン》の角《つの》や、小《ちい》さな、黒《くろ》いキラキラしたコガネムシの目玉《めだま》（一《ひと》さじ五クヌート）をしげしげと眺《なが》めていた。

薬問屋《くすりどんや》から出《で》て、ハグリッドはもう一度《いちど》ハリーのリストを調《しら》べた。

「あとは杖《つえ》だけだな……おお、そうだ、まだ誕生祝《たんじょういわ》いをあげていなかったな」

ハリーは顔《かお》が赤《あか》くなるのを感《かん》じた。

「そんなことしなくていいのに……」

「しなくていいのはわかっとるよ。そうだ。動物《どうぶつ》をやろう。ヒキガエルはだめだ。だいぶ前《まえ》から流行遅《りゅうこうおく》れになっちょる。笑《わら》われっちまうからな……猫《ねこ》、俺《おれ》は猫《ねこ》は好《す》かん。くしゃみが出《で》るんでな。ふくろうを買《か》ってやろう。子供《こども》はみんなふくろうを欲《ほ》しがるもんだ。なんちゅうたって役《やく》に立《た》つ。

郵便《ゆうびん》とかを運《はこ》んでくれるし」

イーロップふくろう百貨店《ひゃっかてん》は、暗《くら》くてバタバタと羽音《はおと》がし、宝石《ほうせき》のように輝《かがや》く目《め》があちらこちらでパチクリしていた。二十分後《ぷんご》、二人《ふたり》は店《みせ》から出《で》てきた。ハリーは大《おお》きな鳥《とり》かごを下《さ》げている。かごの中《なか》では、雪《ゆき》のように白《しろ》く美《うつく》しいふくろうが、羽《はね》に頭《あたま》を突《つ》っ込《こ》んでぐっすり眠《ねむ》っている。ハリーは、まるでクィレル教授《きょうじゅ》のようにつっかえながら何度《なんど》もお礼《れい》を言《い》った。

「礼《れい》はいらん」ハグリッドはぶっきらぼうに言《い》った。

「ダーズリーのとこではプレゼントをもらうことなんぞなかったんだろうな。あとはオリバンダーの店《みせ》だけだ……杖《つえ》はここにかぎる。杖《つえ》のオリバンダーだ。おまえさんは最高《さいこう》の杖《つえ》を持《も》たにゃいかん」

魔法《まほう》の杖《つえ》……これこそハリーが本当《ほんとう》に欲《ほ》しかった物《もの》だ。

最後《さいご》の買《か》い物《もの》の店《みせ》は狭《せま》くてみすぼらしかった。はがれかかった金色《きんいろ》の文字《もじ》で、扉《とびら》に「**オリバンダーの店《みせ》――紀元前《きげんぜん》三八二年創業《ねんそうぎょう》　高級杖《こうきゅうつえ》メーカー**」と書《か》いてある。ほこりっぽいショーウィンドウには、色《いろ》あせた紫色《むらさきいろ》のクッションに、杖《つえ》が一本《ぽん》だけ置《お》かれていた。

中《なか》に入《はい》るとどこか奥《おく》のほうでチリンチリンとベルが鳴《な》った。小《ちい》さな店内《てんない》に古《ふる》ぼけた椅子《いす》が一つだけ置《お》かれていて、ハグリッドはそれに腰《こし》かけて待《ま》った。ハリーは妙《みょう》なことに、規律《きりつ》の厳《きび》しい図《と》書館《しょかん》にいるような気《き》がした。新《あら》たに湧《わ》いてきたたくさんの質問《しつもん》をぐっとのみ込《こ》んで、ハリーは、天井《てんじょう》まで整然《せいぜん》と積《つ》み重《かさ》ねられた何千《なんぜん》という細長《ほそなが》い箱《はこ》の山《やま》をながめた。なぜか首筋《くびすじ》がゾクゾクした。ほこりと静《しず》けさそのものが、密《ひそ》かな魔力《まりょく》を秘《ひ》めているようだった。

「いらっしゃいませ」

やわらかな声《こえ》がした。ハリーは跳《と》び上《あ》がるほど驚《おどろ》いた。ハグリッドも跳《と》び上《あ》がったにちがいない。華奢《きゃしゃ》な椅子《いす》がバキバキと大《おお》きな音《おと》を立《た》て、ハグリッドはあわてて椅子《いす》から立《た》ち上《あ》がった。

目《め》の前《まえ》に老人《ろうじん》が立《た》っていた。店《みせ》の薄明《うすあ》かりの中《なか》で、大《おお》きな薄《うす》い色《いろ》の目《め》が、二つの月《つき》のように輝《かがや》いている。

「こんにちは」ハリーがぎこちなく挨拶《あいさつ》した。

「おお、そうじゃ」と老人《ろうじん》が言《い》った。

「そうじゃとも、そうじゃとも。まもなくお目《め》にかかれると思《おも》っておりましたよ、ハリー・ポッターさん」

ハリーのことをもう知《し》っている。

「お母《かあ》さんと同《おな》じ目《め》をしていなさる。あの子《こ》がここに来《き》て、最初《さいしょ》の杖《つえ》を買《か》っていったのがほんのきのうのことのようじゃ。あの杖《つえ》は二十六センチの長《なが》さ。柳《やなぎ》の木《き》でできていて、振《ふ》りやすい。妖《よう》精《せい》の呪文《じゅもん》にはぴったりの杖《つえ》じゃった」

オリバンダー老人《ろうじん》はさらにハリーに近寄《ちかよ》った。ハリーは老人《ろうじん》が瞬《まばた》きしてくれたらいいのにと思《おも》った。銀色《ぎんいろ》に光《ひか》る目《め》が少《すこ》し気味悪《きみわる》かったのだ。

「お父《とう》さんのほうはマホガニーの杖《つえ》が気《き》に入《い》られてな。二十八センチのよくしなる杖《つえ》じゃった。より力《ちから》があって変身術《へんしんじゅつ》には最高《さいこう》のものじゃ。いや、父上《ちちうえ》が気《き》に入《い》ったと言《い》うたが……実《じつ》はもちろん、杖《つえ》のほうが持《も》ち主《ぬし》の魔法使《まほうつか》いを選《えら》ぶのじゃよ」

オリバンダー老人《ろうじん》が、ほとんど鼻《はな》と鼻《はな》がくっつくほどに近寄《ちかよ》ってきたので、ハリーには自分《じぶん》の姿《すがた》が老人《ろうじん》の霧《きり》のような瞳《ひとみ》の中《なか》に映《うつ》っているのが見《み》えた。

「それで、これが例《れい》の……」

老人《ろうじん》は白《しろ》く長《なが》い指《ゆび》で、ハリーの額《ひたい》の稲妻形《いなずまがた》の傷痕《きずあと》に触《ふ》れた。

「悲《かな》しいことに、この傷《きず》をつけたのも、わしの店《みせ》で売《う》った杖《つえ》じゃ」静《しず》かな言《い》い方《かた》だった。

「三十四センチもあってな。イチイの木《き》でできた強力《きょうりょく》な杖《つえ》じゃ。とても強《つよ》いが、もしまちがった者《もの》の手《て》に……そう、あの杖《つえ》が世《よ》の中《なか》に出《で》て何《なに》をするのか、わしが知《し》っておったらのう……」

老人《ろうじん》は頭《かぶり》を振《ふ》り、そして、ふとハグリッドに気《き》づいたので、ハリーはホッとした。

「ルビウス！　ルビウス・ハグリッドじゃないか！　また会《あ》えてうれしいよ……四十一センチの

樫《かし》の木《き》。よく曲《ま》がる。そうじゃったな」

「ああ、じいさま。そのとおりです」

「いい杖《つえ》じゃった、あれは。じゃが、おまえさんが退学《たいがく》になったとき、真《ま》っ二《ぷた》つに折《お》られてしまうたのじゃったな？」

オリバンダー老人《ろうじん》は急《きゅう》に険《けわ》しい口調《くちょう》になった。

「いや……あの、折《お》られっちまいました。はい」

ハグリッドは足《あし》をもじもじさせながら答《こた》えた。

「でも、折《お》れた杖《つえ》をずっと持《も》っとります」

ハグリッドは威勢《いせい》よく言《い》った。

「じゃが、まさか使《つか》ってはおるまいの？」オリバンダー老人《ろうじん》が厳《きび》しく聞《き》いた。

「とんでもねえ」

ハグリッドはあわてて答《こた》えたが、そう言《い》いながらピンクの傘《かさ》の柄《え》をギュッと強《つよ》く握《にぎ》りしめたのを、ハリーは見逃《みのが》さなかった。

「ふーむ」

オリバンダー老人《ろうじん》は探《さぐ》るような目《め》でハグリッドを見《み》た。

「さて、それでは――ポッターさん。拝見《はいけん》しましょうか」

老人《ろうじん》は銀色《ぎんいろ》の目盛《めも》りの入《はい》った長《なが》い巻尺《まきじゃく》をポケットから取《と》り出《だ》した。

「どちらが杖腕《つえうで》ですかな？」

「あ、あの、僕《ぼく》、右利《みぎき》きです」

「腕《うで》を伸《の》ばして。そうそう」

老人《ろうじん》はハリーの肩《かた》から指先《ゆびさき》、手首《てくび》からひじ、肩《かた》から床《ゆか》、ひざから脇《わき》の下《した》、頭《あたま》の周《まわ》り、と寸法《すんぽう》を採《と》った。測《はか》りながら老人《ろうじん》は話《はなし》を続《つづ》けた。

「ポッターさん。オリバンダーの杖《つえ》は一本《ぽん》一本《ぽん》、強力《きょうりょく》な魔力《まりょく》を持《も》った物《もの》を芯《しん》に使《つか》っております。一角獣《ユニコーン》のたてがみ、不死鳥《ふしちょう》の尾《お》の羽根《はね》、ドラゴンの心臓《しんぞう》の琴線《きんせん》。一角獣《ユニコーン》も、ドラゴンも、不死《ふし》鳥《ちょう》もそれぞれの個体《こたい》がちがうのじゃから、オリバンダーの杖《つえ》には一つとして同《おな》じ杖《つえ》はない。もちろん、ほかの魔法使《まほうつか》いの杖《つえ》を使《つか》っても、けっして自分《じぶん》の杖《つえ》ほどの力《ちから》は出《だ》せないわけじゃ」

ハリーは巻尺《まきじゃく》が勝手《かって》に鼻《はな》の穴《あな》の間《あいだ》を測《はか》っているのにハッと気《き》がついた。オリバンダー老人《ろうじん》は棚《たな》の間《あいだ》を飛《と》び回《まわ》って、箱《はこ》を取《と》り出《だ》していた。

「もうよい」と言《い》うと、巻尺《まきじゃく》は床《ゆか》の上《うえ》に落《お》ちて、くしゃくしゃと丸《まる》まった。

「では、ポッターさん。これをお試《ため》しください。ブナの木《き》にドラゴンの心臓《しんぞう》の琴線《きんせん》。二十三センチ、良質《りょうしつ》でしなりがよい。手《て》に取《と》って、振《ふ》ってごらんなさい」
ハリーは杖《つえ》を取《と》り、なんだか気《き》はずかしく思《おも》いながら杖《つえ》をちょっと振《ふ》ってみた。オリバンダー老人《ろうじん》はあっという間《ま》にハリーの手《て》からその杖《つえ》をもぎ取《と》ってしまった。

「楓《かえで》に不死鳥《ふしちょう》の羽根《はね》。十八センチ、振《ふ》り応《ごた》えがある。どうぞ」

ハリーは試《ため》してみた……しかし、振《ふ》り上《あ》げるか上《あ》げないうちに、老人《ろうじん》がひったくってしまった。

「だめだ。いかん――次《つぎ》は黒檀《こくたん》と一角獣《ユニコーン》のたてがみ。二十二センチ、バネのよう。さあ、どうぞ試《ため》してください」

ハリーは、次々《つぎつぎ》と試《ため》してみた。いったいオリバンダー老人《ろうじん》は何《なに》を期待《きたい》しているのかさっぱりわからない。試《ため》し終《お》わった杖《つえ》の山《やま》が古《ふる》い椅子《いす》の上《うえ》にだんだん高《たか》く積《つ》み上《あ》げられてゆく。それなのに、棚《たな》から新《あたら》しい杖《つえ》を下《お》ろすたびに、老人《ろうじん》はますますうれしそうな顔《かお》をした。

「難《むずか》しい客《きゃく》じゃの。え？　心配《しんぱい》なさるな。必《かなら》ずぴったり合《あ》うのをお探《さが》ししますでな。……さて、次《つぎ》はどうするかな……おお、そうじゃ……めったにない組《く》み合《あ》わせじゃが、柊《ひいらぎ》と不死鳥《ふしちょう》の羽根《はね》、二十八センチ、良質《りょうしつ》でしなやか」

ハリーは杖《つえ》を手《て》に取《と》った。急《きゅう》に指先《ゆびさき》が温《あたた》かくなった。杖《つえ》を頭《あたま》の上《うえ》まで振《ふ》り上《あ》げ、ほこりっぽい店内《てんない》の空気《くうき》を切《き》るようにヒュッと振《ふ》り下《お》ろした。すると、杖《つえ》の先《さき》から赤《あか》と金色《きんいろ》の火花《ひばな》が花火《はなび》のように流《なが》れ出《だ》し、光《ひかり》の玉《たま》が踊《おど》りながら壁《かべ》に反射《はんしゃ》した。ハグリッドは「オーッ」と声《こえ》を上《あ》げて手《て》をたたき、オリバンダー老人《ろうじん》は「ブラボー！」と叫《さけ》んだ。

「すばらしい。いや、よかった。さて、さて、さて……不思議《ふしぎ》なこともあるものよ……まったくもって不思議《ふしぎ》な……」

老人《ろうじん》はハリーの杖《つえ》を箱《はこ》に戻《もど》し、茶色《ちゃいろ》の紙《かみ》で包《つつ》みながら、まだブツブツとくり返《かえ》していた。

「不思議《ふしぎ》じゃ……不思議《ふしぎ》じゃ……」

「あのう。何《なに》がそんなに不思議《ふしぎ》なんですか」とハリーが聞《き》いた。

オリバンダー老人《ろうじん》は淡《あわ》い色《いろ》の目《め》でハリーをじっと見《み》た。

「ポッターさん。わしは自分《じぶん》の売《う》った杖《つえ》はすべて覚《おぼ》えておる。全部《ぜんぶ》じゃ。あなたの杖《つえ》に入《はい》っている不死鳥《ふしちょう》の羽根《はね》はな、同《おな》じ不死鳥《ふしちょう》が尾羽根《おばね》をもう一枚《まい》だけ提供《ていきょう》した……たった一枚《まい》だけじゃが。あなたがこの杖《つえ》を持《も》つ運命《うんめい》にあったとは、不思議《ふしぎ》なことじゃ。兄弟羽根《きょうだいばね》が……なんと、兄弟杖《きょうだいづえ》がその傷《きず》を負《お》わせたというのに……」

ハリーは息《いき》をのんだ。

「さよう。三十四センチのイチイの木《き》じゃった。こういうことが起《お》こるとは、不思議《ふしぎ》なものじゃ。杖《つえ》は持《も》ち主《ぬし》の魔法使《まほうつか》いを選《えら》ぶ。そういうことじゃ……。ポッターさん、あなたはきっと偉大《いだい》なことなさるにちがいない……。『名前《なまえ》を言《い》ってはいけないあの人《ひと》』もある意味《いみ》では、偉大《いだい》なことをしたわけじゃ……恐《おそ》ろしいことじゃったが、偉大《いだい》にはちがいない」

ハリーは身震《みぶる》いした。オリバンダー老人《ろうじん》があまり好《す》きになれない気《き》がした。杖《つえ》の代金《だいきん》に七《なな》ガリオンを支払《しはら》い、オリバンダー老人《ろうじん》のおじぎに送《おく》られて二人《ふたり》は店《みせ》を出《で》た。

夕暮《ゆうぐれ》近《ちか》くの太陽《たいよう》が空《そら》に低《ひく》くかかっていた。ハリーとハグリッドはダイアゴン横丁《よこちょう》を、元来《もとき》た道《みち》へと歩《ある》き、壁《かべ》を抜《ぬ》けて、もう人気《ひとけ》のなくなった「もれ鍋《なべ》」に戻《もど》った。ハリーはだまりこくっていた。変《へん》な形《かたち》の荷物《にもつ》をどっさり抱《かか》え、ひざの上《うえ》で雪《ゆき》のように白《しろ》いふくろうが眠《ねむ》っている格好《かっこう》のせいで、地下鉄《ちかてつ》の乗客《じょうきゃく》があぜんとして自分《じぶん》のことを見《み》つめていることに、ハリーはまったく気《き》づかなかった。パディントン駅《えき》で地下鉄《ちかてつ》を降《お》り、エスカレーターで駅《えき》の構内《こうない》に出《で》た。ハグリッドに肩《かた》をたたかれて、ハリーはやっと自分《じぶん》がどこにいるのかに気《き》づいた。

「電車《でんしゃ》が出《で》るまで何《なに》か食《た》べる時間《じかん》があるぞ」

ハグリッドが言《い》った。

ハグリッドはハンバーガーを買《か》い、二人《ふたり》でプラスチックの椅子《いす》に座《すわ》って食《た》べた。ハリーは周《まわ》りを眺《なが》めた。なぜかすべてがちぐはぐに見《み》える。

「大丈夫《だいじょうぶ》か？　なんだかずいぶん静《しず》かだが」とハグリッドが声《こえ》をかけた。

ハリーは何《なん》と説明《せつめい》すればよいかわからなかった。こんなにすばらしい誕生日《たんじょうび》は初《はじ》めてだった……それなのに……ハリーは言葉《ことば》を探《さが》すようにハンバーガーをかみしめた。

「みんなが僕《ぼく》のことを特別《とくべつ》だって思《おも》ってる」

ハリーはやっと口《くち》を開《ひら》いた。

「『もれ鍋《なべ》』のみんな、クィレル先生《せんせい》も、オリバンダーさんも……でも、僕《ぼく》、魔法《まほう》のことは何《なに》も知《し》らない。それなのに、どうして僕《ぼく》に偉大《いだい》なことを期待《きたい》できるの？　有名《ゆうめい》だって言《い》うけれど、何《なに》が僕《ぼく》を有名《ゆうめい》にしたかさえ覚《おぼ》えていないんだよ。ヴォル……あ、ごめん……僕《ぼく》の両親《りょうしん》が死《し》んだ夜《よる》だけど、僕《ぼく》、何《なに》が起《お》こったのかも覚《おぼ》えていない」

ハグリッドはテーブルのむこう側《がわ》から身《み》を乗《の》り出《だ》した。もじゃもじゃのひげと眉毛《まゆげ》の奥《おく》に、やさしい笑顔《えがお》があった。

「ハリー、心配《しんぱい》するな。すぐに様子《ようす》がわかってくる。誰《だれ》でもホグワーツで一から始《はじ》めるんだ。大《だい》丈夫《じょうぶ》。ありのままでええ。そりゃ大変《たいへん》なのはわかる。おまえさんは選《えら》ばれたんだ。大変《たいへん》なことだ。だがな、ホグワーツは、楽《たの》しい。俺《おれ》も楽《たの》しかった。――実《じつ》は今《いま》も楽《たの》しい」

ハグリッドは、ハリーがダーズリー家《け》に戻《もど》る電車《でんしゃ》に乗《の》り込《こ》むのを手伝《てつだ》った。

「ホグワーツ行《い》きの切符《きっぷ》だ」

ハグリッドは封筒《ふうとう》を手渡《てわた》した。

「九月一日《がつついたち》――キングズ・クロス駅発《えきはつ》――全部切符《ぜんぶきっぷ》に書《か》いてある。ダーズリーのとこでまずいことがあったら、おまえさんのふくろうに手紙《てがみ》を持《も》たせて寄《よ》こしな。ふくろうが俺《おれ》のいるところを探《さが》し出《だ》してくれる。……じゃあな。ハリー。またすぐ会《あ》おう」

電車《でんしゃ》が走《はし》り出《だ》した。ハリーはハグリッドの姿《すがた》が見《み》えなくなるまで見《み》ていたかった。座席《ざせき》から立《た》ち上《あ》がり、窓《まど》に鼻《はな》を押《お》しつけて見《み》ていたが、瞬《まばた》きをしたとたん、ハグリッドの姿《すがた》は消《き》えていた。

第《だい》6章《しょう》　9と¾番線《ばんせん》からの旅《たび》

ダーズリー家《け》に戻《もど》って過《す》ごした出発《しゅっぱつ》までの一か月間《げつかん》は、ハリーにとって楽《たの》しいものではなかった。たしかに、ダドリーはハリーを怖《こわ》がって一緒《いっしょ》の部屋《へや》にいようとはせず、ペチュニアおばさんもバーノンおじさんもハリーを物置《ものおき》に閉《と》じ込《こ》めたり、いやなことを無理強《むりじ》いしたり、どなりつけたりもしなかった……それ以上《いじょう》に、ハリーとは一言《ひとこと》も口《くち》をきかなかった。怖《こわ》さ半分《はんぶん》と怒《いか》り半分《はんぶん》で、ダーズリー親子《おやこ》はハリーがどこに座《すわ》っていても、その椅子《いす》には誰《だれ》もいないかのように振《ふ》る舞《ま》った。たいていはそのほうが好都合《こうつごう》だったが、それもしばらく続《つづ》くと少《すこ》し気《き》がめいってきた。

ハリーは買《か》ってもらったばかりのふくろうと一緒《いっしょ》に部屋《へや》にとじこもっていた。ふくろうの名《な》はヘドウィグに決《き》めた。『魔法史《まほうし》』で見《み》つけた名《な》だ。教科書《きょうかしょ》はとてもおもしろかった。ハリーはベッドに横《よこ》になって、夜遅《よるおそ》くまで読《よ》みふけった。ヘドウィグは開《あ》け放《はな》した窓《まど》から自由《じゆう》に出入《でい》りした。しょっちゅう死《し》んだネズミをくわえてきたので、ペチュニアおばさんが掃除機《そうじき》をかけに来《こ》なくなったのはかえって幸《さいわ》いだった。毎晩《まいばん》、寝《ね》る前《まえ》に、ハリーは壁《かべ》に貼《は》った暦《こよみ》の日付《ひづけ》を一日《いちにち》ずつバツ印《じるし》で消《け》し、九月一日《がつついたち》まであと何日《なんにち》かを数《かぞ》えた。

八月《がつ》の最後《さいご》の日《ひ》、ハリーはいよいよおじさんとおばさんに、明日《あす》、キングズ・クロス駅《えき》に行《い》くと話《はな》さなければならなくなった。居間《いま》に行《い》くと、みんなテレビのクイズ番組《ばんぐみ》を見《み》ているところだった。自分《じぶん》がそこにいることを知《し》らせるのに、ハリーが咳払《せきばら》いすると、ダドリーは悲鳴《ひめい》を上《あ》げて部屋《へや》から飛《と》び出《だ》していった。

「あの――バーノンおじさん」

おじさんは返事《へんじ》のかわりにウームとうなった。

「あの……あしたキングズ・クロスに行《い》って……そこから、あの、ホグワーツに出発《しゅっぱつ》なんだけど」

おじさんはまたウームとうなった。

「車《くるま》で送《おく》っていただけますか？」

またまたウーム。ハリーはイエスの意味《いみ》だと思《おも》った。

「ありがとう」

二階《かい》に戻《もど》ろうとしたとき、やっとおじさんが口《くち》をきいた。

「魔法学校《まほうがっこう》に行《い》くにしちゃ、おかしなやり方《かた》じゃないか。汽車《きしゃ》なんて。空飛《そらと》ぶじゅうたんはみんなパンクなのか？」

ハリーはだまっていた。

「いったい、その学校《がっこう》とやらはどこにあるんだ？」

「僕《ぼく》、知《し》りません」

ハリーも初《はじ》めてそのことに気《き》がついた。ポケットからハグリッドのくれた切符《きっぷ》を引《ひ》っ張《ぱ》り出《だ》してみた。

「ただ、汽車《きしゃ》に乗《の》るようにって。九と四分《ぶん》の三番線《ばんせん》から、十一時発《じはつ》」

ハリーは切符《きっぷ》を読《よ》み上《あ》げた。

おじさん、おばさんが目《め》を丸《まる》くした。

「何番線《なんばんせん》だって？」

「九と四分《ぶん》の三」

「バカバカしい。九と四分《ぶん》の三番線《ばんせん》なんてあるわけがない」

「僕《ぼく》の切符《きっぷ》にそう書《か》いてあるんだ」

「あほう。連中《れんちゅう》は大《おお》バカのコンコンチキだ。まあ、そのうちわかるだろうよ。よかろう。キングズ・クロスに連《つ》れていってやろう。どうせ明日《あす》はロンドンに出《で》かけることになっていたし。そうでなけりゃわざわざ出《で》かけんがな」

「どうしてロンドンに行《い》くの？」

なるべくいい雰囲気《ふんいき》にしようとしてハリーが尋《たず》ねた。

「ダドリーを病院《びょういん》へ連《つ》れていって、あのいまいましいしっぽを、スメルティングズに入学《にゅうがく》する前《まえ》に取《と》ってもらわにゃ」

バーノンおじさんはうなるように言《い》った。

次《つぎ》の朝《あさ》、ハリーは五時《じ》に目《め》が覚《さ》めた。興奮《こうふん》と緊張《きんちょう》で目《め》がさえてしまったので、起《お》き出《だ》してジーンズをはいた。魔法使《まほうつか》いのマントを着《き》て駅《えき》に入《はい》る気《き》にはなれない……汽車《きしゃ》の中《なか》で着替《きが》えよう。必要《ひつよう》なものがそろっているかどうか、ホグワーツの「準備《じゅんび》するもの」リストをもう一度《いちど》チェックし、ヘドウィグがちゃんと鳥《とり》かごに入《はい》っていることをたしかめ、ダーズリー親子《おやこ》が起《お》き出《だ》すまで部屋《へや》の中《なか》を行《い》ったり来《き》たりして待《ま》っていた。二時間後《じかんご》、ハリーの大《おお》きな重《おも》いトランクは車《くるま》に乗《の》せられ、ペチュニアおばさんに言《い》い含《ふく》められたダドリーはハリーの隣《となり》に座《すわ》り、一行《いっこう》は出発《しゅっぱつ》した。

キングズ・クロス駅《えき》に着《つ》いたのは十時半《じはん》だった。バーノンおじさんは、ハリーのトランクをカートに放《ほう》り込《こ》んで駅《えき》の中《なか》まで運《はこ》んでいった。ハリーはなんだか親切過《しんせつす》ぎると思《おも》った。案《あん》の定《じょう》、おじさんはプラットホームの前《まえ》でぴたりと止《と》まると、ニターッと意地悪《いじわる》く笑《わら》った。

「そーれ、着《つ》いたぞ、小僧《こぞう》。九番線《ばんせん》と……ほれ、十番線《ばんせん》だ。おまえのプラットホームはその中間《ちゅうかん》らしいが、まだできてないようだな、え？」

まさにそのとおりだった。「9」と書《か》いた大《おお》きな札《ふだ》が下《さ》がったプラットホームの隣《となり》には、「10」と書《か》いた大《おお》きな札《ふだ》が下《さ》がっている。そして、その間《あいだ》には、何《なに》もない。

「新学期《しんがっき》をせいぜい楽《たの》しめよ」

バーノンおじさんはさっきよりもっとにんまりした。そしてさっさと、物《もの》も言《い》わずに行《い》ってしまった。ハリーが振《ふ》り向《む》くと、ダーズリー親子《おやこ》が車《くるま》で走《はし》り去《さ》るところだった。三人《にん》とも大笑《おおわら》いしている。ハリーはのどがカラカラになった。いったい自分《じぶん》は何《なに》をしようとしているのだろう？ヘドウィグを連《つ》れているので、周《まわ》りからはじろじろ見《み》られるし。誰《だれ》かに尋《たず》ねなければ……。

ハリーは、ちょうど通《とお》りかかった駅員《えきいん》を呼《よ》び止《と》めて尋《たず》ねたが、さすがに九と四分《ぶん》の三番線《ばんせん》とは言《い》えなかった。駅員《えきいん》はホグワーツなんて聞《き》いたことがないと言《い》うし、どのへんにあるのかハリーが説明《せつめい》できないとわかると、わざといいかげんなことを言《い》っているんじゃないかと、うさんくさいというような顔《かお》をした。ハリーはいよいよ困《こま》り果《は》てて、十一時《じ》に出《で》る列車《れっしゃ》はないかと聞《き》いてみたが、駅員《えきいん》はそんなものはないと答《こた》えた。とうとう駅員《えきいん》は、時間《じかん》のむだ使《つか》いだとブツクサ言《い》いながら行《い》ってしまった。ハリーはパニックしないようにぐっとこらえた。列車到着案内板《れっしゃとうちゃくあんないばん》の上《うえ》にある大《おお》きな時計《とけい》が、ホグワーツ行《い》きの列車《れっしゃ》があと十分《ぷん》で出《で》てしまうことを告《つ》げていた。それなのに、ハリーはどうしていいのかさっぱりわからない。駅《えき》のど真《ま》ん中《なか》で、一人《ひとり》では持《も》ち上《あ》げられないようなトランクと、ポケットいっぱいの魔法使《まほうつか》いのお金《かね》と、大《おお》きなふくろうを持《も》ってとほうに暮《く》れるばかりだった。

ハグリッドは何《なに》か言《い》い忘《わす》れたにちがいない。ダイアゴン横丁《よこちょう》に入《はい》るには左側《ひだりがわ》の三番目《ばんめ》のれんがをコツコツとたたいたではないか。魔法《まほう》の杖《つえ》を取《と》り出《だ》して、九番《ばん》と十番《ばん》の間《あいだ》にある改札口《かいさつぐち》をたたいてみようか。

その時《とき》、ハリーの後《うし》ろを通《とお》り過《す》ぎた一団《いちだん》があった。ハリーの耳《みみ》にこんな言葉《ことば》が飛《と》び込《こ》んできた。

「……マグルで混《こ》み合《あ》ってるわね。当然《とうぜん》だけど……」

ハリーは急《いそ》いで後《うし》ろを振《ふ》り返《かえ》った。ふっくらしたおばさんが、そろいもそろって燃《も》えるような赤毛《あかげ》の四人《にん》の男《おとこ》の子《こ》に話《はな》しかけていた。みんなハリーと同《おな》じようなトランクを押《お》しながら歩《ある》いている……それに、「ふくろう」が一羽《わ》いる。

胸《むね》をドキドキさせ、ハリーはカートを押《お》してみんなにくっついて行《い》き、みんなが立《た》ち止《ど》まったので、ハリーもみんなの話《はなし》が聞《き》こえるぐらいのところで止《と》まった。

「さて、何番線《なんばんせん》だったかしら」とお母《かあ》さんが聞《き》いた。

「九と四分《ぶん》の三よ！」

小《ちい》さな女《おんな》の子《こ》がかん高《だか》い声《こえ》を出《だ》した。この子《こ》も赤毛《あかげ》だ。お母《かあ》さんの手《て》を握《にぎ》って「ママ、あたしも行《い》きたい……」と言《い》った。

「ジニー、あなたはまだ小《ちい》さいからね。ちょっとおとなしくしててね。はい、パーシー、先《さき》に行《い》って」

一番年上《いちばんとしうえ》らしい少年《しょうねん》がプラットホームの「9」と「10」に向《む》かって進《すす》んでいった。ハリーは目《め》を凝《こ》らして見《み》ていた。見過《みす》ごさないよう、瞬《まばた》きしないように気《き》をつけた……ところが、少年《しょうねん》がちょうど二本《ほん》のプラットホームの分《わ》かれ目《め》にさしかかったとき、ハリーの前《まえ》に旅行者《りょこうしゃ》の群《む》れがわんさとあふれてきて、その最後《さいご》のリュックサックが消《き》えたころには、少年《しょうねん》も消《き》え去《さ》っていた。

「フレッド、次《つぎ》はあなたよ」とふっくらおばさんが言《い》った。

「僕《ぼく》フレッドじゃないよ。ジョージだよ。まったく、この人《ひと》ときたら、これでも僕《ぼく》たちの母親《ははおや》だってよく言《い》えるな。僕《ぼく》がジョージだってわからないの？」

「あら、ごめんなさい、ジョージちゃん」

「冗談《じょうだん》だよ。僕《ぼく》フレッドさ」

と言《い》うと、男《おとこ》の子《こ》は歩《ある》きだした。双子《ふたご》の片方《かたほう》が後《うし》ろから「急《いそ》げ」と声《こえ》をかけた。一瞬《いっしゅん》のうちにフレッドの姿《すがた》は消《き》えていた……でも、いったいどうやったんだろう？

今度《こんど》は三番目《ばんめ》の男《おとこ》の子《こ》が改札口《かいさつぐち》の柵《さく》に向《む》かってきびきびと歩《ある》きだした——そのあたりに着《つ》いた——と思《おも》ったら、またしても急《きゅう》に影《かげ》も形《かたち》もない。

こうなったらほかに手《て》はない。

「すみません」

ハリーはふっくらおばさんに話《はな》しかけた。

「あら、こんにちは。坊《ぼう》や、ホグワーツへは初《はじ》めて？　ロンもそうなのよ」

おばさんは最後《さいご》に残《のこ》った男《おとこ》の子《こ》を指《ゆび》さした。背《せ》が高《たか》く、やせて、ひょろっとした子《こ》で、そばかすだらけで、手足《てあし》が大《おお》きく、鼻《はな》が高《たか》かった。

「はい。でも……あの、僕《ぼく》、わからなくて。どうやって……」

「どうやってプラットホームに行《い》くかってことね？」

おばさんがやさしく言《い》った。ハリーはうなずいた。

「心配《しんぱい》しなくていいのよ。九番《ばん》と十番《ばん》の間《あいだ》の柵《さく》に向《む》かってまっすぐに歩《ある》けばいいの。立《た》ち止《ど》まったり、ぶつかるんじゃないかって怖《こわ》がったりしないこと、これが大切《たいせつ》よ。怖《こわ》かったら少《すこ》し走《はし》るといいわ。さあ、ロンの前《まえ》に行《い》って」

「うーん……はい」

ハリーはカートをくるりと回《まわ》して、柵《さく》をにらんだ。頑丈《がんじょう》そうだった。

ハリーは歩《ある》きはじめた。九番線《ばんせん》と十番線《ばんせん》に向《む》かう乗客《じょうきゃく》が、ハリーをあっちへ、こっちへと押《お》すので、ハリーはますます早足《はやあし》になった。改札口《かいさつぐち》に正面衝突《しょうめんしょうとつ》しそうだ。そうなったら、やっかいなことになるぞ……カートにしがみつくようにして、ハリーは突進《とっしん》した――柵《さく》がぐんぐん近《ちか》づいてくる。もう止《と》められない――カートが言《い》うことをきかない――あと三十センチ――ハリーは目《め》を閉《と》じた。

ぶつかる――スーッ……おや、まだ走《はし》っている……ハリーは目《め》を開《あ》けた。

紅色《くれないいろ》の蒸気機関車《じょうききかんしゃ》が、乗客《じょうきゃく》でごったがえすプラットホームに停車《ていしゃ》していた。ホームの上《うえ》には「ホグワーツ行《い》き特急《とっきゅう》11時発《じはつ》」と書《か》いてある。振《ふ》り返《かえ》ると、改札口《かいさつぐち》のあったところに「9$\frac{3}{4}$」と書《か》いた鉄《てつ》のアーチが見《み》えた。やったぞ。

機関車《きかんしゃ》の煙《けむり》がおしゃべりな人《ひと》ごみの上《うえ》に漂《ただよ》い、色《いろ》とりどりの猫《ねこ》が足元《あしもと》をぬうように歩《ある》いている。おしゃべりの声《こえ》と、重《おも》いトランクをひきずる音《おと》をくぐって、ふくろうがホーホーと不機嫌《ふきげん》そうに鳴《な》き交《かわ》している。

手前《てまえ》の数両《すうりょう》はもう生徒《せいと》でいっぱいだった。窓《まど》から身《み》を乗《の》り出《だ》して家族《かぞく》と話《はな》したり、席《せき》の取《と》り合《あ》いでけんかをしたりしていた。ハリーは空《あ》いた席《せき》を探《さが》して、カートを押《お》しながらホームを歩《ある》いた。丸顔《まるがお》の男《おとこ》の子《こ》のそばを通《とお》り過《す》ぎるとき、男《おとこ》の子《こ》の声《こえ》が聞《き》こえた。

「ばあちゃん。またヒキガエルがいなくなっちゃった」

「まあ、ネビルったら」

おばあさんのため息《いき》が聞《き》こえた。

細《こま》かい三つあみを縮《ちぢ》らせたドレッドヘアの男《おとこ》の子《こ》の周《まわ》りに小《ちい》さな人垣《ひとがき》ができていた。

「リー、見《み》せて。さあ」

その子《こ》が腕《うで》に抱《かか》えた箱《はこ》のふたを開《あ》けると、得体《えたい》の知《し》れない長《なが》い毛《け》むくじゃらの肢《あし》が中《なか》から突《つ》き出《だ》し、周《まわ》りの人《ひと》が悲鳴《ひめい》を上《あ》げた。

ハリーは人《ひと》ごみをかき分《わ》け、やっと最後尾《さいこうび》の車両《しゃりょう》近《ちか》くに空《あ》いているコンパートメントの席《せき》を見《み》つけた。ヘドウィグを先《さき》に入《い》れ、列車《れっしゃ》の戸口《とぐち》の階段《かいだん》から重《おも》いトランクを押《お》し上《あ》げようとしたが、トランクの片側《かたがわ》さえ持《も》ち上《あ》がらず、二回《かい》も足《あし》の上《うえ》に落《お》として痛《いた》い目《め》にあった。

「手伝《てつだ》おうか？」

さっき、先《さき》に改札口《かいさつぐち》を通過《つうか》していった、赤毛《あかげ》の双子《ふたご》のどちらかだった。

「うん。お願《ねが》い」ハリーが息《いき》を切《き》らしながら言《い》った。

「おい、フレッド！　こっち来《き》て手伝《てつだ》えよ」

双子《ふたご》のおかげでハリーのトランクはやっと客室《きゃくしつ》の隅《すみ》に収《おさ》まった。

「ありがとう」と言《い》いながら、ハリーは目《め》にかぶさった汗《あせ》びっしょりの髪《かみ》をかき上《あ》げた。

「それ、何《なん》だい？」

双子《ふたご》の一人《ひとり》が急《きゅう》にハリーの稲妻形《いなずまがた》の傷痕《きずあと》を指《ゆび》さして言《い》った。

「驚《おどろ》いたな。君《きみ》は……？」もう一人《ひとり》が言《い》った。

「彼《かれ》だ。君《きみ》、ちがうかい？」最初《さいしょ》の一人《ひとり》が言《い》った。

「何《なに》が？」とハリー。

「ハリー・ポッターさ」双子《ふたご》が同時《どうじ》に言《い》った。

「ああ、そのこと。うん、そうだよ。僕《ぼく》はハリー・ポッターだ」

双子《ふたご》がポカンとハリーに見《み》とれているので、ハリーは顔《かお》が赤《あか》らむのを感《かん》じた。その時《とき》、ありがたいことに、開《あ》け放《はな》された汽車《きしゃ》の窓《まど》から声《こえ》が流《なが》れ込《こ》んできた。

「フレッド？　ジョージ？　どこにいるの？」

「ママ、今行《いまい》くよ」

もう一度《いちど》ハリーを見《み》つめると、双子《ふたご》は列車《れっしゃ》から飛《と》び降《お》りた。

ハリーは窓際《まどぎわ》に座《すわ》った。そこからだと、半分隠《はんぶんかく》れて、プラットホームの赤毛一家《あかげいっか》を眺《なが》めることができたし、話《はな》し声《ごえ》も聞《き》こえた。お母《かあ》さんがハンカチを取《と》り出《だ》したところだった。

「ロン。お鼻《はな》に何《なん》かついてるわよ」

すっ飛《と》んで逃《に》げようとする末息子《すえむすこ》を、母親《ははおや》ががっちり捕《つか》まえて、鼻《はな》の先《さき》をこすりはじめた。

「ママ——ママったら——やめてよ」

ロンはもがいて逃《のが》れた。

「あらあら、ロニー坊《ぼう》や、お鼻《はな》に何《なん》かちゅいてまちゅか？」と双子《ふたご》の一人《ひとり》がはやしたてた。

「うるさい！」とロン。

「パーシーはどこ？」とママが聞《き》いた。

「こっちに歩《ある》いてくるよ」

一番年上《いちばんとしうえ》の少年《しょうねん》が大股《おおまた》で歩《ある》いてきた。もう黒《くろ》いホグワーツの制服《せいふく》に着替《きが》え、ローブをなびかせている。ハリーは、少年《しょうねん》の胸《むね》にＰ《ピー》の文字《もじ》が入《はい》った赤《あか》と金色《きんいろ》のバッジが輝《かがや》いているのに気《き》づいた。

「母《かあ》さん、あんまり長《なが》くはいられないよ。僕《ぼく》、先頭《せんとう》の車両《しゃりょう》なんだ。Ｐ《ピー》バッジの監督生《かんとくせい》はコンパートメント二つが指定席《していせき》になってるんだ……」

「おお、パーシー、君《きみ》、監督生《かんとくせい》になったのかい？」

双子《ふたご》の一人《ひとり》がわざと驚《おどろ》いたように言《い》った。

「そう言《い》ってくれればいいのに。知《し》らなかったじゃないか」

「まてよ、そういえば、一回《かい》、そんなことを言《い》ってたな」と双子《ふたご》のもう一人《ひとり》。

「二回《かい》かな……」

「一分間《ぷんかん》に一、二回《かい》だな……」

「夏休《なつやす》み中《じゅう》言《い》っていたような……」

「だまれ」と監督生《かんとくせい》パーシーが言《い》った。

「どうして、パーシーは新《あたら》しいローブを着《き》てるんだろう？」双子《ふたご》の一人《ひとり》が言《い》った。

「監督生《かんとくせい》だからよ」母親《ははおや》がうれしそうに言《い》った。

「それじゃ、楽《たの》しく過《す》ごしなさいね。着《つ》いたらふくろう便《びん》をちょうだい」

母親《ははおや》はパーシーのほおにさよならのキスをした。パーシーがいなくなると、母親《ははおや》は双子《ふたご》に向《む》きなおった。

「さて、あなたたち……今年《ことし》はお行儀《ぎょうぎ》よくするんですよ。もしも、またふくろう便《びん》が来《き》て、あなたたちが……あなたたちがトイレを吹《ふ》き飛《と》ばしたとか何《なん》とか知《し》らせてき……」

「トイレを吹《ふ》っ飛《と》ばすだって？　僕《ぼく》たちそんなことしたことないよ」

「すっげえアイデアだぜ。ママ、ありがとさん」

「ばかなこと言《い》わないで。ロンの面倒《めんどう》見《み》てあげてね」

「心配御無用《しんぱいごむよう》。はなたれロニー坊《ぼう》やは、僕《ぼく》たちにまかせて」

「うるさい」

とロンがまた言《い》った。もう双子《ふたご》と同《おな》じぐらい背《せ》が高《たか》いのに、お母《かあ》さんにこすられたロンの鼻先《はなさき》はまだピンク色《いろ》だった。

「ねえ、ママ。誰《だれ》に会《あ》ったと思《おも》う？　今列車《いまれっしゃ》の中《なか》で会《あ》った人《ひと》、だーれだ？」

ハリーは自分《じぶん》が見《み》ていることに気《き》づかれないよう、あわてて身《み》をひいた。

「駅《えき》でそばにいた黒《くろ》い髪《かみ》の子《こ》、覚《おぼ》えてる？　あの子《こ》はだーれだ？」

「だあれ？」

「ハリー・ポッター！」

ハリーの耳《みみ》に女《おんな》の子《こ》の声《こえ》が聞《き》こえた。

「ねえ、ママ。汽車《きしゃ》に乗《の》って、見《み》てきてもいい？　ねえ、ママ、お願《ねが》い……」

「ジニー、もうあの子《こ》を見《み》たでしょ？　動物園《どうぶつえん》じゃないんだから、じろじろ見《み》たらかわいそうでしょう。でも、フレッド、ほんとなの？　なぜそうだとわかったの？」

「本人《ほんにん》に聞《き》いた。傷痕《きずあと》を見《み》たんだ。ほんとにあったんだよ……稲妻《いなずま》のようなのが」

「かわいそうな子《こ》……どうりでひとりだったんだわ。どうしてかしらって思《おも》ったのよ。どうやってプラットホームに行《い》くのかって聞《き》いたとき、ほんとうにお行儀《ぎょうぎ》がよかった」

「そんなことはどうでもいいよ。『例《れい》のあの人《ひと》』がどんなだったか覚《おぼ》えてると思《おも》う？」

母親《ははおや》は急《きゅう》に厳《きび》しい顔《かお》をした。

「フレッド、聞《き》いたりしてはだめよ、絶対《ぜったい》にいけません。入学《にゅうがく》の最初《さいしょ》の日《ひ》にそのことを思《おも》い出《だ》させるなんて、かわいそうでしょう」

「大丈夫《だいじょうぶ》だよ。そんなにムキにならないでよ」

笛《ふえ》が鳴《な》った。

「急《いそ》いで！」

母親《ははおや》にせかされて、三人《にん》の男《おとこ》の子《こ》は汽車《きしゃ》によじ登《のぼ》って乗《の》り込《こ》んだ。みんな窓《まど》から身《み》を乗《の》り出《だ》して母親《ははおや》のお別《わか》れのキスを受《う》けた。妹《いもうと》のジニーが泣《な》きだした。

「泣《な》くなよ、ジニー。ふくろう便《びん》をドッサリ送《おく》ってあげるよ」

「ホグワーツのトイレの便座《べんざ》を送《おく》ってやるよ」

「ジョージったら！」

「冗談《じょうだん》だよ、ママ」

汽車《きしゃ》がすべり出《だ》した。母親《ははおや》が子供《こども》たちに手《て》を振《ふ》っているのをハリーは見《み》ていた。妹《いもうと》は半《はん》べその泣《な》き笑《わら》い顔《がお》で汽車《きしゃ》を追《お》いかけて走《はし》ってきたが、追《お》いつけない速度《そくど》になったあとは立《た》ち止《ど》まって手《て》を振《ふ》っていた。

汽車《きしゃ》がカーブを曲《ま》がって、女《おんな》の子《こ》と母親《ははおや》の姿《すがた》が見《み》えなくなるまでハリーは見《み》ていた。家々《いえいえ》が窓《まど》の外《そと》を飛《と》ぶように過《す》ぎていった。ハリーの心《こころ》は躍《おど》った。何《なに》が待《ま》ち構《かま》えているかはわからない……でも、置《お》いてきたこれまでの暮《く》らしよりは絶対《ぜったい》ましにちがいない。

コンパートメントの戸《と》が開《ひら》いて、一番年下《いちばんとしした》の赤毛《あかげ》の男《おとこ》の子《こ》が入《はい》ってきた。

「ここ空《あ》いてる？」

ハリーのむかい側《がわ》の席《せき》を指《ゆび》さして尋《たず》ねた。

「ほかはどこもいっぱいなんだ」

ハリーがうなずいたので、男《おとこ》の子《こ》は席《せき》に腰《こし》かけ、ちらりとハリーを見《み》たが、何《なに》も見《み》なかったようなふりをして、すぐに窓《まど》の外《そと》に目《め》を移《うつ》した。ハリーはその子《こ》の鼻《はな》の頭《あたま》がまだ汚《よご》れたままなのに気《き》づいた。

「おい、ロン」

双子《ふたご》が戻《もど》ってきた。

「なあ、俺《おれ》たち、真《ま》ん中《なか》の車両《しゃりょう》あたりまで行《い》くぜ……リー・ジョーダンがでっかいタランチュラを持《も》ってるんだ」

「わかった」ロンはもごもご言《い》った。

「ハリー」双子《ふたご》のもう一人《ひとり》が言《い》った。

「自己紹介《じこしょうかい》したっけ？　僕《ぼく》たち、フレッドとジョージ・ウィーズリーだ。こいつは弟《おとうと》のロン。じゃ、またあとでな」

「バイバイ」ハリーとロンが答《こた》えた。

双子《ふたご》はコンパートメントの戸《と》を閉《し》めて出《で》ていった。

「君《きみ》、ほんとにハリー・ポッターなの？」ロンがポロリと言《い》った。

ハリーはこっくりした。

「ふーん……そう。僕《ぼく》、フレッドとジョージがまたふざけてるんだと思《おも》った。じゃ、君《きみ》、ほんとうにあるの……ほら……」

ロンはハリーの額《ひたい》を指《ゆび》さした。

ハリーは前髪《まえがみ》をかき上《あ》げて稲妻《いなずま》の傷痕《きずあと》を見《み》せた。ロンはじっと見《み》た。

「それじゃ、これが『例《れい》のあの人《ひと》』の……？」

「うん。でも何《なん》にも覚《おぼ》えてないんだ」

「何《なん》にも？」ロンが熱《ねっ》っぽく聞《き》いた。

「そうだな……緑色《みどりいろ》の光《ひかり》がいっぱいだったのを覚《おぼ》えてるけど、それだけ」

「うわー」

ロンはじっと座《すわ》ったまま、しばらくハリーを見《み》つめていたが、ハッと我《われ》に返《かえ》ってあわてて窓《まど》の外《そと》に目《め》をやった。

「君《きみ》の家族《かぞく》はみんな魔法使《まほうつか》いなの？」

ロンがハリーに興味《きょうみ》を持《も》ったと同《おな》じぐらい、ハリーもロンに関心《かんしん》を持《も》った。

「あぁ……うん、そうだと思《おも》う」ロンが答《こた》えた。

「ママのはとこ・・・だけが会計士《かいけいし》だけど、僕《ぼく》たちその人《ひと》のことを話題《わだい》にしないことにしてるし」

「じゃ、君《きみ》なんか、もう魔法《まほう》をいっぱい知《し》ってるんだろうな」

ウィーズリー家《け》が、ダイアゴン横丁《よこちょう》であの青白《あおじろ》い男《おとこ》の子《こ》が話《はな》していた、由緒正《ゆいしょただ》しい「魔法使《まほうつか》いの旧家《きゅうか》」の一つであることは明《あき》らかだった。

「君《きみ》はマグルと暮《く》らしてたって聞《き》いたよ。どんな感《かん》じなんだい？」とロン。

「ひどいもんさ……みんながそうだってわけじゃないけど。おじさん、おばさん、僕《ぼく》のいとこはそうだった。僕《ぼく》にも魔法使《まほうつか》いの兄弟《きょうだい》が三人《にん》もいればいいのにな」

「五人《にん》だよ」ロンの顔《かお》がなぜか曇《くも》った。

「ホグワーツに入学《にゅうがく》するのは僕《ぼく》が六人目《にんめ》なんだ。期待《きたい》に沿《そ》うのは大変《たいへん》だよ。ビルとチャーリーはもう卒業《そつぎょう》したんだけど……ビルは首席《しゅせき》だったし、チャーリーはクィディッチのキャプテンだった。今度《こんど》はパーシーが監督生《かんとくせい》だ。フレッドとジョージはいたずらばっかりやってるけど成績《せいせき》はいいんだ。みんな二人《ふたり》はおもしろいやつだって思《おも》ってる。僕《ぼく》もみんなと同《おな》じように優秀《ゆうしゅう》だって期待《きたい》されてるんだけど、もし僕《ぼく》が期待《きたい》に応《こた》えるようなことをしたって、みんなと同《おな》じことをしただけだから、たいしたことじゃないってことになっちまう。それに、五人《にん》も上《うえ》にいるもんだから、何《なん》にも新《あたら》しい物《もの》がもらえないんだ。僕《ぼく》の制服《せいふく》のローブはビルのお古《ふる》だし、杖《つえ》はチャーリーのだし、ペットだってパーシーのお下《さ》がりのネズミをもらったんだよ」

ロンは上着《うわぎ》のポケットに手《て》を突《つ》っ込《こ》んで太《ふと》ったネズミを引《ひ》っ張《ぱ》り出《だ》した。ネズミはぐっすり眠《ねむ》っている。

「スキャバーズって名前《なまえ》だけど、役立《やくた》たずなんだ。寝《ね》てばっかりいるし。パーシーは監督生《かんとくせい》になったから、パパにふくろうを買《か》ってもらった。だけど、僕《ぼく》んちはそれ以上《いじょう》の余裕《よゆう》が……だから、僕《ぼく》にはお下《さ》がりのスキャバーズさ」

ロンは耳《みみ》もとを赤《あか》らめた。しゃべり過《す》ぎたと思《おも》ったらしく、また窓《まど》の外《そと》に目《め》を移《うつ》した。

ふくろうを買《か》う余裕《よゆう》がなくたって、何《なに》も恥《は》ずかしいことはない。自分《じぶん》だって一か月前《げつまえ》までは文《もん》無《な》しだった。ハリーはロンにその話《はなし》をした。ダドリーのお古《ふる》を着《き》せられて、誕生日《たんじょうび》にはろくなプレゼントをもらったことがない……などなど。ロンはそれで少《すこ》し元気《げんき》になったようだった。

「――それに、ハグリッドが教《おし》えてくれるまでは、僕《ぼく》、自分《じぶん》が魔法使《まほうつか》いだってこと全然《ぜんぜん》知《し》らなかったし、両親《りょうしん》のことも、**ヴォルデモート**のことも……」

ロンが息《いき》をのんだ。

「どうしたの？」

「君《きみ》、**『例《れい》のあの人《ひと》』の名前《なまえ》を言《い》った！**」

ロンは驚《おどろ》きと称賛《しょうさん》の入《い》りまじった声《こえ》を上《あ》げた。

「君《きみ》の、君《きみ》の口《くち》からその名《な》を……」

「僕《ぼく》、名前《なまえ》を口《くち》にすることで、**勇敢《ゆうかん》なとこ**を見《み》せようっていうつもりじゃないんだ。名前《なまえ》を言《い》っちゃいけないなんて知《し》らなかっただけなんだ。わかる？　僕《ぼく》、学《まな》ばなくちゃいけないことばっかりなんだ――きっと……」

ハリーは、ずっと気《き》にかかっていたことを初《はじ》めて口《くち》にした。

「きっと、僕《ぼく》、クラスでビリだよ」

「そんなことはないさ。マグル出身《しゅっしん》の子《こ》はたくさんいるし、そういう子《こ》でもちゃんとやってるよ」

話《はな》しているうちに汽車《きしゃ》はロンドンをあとにして、スピードを上《あ》げ、牛《うし》や羊《ひつじ》のいる牧場《ぼくじょう》のそばを走《はし》り抜《ぬ》けていった。二人《ふたり》はしばらくだまって、通《とお》り過《す》ぎてゆく野原《のはら》や小道《こみち》を眺《なが》めていた。

十二時半《じはん》ごろ、通路《つうろ》でガチャガチャと大《おお》きな音《おと》がして、えくぼのおばさんがニコニコ顔《がお》で戸《と》を開《あ》けた。

「車内販売《しゃないはんばい》よ。何《なに》かいりませんか？」

ハリーは朝食《ちょうしょく》がまだだったので、勢《いきお》いよく立《た》ち上《あ》がったが、ロンはまた耳元《みみもと》をポッと赤《あか》らめて、サンドイッチを持《も》ってきたからと口《くち》ごもった。ハリーは通路《つうろ》に出《で》た。

ダーズリー家《け》では甘《あま》い物《もの》を買《か》うお金《かね》なんか持《も》ったことがなかった。でも今《いま》はポケットの中《なか》で金《きん》貨《か》や銀貨《ぎんか》がジャラジャラ鳴《な》っている。持《も》ちきれないほどのマーズ・バー・チョコレートが買《か》える……でも、チョコ・バーは売《う》っていなかった。そのかわり、バーティー・ボッツの百味《ひゃくみ》ビーンズだの、ドルーブルの風船《ふうせん》ガムだの、蛙《かえる》チョコレート、かぼちゃパイ、大鍋《おおなべ》ケーキ、杖形甘草《つえがたかんぞう》あめ、それに今《いま》までハリーが一度《いちど》も見《み》たことがないような不思議《ふしぎ》な物《もの》がたくさんあった。一つも買《か》いそこねたくない、とばかりにハリーはどれも少《すこ》しずつ買《か》って、おばさんに銀貨《ぎんか》十一シックルと銅貨《どうか》七《なな》クヌートを払《はら》った。

ハリーが両腕《りょううで》いっぱいの買《か》い物《もの》を空《あ》いている座席《ざせき》にドサッと置《お》くのを、ロンは目《め》を皿《さら》のようにして眺《なが》めていた。

「お腹空《なかす》いてるの？」

「ペコペコだよ」

ハリーはかぼちゃパイにかぶりつきながら答《こた》えた。

ロンはデコボコの包《つつ》みを取《と》り出《だ》して、開《ひら》いた。サンドイッチが四切《き》れ入《はい》っていた。一切《ひとき》れつまみ上《あ》げ、パンをめくってロンが言《い》った。

「ママったら僕《ぼく》がコンビーフは嫌《きら》いだって言《い》っているのに、いっつも忘《わす》れちゃうんだ」

「僕《ぼく》のと換《か》えようよ。これ、食《た》べて……」

ハリーがパイを差《さ》し出《だ》しながら言《い》った。

「でも、これ、パサパサでおいしくないよ」とロンが言《い》った。そしてあわててつけ加《くわ》えた。

「ママは時間《じかん》がないんだ。五人《にん》も子供《こども》がいるんだもの」

「いいから、パイ食《た》べてよ」

ハリーは今《いま》まで誰《だれ》かと分《わ》け合《あ》うような物《もの》を持《も》ったことがなかったし、分《わ》け合《あ》う人《ひと》もいなかった。ロンと一緒《いっしょ》にパイやらケーキやらを夢中《むちゅう》で食《た》べるのはすてきなことだった――サンドイッチはほったらかしのままだった。

「これ何《なん》だい？」

ハリーは「蛙《かえる》チョコレート」の包《つつ》みを取《と》り上《あ》げて聞《き》いた。

「まさか、**本物**《ほんもの》のカエルじゃないよね？」

もう何《なに》があっても驚《おどろ》かないぞという気分《きぶん》だった。

「まさか。でも、カードを見《み》てごらん。僕《ぼく》、アグリッパがないんだ」

「何《なん》だって？」

「そうか、君《きみ》、知《し》らないよね……チョコを買《か》うと、中《なか》にカードが入《はい》ってるんだ。ほら、みんなが集《あつ》めるやつさ――有名《ゆうめい》な魔法使《まほうつか》いとか魔女《まじょ》とかの写真《しゃしん》だよ。僕《ぼく》、五百枚《まい》ぐらい持《も》ってるけど、アグリッパとプトレマイオスがまだないんだ」

ハリーは蛙《かえる》チョコの包《つつ》みを開《あ》けてカードを取《と》り出《だ》した。男《おとこ》の顔《かお》だ。半月形《はんげつがた》のめがねをかけ、高《たか》い鼻《はな》は鉤鼻《かぎばな》で、流《なが》れるような銀色《ぎんいろ》の髪《かみ》、あごひげ、口《くち》ひげを蓄《たくわ》えている。写真《しゃしん》の下《した》に「アルバス・ダンブルドア」と書《か》いてある。

「この人《ひと》がダンブルドアなんだ！」

ハリーが声《こえ》を上《あ》げた。

「ダンブルドアのことを知《し》らなかったの！　僕《ぼく》にも蛙《かえる》一つくれる？　アグリッパが当《あ》たるかもしれない……ありがとう……」

ハリーはカードの裏《うら》を読《よ》んだ。

アルバス・ダンブルドア

現在《げんざい》ホグワーツ校校長《こうこうちょう》。近代《きんだい》の魔法使《まほうつか》いの中《なか》で最《もっと》も偉大《いだい》な魔法使《まほうつか》いと言《い》われている。特《とく》に、一九四五年《ねん》、闇《やみ》の魔法使《まほうつか》いグリンデルバルドを破《やぶ》ったこと、ドラゴンの血液《けつえき》の十二種類《しゅるい》の利用法《りようほう》の発見《はっけん》、パートナーであるニコラス・フラメルとの錬金術《れんきんじゅつ》の共同研究《きょうどうけんきゅう》などで有名《ゆうめい》。趣味《しゅみ》は、室内楽《しつないがく》とボウリング。

ハリーがまたカードの表《おもて》を返《かえ》してみると、驚《おどろ》いたことにダンブルドアの顔《かお》が消《き》えていた。

「いなくなっちゃったよ！」

「そりゃ、一日中《いちにちじゅう》その中《なか》にいるはずないよ」とロンが言《い》った。

「また帰《かえ》ってくるよ。あ、だめだ、また魔女《まじょ》モルガナだ。もう六枚《まい》も持《も》ってるよ……君《きみ》、欲《ほ》しい？　これから集《あつ》めるといいよ」

ロンは、蛙《かえる》チョコの山《やま》を開《あ》けたそうに、ちらちらと見《み》ている。

「開《あ》けていいよ」ハリーはうながした。

「でもね、ほら、何《なん》て言《い》ったっけ、そう、マグルの世界《せかい》では、ズーッと写真《しゃしん》の中《なか》にいるよ」

「そう？　じゃ、全然動《ぜんぜんうご》かないの？　変《へん》なの！」ロンは驚《おどろ》いたように言《い》った。

ダンブルドアが写真《しゃしん》の中《なか》にそうっと戻《もど》ってきて、ちょっと笑《わら》いかけたのを見《み》て、ハリーは目《め》を丸《まる》くした。ロンは有名《ゆうめい》な魔法使《まほうつか》いや魔女《まじょ》の写真《しゃしん》より、チョコを食《た》べるほうに夢中《むちゅう》だったが、ハリーはカードから目《め》が離《はな》せなかった。しばらくすると、ダンブルドアやモルガナのほかに、ウッドクロフトのヘンギストやら、アルベリック・グラニオン、キルケ、パラケルスス、マーリンと、カードが集《あつ》まった。ドルイド教女祭司《きょうおんなさいし》のクリオドナが鼻《はな》の頭《あたま》をかいているのを見《み》たあとで、やっとハリーはカードから目《め》を離《はな》し、「バーティー・ボッツの百味《ひゃくみ》ビーンズ」の袋《ふくろ》を開《あ》けた。

「気《き》をつけたほうがいいよ」ロンが注意《ちゅうい》した。

「百味《ひゃくみ》って、ほんとに何《なん》でもありなんだから――そりゃ、普通《ふつう》のもあるよ。チョコ味《あじ》、ハッカ味《あじ》、マーマレード味《あじ》なんか。でも、ほうれんそう味《あじ》とか、レバー味《あじ》とか、臓物味《ぞうもつあじ》なんてのがあるんだ。ジョージが言《い》ってたけど、鼻《はな》くそ味《あじ》にちがいないってのに当《あ》たったことがあるって」

ロンは緑色《みどりいろ》のビーンズをつまんで、よーく見《み》てから、ちょっとだけかじった。

「ウエー、ほらね？　芽《め》キャベツだよ」

二人《ふたり》はしばらく百味《ひゃくみ》ビーンズを楽《たの》しんだ。ハリーが食《た》べたのはトースト味《あじ》、ココナッツ、インゲン豆《まめ》のトマト煮《に》、イチゴ、カレー、草《くさ》、コーヒー、イワシ――。大胆《だいたん》にも、ロンが手《て》をつけようともしなかったへんてこりんな灰色《はいいろ》のビーンズの端《はし》をかじってみたら、こしょう味《あじ》だった。

車窓《しゃそう》に広《ひろ》がる景色《けしき》がだんだん荒々《あらあら》しくなってきた。整然《せいぜん》とした畑《はたけ》はもうない。森《もり》や曲《ま》がりくねった川《かわ》、うっそうとした暗緑色《あんりょくしょく》の丘《おか》が過《す》ぎていく。

コンパートメントをノックして、丸顔《まるがお》の男《おとこ》の子《こ》が泣《な》きべそをかいて入《はい》ってきた。九と四分《ぶん》の三番線《ばんせん》ホームでハリーが見《み》かけた子《こ》だった。

「ごめんね。僕《ぼく》のヒキガエルを見《み》かけなかった？」

二人《ふたり》が首《くび》を横《よこ》に振《ふ》ると、男《おとこ》の子《こ》はめそめそ泣《な》きだした。

「いなくなっちゃった。僕《ぼく》から逃《に》げてばっかりいるんだ！」

「きっと出《で》てくるよ」ハリーが言《い》った。

「うん。もし見《み》かけたら……」男《おとこ》の子《こ》はしょげかえってそう言《い》うと出《で》ていった。

「どうしてそんなこと気《き》にするのかなあ。僕《ぼく》がヒキガエルなんか持《も》ってたら、なるべく早《はや》くなくしちゃいたいけどな。もっとも、僕《ぼく》だってスキャバーズを持《も》ってきたんだから人《ひと》のことは言《い》えないけどね」

ネズミはロンのひざの上《うえ》でグーグー眠《ねむ》り続《つづ》けている。

「死《し》んでたって、きっと見分《みわ》けがつかないよ」ロンはうんざりした口調《くちょう》だ。

「きのう、少《すこ》しはおもしろくしてやろうと思《おも》って、黄色《きいろ》に変《か》えようとしたんだ。でも呪文《じゅもん》が効《き》かなかった。やって見《み》せようか――見《み》てて……」

ロンはトランクをガサゴソ引《ひ》っかき回《まわ》して、くたびれたような杖《つえ》を取《と》り出《だ》した。あちこちボロボロ欠《か》けていて、端《はし》から何《なに》やら白《しろ》いキラキラするものがのぞいている。

「一角獣《ユニコーン》のたてがみがはみ出《だ》してるけど。まあ、いいか……」

杖《つえ》を振《ふ》り上《あ》げたとたん、またコンパートメントの戸《と》が開《ひら》いた。ヒキガエルに逃《に》げられた子《こ》が、今度《こんど》は女《おんな》の子《こ》を連《つ》れて現《あらわ》れた。女《おんな》の子《こ》はもう、新調《しんちょう》のホグワーツ・ローブに着替《きが》えている。

「誰《だれ》かヒキガエルを見《み》なかった？　ネビルのがいなくなったの」

なんとなく威張《いば》った話《はな》し方《かた》をする女《おんな》の子《こ》だ。栗色《くりいろ》の髪《かみ》がふさふさして、前歯《まえば》がちょっと大《おお》きかった。

「見《み》なかったって、さっきそう言《い》ったよ」とロンが答《こた》えたが、女《おんな》の子《こ》は聞《き》いてもいない。むしろ杖《つえ》に気《き》を取《と》られていた。

「あら、魔法《まほう》をかけるの？　それじゃ、見《み》せてもらうわ」と女《おんな》の子《こ》が座《すわ》り込《こ》み、ロンはたじろいだ。

「あー……いいよ」

ロンは咳払《せきばら》いをした。

「お陽《ひ》さま、雛菊《ひなぎく》、溶《と》ろけたバター。デブで間抜《まぬ》けなねずみを黄色《きいろ》に変《か》えよ」

ロンは杖《つえ》を振《ふ》った。でも何《なに》も起《お》こらない。スキャバーズは相変《あいか》わらずネズミ色《いろ》でぐっすり眠《ねむ》っていた。

「その呪文《じゅもん》、まちがってない？」と女《おんな》の子《こ》が言《い》った。

「まあ、あんまりうまくいかなかったわね。私《わたし》も練習《れんしゅう》のつもりで簡単《かんたん》な呪文《じゅもん》を試《ため》してみたことがあるけど、みんなうまくいったわ。私《わたし》の家族《かぞく》に魔法族《まほうぞく》は誰《だれ》もいないの。だから、手紙《てがみ》をもらった時《とき》、驚《おどろ》いたわ。でももちろんうれしかった。だって、最高《さいこう》の魔法学校《まほうがっこう》だって聞《き》いているもの……

教科書《きょうかしょ》はもちろん、全部暗記《ぜんぶあんき》したわ。それだけで足《た》りるといいんだけど……私《わたし》、ハーマイオニー・グレンジャー。あなた方《がた》は？」女《おんな》の子《こ》は一気《いっき》にこれだけを言《い》ってのけた。

ハリーはロンの顔《かお》を見《み》てホッとした。ロンも、ハリーと同《おな》じく教科書《きょうかしょ》を暗記《あんき》していないらしく、あぜんとしていた。

「僕《ぼく》、ロン・ウィーズリー」ロンはもごもご言《い》った。

「ハリー・ポッター」

「ほんとに？　私《わたし》、もちろんあなたのこと全部《ぜんぶ》知《し》ってるわ。——参考書《さんこうしょ》を二、三冊《さつ》読《よ》んだの。あなたのこと、『近代魔法史《きんだいまほうし》』『闇《やみ》の魔術《まじゅつ》の興亡《こうぼう》』『二十世紀《せいき》の魔法大事件《まほうだいじけん》』なんかに出《で》てるわ」

「僕《ぼく》が？」ハリーは呆然《ぼうぜん》とした。

「まあ、知《し》らなかったの？　私《わたし》があなただったら、できるだけ全部調《ぜんぶしら》べるけど。二人《ふたり》とも、どの寮《りょう》に入《はい》るかわかってる？　私《わたし》、いろんな人《ひと》に聞《き》いて調《しら》べたけど、グリフィンドールに入《はい》りたいわ。絶対一番《ぜったいいちばん》いいみたい。ダンブルドアもそこ出身《しゅっしん》だって聞《き》いたわ。でもレイブンクローも悪《わる》くないかもね……とにかく、もう行《い》くわ。ネビルのヒキガエルを探《さが》さなきゃ。二人《ふたり》とも着替《きが》えたほうがいいわよ。もうすぐ着《つ》くはずだから」

「ヒキガエル探《さが》しの子《こ》」を引《ひ》き連《つ》れて、女《おんな》の子《こ》は出《で》ていった。

「どの寮《りょう》でもいいけど、あの子《こ》のいないとこがいいな」

杖《つえ》をトランクに投《な》げ入《い》れながら、ロンが言《い》った。

「ヘボ呪文《じゅもん》め……ジョージから習《なら》ったんだ。ダメ呪文《じゅもん》だってあいつは知《し》ってたのにちがいない」

「君《きみ》の兄《にい》さんたちってどこの寮《りょう》なの？」とハリーが聞《き》いた。

「グリフィンドール」ロンはまた落《お》ち込《こ》んだようだった。

「ママもパパもそうだった。もし僕《ぼく》がそうじゃなかったら、なんて言《い》われるか。レイブンクローだったらそれほど悪《わる》くないかもしれないけど、スリザリンなんかに入《い》れられたら、それこそ最悪《さいあく》だ」

「そこって、ヴォル……つまり、『例《れい》のあの人《ひと》』がいたところ？」

「ああ」

ロンはそう言《い》うと、がっくりと席《せき》に座《すわ》り込《こ》んだ。

「あのね、スキャバーズのひげの端《はし》っこのほうが少《すこ》し黄色《きいろ》っぽくなってきたみたい」

ハリーはロンが寮《りょう》のことを考《かんが》えないように話《はな》しかけた。

「それで、大《おお》きい兄《にい》さんたちは卒業《そつぎょう》してから何《なに》してるの？」

魔法使《まほうつか》いって卒業《そつぎょう》してからいったい何《なに》をするんだろうと、ハリーは思《おも》った。

「チャーリーはルーマニアでドラゴンの研究《けんきゅう》。ビルはアフリカで何《なに》かグリンゴッツの仕事《しごと》をしてる」とロンが答《こた》えた。

「グリンゴッツのこと、聞《き》いた？『日刊予言者新聞《にっかんよげんしゃしんぶん》』にべたべた出《で》てるよ。でもマグルのほうには配達《はいたつ》されないね……誰《だれ》かが、特別警戒《とくべつけいかい》の金庫《きんこ》を荒《あ》らそうとしたらしいよ」

ハリーは目《め》を丸《まる》くした。

「ほんと？　それで、どうなったの？」

「なーんも。だから大《だい》ニュースなのさ。捕《つか》まらなかったんだよ。グリンゴッツに忍《しの》び込《こ》むなんて、きっと強力《きょうりょく》な闇《やみ》の魔法使《まほうつか》いだろうって、パパが言《い》うんだ。でも、何《なん》にも盗《と》っていかなかった。そこが変《へん》なんだよな。当然《とうぜん》、こんなことが起《お》きると、陰《かげ》に『例《れい》のあの人《ひと》』がいるんじゃないかって、みんな怖《こわ》がるんだよ」

ハリーはこのニュースを頭《あたま》の中《なか》で反芻《はんすう》していた。「例《れい》のあの人《ひと》」と聞《き》くたびに、恐怖《きょうふ》がチクチクとハリーの胸《むね》を刺《さ》すようになっていた。これも、「これが魔法界《まほうかい》に入《はい》るってことなんだ」とは思《おも》ったが、何《なに》も恐《おそ》れずに「ヴォルデモート」と言《い》っていたころのほうが気楽《きらく》だった。

「君《きみ》、クィディッチはどこのチームのファン？」ロンが尋《たず》ねた。

「うーん、僕《ぼく》、どこのチームも知《し》らない」ハリーは白状《はくじょう》した。

「ひえー！」

ロンはものも言《い》えないほど驚《おどろ》いた。

「まあ、そのうちわかると思《おも》うけど、これ、世界一《せかいいち》おもしろいスポーツだぜ……」

と言《い》うなり、ロンは詳《くわ》しく説明《せつめい》しだした。ボールは四個《こ》、七人《にん》の選手《せんしゅ》のポジションはどこ、兄《あに》貴《き》たちと見《み》にいった有名《ゆうめい》な試合《しあい》がどうだったか、お金《かね》があればこんな箒《ほうき》を買《か》いたい……ロンが、まさにこれからがおもしろいと、専門的《せんもんてき》な話《はなし》に入《はい》ろうとしていたとき、またコンパートメントの戸《と》が開《ひら》いた。今度《こんど》は、「ヒキガエル探《さが》し」のネビルでもハーマイオニーでもなかった。

男《おとこ》の子《こ》が三人入《にんはい》ってきた。ハリーは真《ま》ん中《なか》の一人《ひとり》が誰《だれ》であるか一目《ひとめ》でわかった。あのマダム・マルキン洋装店《ようそうてん》にいた、青白《あおじろ》い子《こ》だ。ダイアゴン横丁《よこちょう》のときよりずっと強《つよ》い関心《かんしん》を示《しめ》してハリーを見《み》ている。

「ほんとかい？　このコンパートメントにハリー・ポッターがいるって、汽車《きしゃ》の中《なか》じゃその話《はなし》でもちきりなんだけど。それじゃ、君《きみ》なのか？」

「そうだよ」とハリーが答《こた》えた。

ハリーはあとの二人《ふたり》に目《め》をやった。二人《ふたり》ともがっしりとして、この上《うえ》なく意地悪《いじわる》そうだった。青白《あおじろ》い男《おとこ》の子《こ》の両脇《りょうわき》に立《た》っていると、ボディガードのようだ。

「ああ、こいつはクラッブで、こっちがゴイルさ」

ハリーの視線《しせん》に気《き》づいた青白《あおじろ》い子《こ》が、無造作《むぞうさ》に言《い》った。

「そして、僕《ぼく》がマルフォイだ。ドラコ・マルフォイ」

ロンは、せせら笑《わら》いをごまかすかのように軽《かる》く咳払《せきばら》いをした。ドラコ・マルフォイが目《め》ざとくそれを見《み》とがめた。

「僕《ぼく》の名前《なまえ》が変《へん》だとでも言《い》うのかい？　君《きみ》が誰《だれ》だか聞《き》く必要《ひつよう》もないね。父上《ちちうえ》が言《い》ってたよ。ウィーズリー家《け》はみんな赤毛《あかげ》で、そばかすで、育《そだ》てきれないほどたくさん子供《こども》がいるってね」

それからハリーに向《む》かって言《い》った。

「ポッター君《くん》。そのうち家柄《いえがら》のいい魔法族《まほうぞく》とそうでないのとがわかってくるよ。まちがったのとはつき合《あ》わないことだね。そのへんは僕《ぼく》が教《おし》えてあげよう」

男《おとこ》の子《こ》はハリーに手《て》を差《さ》し出《だ》して握手《あくしゅ》を求《もと》めたが、ハリーは応《おう》じなかった。

「まちがったのかどうかを見分《みわ》けるのは自分《じぶん》でもできると思《おも》うよ。どうもご親切《しんせつ》さま」ハリーは冷《つめ》たく言《い》った。

ドラコ・マルフォイは真《ま》っ赤《か》にはならなかったが、青白《あおじろ》いほおにピンク色《いろ》がさした。

「ポッター君《くん》。僕《ぼく》ならもう少《すこ》し気《き》をつけるがね」からみつくような言《い》い方《かた》だ。「もう少《すこ》し礼儀《れいぎ》を心得《こころえ》ないと、君《きみ》の両親《りょうしん》と同《おな》じ道《みち》をたどることになるぞ。君《きみ》の両親《りょうしん》も、何《なに》が自分《じぶん》の身《み》のためになるかを知《し》らなかったようだ。ウィーズリー家《け》やハグリッドみたいな下等《かとう》な連中《れんちゅう》と一緒《いっしょ》にいると、君《きみ》も同類《どうるい》になるだろうよ」

ハリーもロンも立《た》ち上《あ》がった。ロンの顔《かお》は髪《かみ》の毛《け》と同《おな》じぐらい赤《あか》くなった。

「もう一ぺん言《い》ってみろ」ロンが叫《さけ》んだ。

「へえ、僕《ぼく》たちとやるつもりかい？」マルフォイはせせら笑《わら》った。

「今《いま》すぐ出《で》ていかないならね」ハリーはきっぱり言《い》った。

クラッブもゴイルも、ハリーやロンよりずっと大《おお》きかったので、内心《ないしん》は言葉《ことば》ほど勇敢《ゆうかん》ではなかった。

「出《で》ていく気分《きぶん》じゃないな。おまえたちもそうだろう？　僕《ぼく》たち、自分《じぶん》の食《た》べ物《もの》は全部《ぜんぶ》食《た》べちゃったし、ここにはまだあるようだし」

ゴイルがロンのそばにある蛙《かえる》チョコに手《て》を伸《の》ばした……ロンは跳《と》びかかった、が、ゴイルにさわるかさわらないうちに、ゴイルが恐《おそ》ろしい悲鳴《ひめい》を上《あ》げた。

ネズミのスキャバーズが指《ゆび》に食《く》らいついている。鋭《するど》い小《ちい》さな歯《は》がゴイルの指《ゆび》にガップリと食《く》い込《こ》んでいる……ゴイルはスキャバーズをぐるぐる振《ふ》り回《まわ》し、わめき、クラッブとマルフォイはあとずさりした。とうとう振《ふ》りきられたスキャバーズが窓《まど》にたたきつけられるとすぐに、三人《にん》とも足早《あしばや》に消《き》え去《さ》った。もしかしたら、菓子《かし》にもっとネズミが隠《かく》れていると思《おも》ったのかもしれないし、誰《だれ》かの足音《あしおと》が聞《き》こえたのかもしれない。

ハーマイオニー・グレンジャーが間《ま》もなく顔《かお》を出《だ》した。

「いったい何《なに》やってたの？」

床《ゆか》いっぱいに散《ち》らばった菓子《かし》と、スキャバーズのしっぽをつかんでぶら下《さ》げているロンを見ながら、ハーマイオニーが言《い》った。

「こいつ、ノックアウトされちゃったみたい」ロンはハリーにそう言《い》いながら、もう一度《いちど》よくスキャバーズを見《み》た。

「ちがう……驚《おどろ》いたなあ……また眠《ねむ》っちゃってるよ」

本当《ほんとう》に眠《ねむ》っていた。

「マルフォイに会《あ》ったことあるの？」

ハリーはダイアゴン横丁《よこちょう》での出会《であ》いを話《はな》した。

「僕《ぼく》、あの家族《かぞく》のことを聞《き》いたことがある」

ロンが暗《くら》い顔《かお》をした。

「『例《れい》のあの人《ひと》』が消《き》えたとき、真《ま》っ先《さき》にこっち側《がわ》に戻《もど》ってきた家族《かぞく》の一つなんだ。魔法《まほう》をかけられてたって言《い》ったんだって。パパは信《しん》じないって言《い》ってた。マルフォイの父親《ちちおや》なら、闇《やみ》の陣営《じんえい》に味方《みかた》するのに特別《とくべつ》な口実《こうじつ》はいらなかったろうって」

ロンはハーマイオニーのほうを振《ふ》り向《む》いて今《いま》さらながら尋《たず》ねた。

「何《なに》かご用《よう》？」

「二人《ふたり》とも急《いそ》いだほうがいいわ。ローブを着《き》て。私《わたし》、前《まえ》のほうに行《い》って運転手《うんてんしゅ》に聞《き》いてきたんだけど、もうまもなく着《つ》くって。二人《ふたり》とも、けんかしてたんじゃないでしょうね？　まだ着《つ》いてもいないうちから問題《もんだい》になるわよ！」

「スキャバーズがけんかしてたんだ。僕《ぼく》たちじゃないよ」

ロンはしかめっ面《つら》でハーマイオニーをにらみながら言《い》った。

「よろしければ、着替《きが》えるから出《で》てってくれないかな？」

「いいわよ——みんなが通路《つうろ》でかけっこしたりして、あんまり子供《こども》っぽい振《ふ》る舞《ま》いをするもんだから、様子《ようす》を見《み》に来《き》てみただけよ」

ハーマイオニーはツンと小《こ》ばかにしたような声《こえ》を出《だ》した。

「ついでだけど、あなたの鼻《はな》、泥《どろ》がついてるわよ。気《き》がついてた？」

ロンはハーマイオニーが出《で》ていくのをにらみつけていた。ハリーが窓《まど》からのぞくと、外《そと》は暗《くら》くなっていた。深《ふか》い紫色《むらさきいろ》の空《そら》の下《した》に山《やま》や森《もり》が見《み》えた。汽車《きしゃ》はたしかに徐々《じょじょ》に速度《そくど》を落《お》としているようだ。

二人《ふたり》は上着《うわぎ》を脱《ぬ》ぎ、黒《くろ》い長《なが》いローブを着《き》た。ロンのはちょっと短《みじか》すぎて、下《した》からスニーカーがのぞいている。

車内《しゃない》に響《ひび》き渡《わた》る声《こえ》が聞《き》こえた。

「あと五分《ふん》でホグワーツに到着《とうちゃく》します。荷物《にもつ》は別《べつ》に学校《がっこう》に届《とど》けますので、車内《しゃない》に置《お》いていってください」

ハリーは緊張《きんちょう》で胃《い》がひっくり返《かえ》りそうだったし、ロンのそばかすだらけの顔《かお》は青白《あおじろ》く見《み》えた。二人《ふたり》は残《のこ》った菓子《かし》を急《いそ》いでポケットに詰《つ》め込《こ》み、通路《つうろ》にあふれる人《ひと》の群《む》れに加《くわ》わった。

汽車《きしゃ》はますます速度《そくど》を落《お》とし、完全《かんぜん》に停車《ていしゃ》した。押《お》し合《あ》いへし合《あ》いしながら列車《れっしゃ》の戸《と》を開《あ》けて外《そと》に出《で》ると、小《ちい》さな、暗《くら》いプラットホームだった。夜《よる》の冷《つめ》たい空気《くうき》にハリーは身震《みぶる》いした。やがて生徒《せいと》たちの頭上《ずじょう》にゆらゆらとランプが近《ちか》づいてきて、ハリーの耳《みみ》に懐《なつ》かしい声《こえ》が聞《き》こえた。

「イッチ（一）年生《ねんせい》！　イッチ年生《ねんせい》はこっち！　ハリー、元気《げんき》か？」

ハグリッドの大《おお》きなひげ面《づら》が、ずらりとそろった生徒《せいと》の頭《あたま》のむこうから笑《わら》いかけた。

「さあ、ついてこいよ――あとイッチ年生《ねんせい》はいないかな？　足元《あしもと》に気《き》をつけろ。いいか！　イッチ年生《ねんせい》、ついてこい！」

すべったり、つまずいたりしながら、険《けわ》しくて狭《せま》い小道《こみち》を、みんなはハグリッドに続《つづ》いて下《お》りていった。右《みぎ》も左《ひだり》も真《ま》っ暗《くら》だったので、木《き》がうっそうと生《お》い茂《しげ》っているのだろうとハリーは思《おも》った。みんな黙々《もくもく》と歩《ある》いた。ヒキガエルに逃《に》げられてばかりいた少年《しょうねん》、ネビルが、一、二回鼻《かいはな》をすすった。

「みんな、ホグワーツがまもなく見《み》えるぞ」

ハグリッドが振《ふ》り返《かえ》りながら言《い》った。

「この角《かど》を曲《ま》がったらだ」

「うぉーっ！」

いっせいに声《こえ》が湧《わ》き起《お》こった。

狭《せま》い道《みち》が急《きゅう》に開《ひら》け、大《おお》きな黒《くろ》い湖《みずうみ》のほとりに出《で》た。むこう岸《ぎし》に高《たか》い山《やま》がそびえ、そのてっぺんに壮大《そうだい》な城《しろ》が見《み》えた。大小《だいしょう》さまざまな塔《とう》が立《た》ち並《なら》び、キラキラと輝《かがや》く窓《まど》が星空《ほしぞら》に浮《う》かび上《あ》がっていた。

「四人《にん》ずつボートに乗《の》って！」

ハグリッドは岸辺《きしべ》につながれた小船《こぶね》を指《ゆび》さした。ハリーとロンが乗《の》り、ネビルとハーマイオニーが続《つづ》いて乗《の》った。

「みんな乗《の》ったか？」

ハグリッドが大声《おおごえ》を出《だ》した。一人《ひとり》でボートに乗《の》っている。

「よーし、では、**進《すす》めえ！**」

ボート船団《せんだん》はいっせいに動《うご》き出《だ》し、鏡《かがみ》のような湖面《こめん》をすべるように進《すす》んだ。みんなだまって、そびえ立《た》つ巨大《きょだい》な城《しろ》を見上《みあ》げていた。むこう岸《ぎし》の崖《がけ》に近《ちか》づくにつれて、城《しろ》が頭上《ずじょう》にのしかかってきた。

「頭《あたま》、下《さ》げぇー！」

先頭《せんとう》の何艘《なんそう》かが崖下《がけした》に到着《とうちゃく》した時《とき》、ハグリッドが掛《か》け声《ごえ》をかけた。いっせいに頭《あたま》を下《さ》げると、船団《せんだん》は蔦《つた》のカーテンをくぐり、その陰《かげ》に隠《かく》れてポッカリと空《あ》いている崖《がけ》の入口《いりぐち》へと進《すす》んだ。城《しろ》の真下《ました》と思《おも》われる暗《くら》いトンネルをくぐると、地下《ちか》の船着《ふなつ》き場《ば》に到着《とうちゃく》した。全員《ぜんいん》が岩《いわ》と小石《こいし》の上《うえ》に降《お》り立《た》った。

「ホイ、おまえさん！　これ、おまえのヒキガエルかい？」

みんなが船《ふね》を降《お》りたあと、ボートを調《しら》べていたハグリッドが声《こえ》を上《あ》げた。

「トレバー！」

ネビルは大喜《おおよろこ》びで手《て》を差《さ》し出《だ》した。生徒《せいと》たちはハグリッドのランプのあとに従《したが》ってゴツゴツした岩《いわ》の路《みち》を登《のぼ》り、湿《しめ》ったなめらかな草《くさ》むらの城影《しろかげ》の中《なか》にたどり着《つ》いた。

みんなは石段《いしだん》を登《のぼ》り、巨大《きょだい》な樫《かし》の木《き》の扉《とびら》の前《まえ》に集《あつ》まった。

「みんな、いるか？　おまえさん、ちゃんとヒキガエル持《も》っとるな？」

ハグリッドは大《おお》きな握《にぎ》りこぶしを振《ふ》り上《あ》げ、城《しろ》の扉《とびら》を三回《かい》たたいた。

第《だい》7章《しょう》　組分《くみわ》け帽子《ぼうし》

扉《とびら》がパッと開《ひら》いて、エメラルド色《いろ》のローブを着《き》た背《せ》の高《たか》い黒髪《くろかみ》の魔女《まじょ》が現《あらわ》れた。とても厳格《げんかく》な顔《かお》つきをしている。この人《ひと》には逆《さか》らってはいけない、とハリーは直感《ちょっかん》した。

「マクゴナガル教授《きょうじゅ》、イッチ（一）年生《ねんせい》のみなさんです」ハグリッドが報告《ほうこく》した。

「ご苦労様《くろうさま》、ハグリッド。ここからは私《わたくし》が預《あず》かりましょう」

マクゴナガル先生《せんせい》は扉《とびら》を大《おお》きく開《あ》けた。玄関《げんかん》ホールはダーズリーの家《いえ》がまるまる入《はい》りそうなほど広《ひろ》かった。石壁《いしかべ》が、グリンゴッツと同《おな》じような松明《たいまつ》の炎《ほのお》に照《て》らされ、天井《てんじょう》はどこまで続《つづ》くかわからないほど高《たか》い。壮大《そうだい》な大理石《だいりせき》の階段《かいだん》が正面《しょうめん》から上《うえ》へと続《つづ》いている。

マクゴナガル先生《せんせい》について生徒《せいと》たちは石畳《いしだたみ》のホールを横切《よこぎ》っていった。入口《いりぐち》の右手《みぎて》のほうから、何百人《なんびゃくにん》ものざわめきが聞《き》こえた――学校中《がっこうじゅう》がもうそこに集《あつ》まっているにちがいない――しかし、マクゴナガル先生《せんせい》はホールの脇《わき》にある小《ちい》さな空《あ》き部屋《べや》に一年生《ねんせい》を案内《あんない》した。生徒《せいと》たちは窮屈《きゅうくつ》な部屋《へや》に詰《つ》め込《こ》まれ、不安《ふあん》そうにきょろきょろしながら互《たが》いに寄《よ》りそって立《た》っていた。

「ホグワーツ入学《にゅうがく》おめでとう」マクゴナガル先生《せんせい》が挨拶《あいさつ》をした。

「新入生《しんにゅうせい》の歓迎会《かんげいかい》がまもなく始《はじ》まりますが、大広間《おおひろま》の席《せき》に着《つ》く前《まえ》に、みなさんが入《はい》る寮《りょう》を決《き》めなくてはなりません。ホグワーツにいる間《あいだ》、寮生《りょうせい》が学校《がっこう》でのみなさんの家族《かぞく》のようなものですから、寮《りょう》の組分《くみわ》けはとても大事《だいじ》な儀式《ぎしき》です。教室《きょうしつ》でも寮生《りょうせい》と一緒《いっしょ》に勉強《べんきょう》し、寝《ね》るのも寮《りょう》、自由時間《じゆうじかん》は寮《りょう》の談話室《だんわしつ》で過《す》ごすことになります。

寮《りょう》は四つあります。グリフィンドール、ハッフルパフ、レイブンクロー、スリザリンです。それぞれ輝《かがや》かしい歴史《れきし》があって、偉大《いだい》な魔女《まじょ》や魔法使《まほうつか》いが卒業《そつぎょう》しました。ホグワーツにいる間《あいだ》、みなさんのよい行《おこな》いは、自分《じぶん》の属《ぞく》する寮《りょう》の得点《とくてん》になりますし、反対《はんたい》に規則《きそく》に違反《いはん》したときは寮《りょう》の減《げん》点《てん》になります。学年末《がくねんまつ》には、最高得点《さいこうとくてん》の寮《りょう》に大変名誉《たいへんめいよ》ある寮杯《りょうはい》が与《あた》えられます。どの寮《りょう》に入《はい》るにしても、みなさん一人一人《ひとりひとり》が寮《りょう》にとって誇《ほこ》りとなるよう望《のぞ》みます」

「まもなく全校生《ぜんこうせい》の前《まえ》で組分《くみわ》けの儀式《ぎしき》が始《はじ》まります。待《ま》っている間《あいだ》、できるだけ身《み》なりを整《ととの》えておきなさい」

マクゴナガル先生《せんせい》は一瞬《いっしゅん》、ネビルのマントの結《むす》び目《め》が左耳《ひだりみみ》の下《した》のほうにずれているのに目《め》をやり、ロンの鼻《はな》の頭《あたま》が汚《よご》れているのに目《め》を止《と》めた。ハリーはそわそわと髪《かみ》をなでつけた。

「学校側《がっこうがわ》の準備《じゅんび》ができたら戻《もど》ってきますから、静《しず》かに待《ま》っていてください」

先生《せんせい》が部屋《へや》を出《で》ていった。ハリーはゴクリと生《なま》つばを飲《の》み込《こ》んだ。

「いったいどうやって寮《りょう》を決《き》めるんだろう」

ハリーはロンにたずねた。

「試験《しけん》のようなものだと思《おも》う。すごく痛《いた》いってフレッドが言《い》ってたけど、きっと冗談《じょうだん》だ」

ハリーはドキドキしてきた。試験《しけん》？　全校生徒《ぜんこうせいと》のいる前《まえ》で？　でも魔法《まほう》なんてまだ一つも知《し》らないし――一体全体《いったいぜんたい》、僕《ぼく》は何《なに》をしなくちゃいけないんだろう。ホグワーツに着《つ》いたとたんにこんなことがあるなんて思《おも》ってもみなかった。ハリーは不安《ふあん》げにあたりを見《み》わたしたが、ほかの生徒《せいと》も怖《こわ》がっているようだった。みんなあまり話《はなし》もしなかったが、ハーマイオニー・グレンジャーだけは、どの呪文《じゅもん》が試験《しけん》に出《で》るんだろうと、今《いま》までに覚《おぼ》えた全部《ぜんぶ》の呪文《じゅもん》について早口《はやくち》でつぶやいていた。ハリーはハーマイオニーの声《こえ》を聞《き》くまいと必死《ひっし》だった。これまでこんなに緊張《きんちょう》したことはない。以前《いぜん》、いったいどうやったのかはわからないが、ハリーが先生《せんせい》のかつらの色《いろ》を青《あお》くしてしまった、という学校《がっこう》からの手紙《てがみ》をダーズリー家《け》に持《も》って帰《かえ》ったときでさえ、こんなにびくびくはしなかった。ハリーはドアをじっと見続《みつづ》けた。今《いま》にもドアが開《ひら》き、マクゴナガル先生《せんせい》が戻《もど》ってきてハリーの暗《くら》い運命《うんめい》が決《き》まるかもしれない。

突然不思議《とつぜんふしぎ》なことが起《お》こった。ハリーは驚《おどろ》いて三十センチも宙《ちゅう》に跳《と》び上《あ》がってしまったし、ハリーの後《うし》ろにいた生徒《せいと》たちは悲鳴《ひめい》を上《あ》げた。

「いったい……?」

ハリーは息《いき》をのんだ。周《まわ》りの生徒《せいと》も息《いき》をのんだ。後《うし》ろの壁《かべ》からゴーストが二十人《にん》ぐらい現《あらわ》れたのだ。真珠《しんじゅ》のように白《しろ》く、少《すこ》し透《す》き通《とお》っている。みんな一年生《ねんせい》のほうにはほとんど見向《みむ》きもせず、互《たが》いに話《はなし》をしながらするすると部屋《へや》を横切《よこぎ》っていった。何《なに》やら議論《ぎろん》しているようだ。太《ふと》った小柄《こがら》な修道士《しゅうどうし》らしいゴーストが言《い》う。

「もう許《ゆる》して、忘《わす》れなされ。彼《かれ》にもう一度《いちど》だけチャンスを与《あた》えましょうぞ」

「修道士《しゅうどうし》さん、ピーブズには、あいつにとって充分過《じゅうぶんす》ぎるくらいのチャンスをやったではないですか。我々《われわれ》の面汚《つらよご》しですよ。しかも、ごぞんじのように、やつは本当《ほんとう》のゴーストではない——おや、君《きみ》たち、ここで何《なに》をしているのですかな?」

ひだえりのついた上着《うわぎ》にタイツをはいたゴーストが、急《きゅう》に一年生《ねんせい》たちに気《き》づいて声《こえ》をかけた。

誰《だれ》も答《こた》えなかった。

「新入生《しんにゅうせい》じゃな。これから組分《くみわ》けされるところか?」

太《ふと》った修道士《しゅうどうし》が一年生《ねんせい》にほほえみかけた。数人《すうにん》の新入生《しんにゅうせい》がだまってうなずいた。

「ハッフルパフで会《あ》えるとよいな。わしはそこの卒業生《そつぎょうせい》じゃからの」と修道士《しゅうどうし》が言《い》った。

「さあ行《い》きますよ」厳《きび》しい声《こえ》がした。

「組分《くみわ》け儀式《ぎしき》がまもなく始《はじ》まります」

マクゴナガル先生《せんせい》が戻《もど》ってきたのだ。ゴーストは一人《ひとり》ずつ、前方《ぜんぽう》の壁《かべ》を抜《ぬ》けてふわふわ出《で》ていった。

「さあ、一列《れつ》になって。ついてきてください」マクゴナガル先生《せんせい》が号令《ごうれい》をかけた。

足《あし》が鉛《なまり》になったように妙《みょう》に重《おも》かった。ハリーは黄土色《おうどいろ》の髪《かみ》の少年《しょうねん》の後《うし》ろに並《なら》び、ハリーのあとにはロンが続《つづ》いた。一年生《ねんせい》は部屋《へや》を出《で》て再《ふたた》び玄関《げんかん》ホールに戻《もど》り、そこから二重扉《にじゅうとびら》を通《とお》って大広間《おおひろま》に入《はい》った。

そこには、ハリーが夢《ゆめ》にも見《み》たことのない、不思議《ふしぎ》ですばらしい光景《こうけい》が広《ひろ》がっていた。何千《なんぜん》というろうそくが空中《くうちゅう》に浮《う》かび、四つの長《なが》テーブルを照《て》らしていた。テーブルには上級生《じょうきゅうせい》たちが着席《ちゃくせき》し、キラキラ輝《かがや》く金色《きんいろ》のお皿《さら》とゴブレットが置《お》いてあった。広間《ひろま》の上座《かみざ》にはもう一つ長《なが》テーブルがあって、先生方《せんせいがた》が座《すわ》っていた。マクゴナガル先生《せんせい》は上座《かみざ》のテーブルのところまで一年《ねん》生《せい》を引率《いんそつ》し、上級生《じょうきゅうせい》のほうに顔《かお》を向《む》け、先生方《せんせいがた》に背《せ》を向《む》けるかっこうで一列《れつ》に並《なら》ばせた。一年《ねん》生《せい》を見《み》つめる何百《なんびゃく》という顔《かお》が、ろうそくのチラチラする明《あ》かりで青白《あおじろ》いランタンのように見《み》えた。その中《なか》に点々《てんてん》と、ゴーストが銀色《ぎんいろ》のかすみのように光《ひか》っていた。みんなが見《み》つめる視線《しせん》から逃《のが》れるように、ハリーが天井《てんじょう》を見上《みあ》げると、ビロードのような黒《くろ》い空《そら》に星《ほし》が点々《てんてん》と光《ひか》っていた。

「本当《ほんとう》の空《そら》に見《み》えるように魔法《まほう》がかけられているのよ。『ホグワーツの歴史《れきし》』に書《か》いてあったわ」ハーマイオニーがそう言《い》うのが聞《き》こえた。

そこに天井《てんじょう》があるなんてとても思《おも》えない。大広間《おおひろま》はまさに天空《てんくう》に向《む》かって開《ひら》いているように感《かん》じられた。

マクゴナガル先生《せんせい》が一年生《ねんせい》の前《まえ》にだまって四本脚《よんほんあし》のスツールを置《お》いたので、ハリーは慌《あわ》てて視線《しせん》を戻《もど》した。椅子《いす》の上《うえ》には魔法使《まほうつか》いのかぶるとんがり帽子《ぼうし》が置《お》かれた。この帽子《ぼうし》ときたら、つぎはぎのボロボロで、とても汚《きたな》らしかった。ペチュニアおばさんなら、こんな帽子《ぼうし》は家《いえ》の中《なか》に置《お》いておかないだろう。

もしかしたら帽子《ぼうし》からウサギを出《だ》すのかな。あてずっぽうにハリーはそんなことを考《かんが》えていたが、広間中《ひろまじゅう》のみんなが帽子《ぼうし》をじっと見《み》つめているのに気《き》づいて、ハリーも帽子《ぼうし》を見《み》た。一瞬《いっしゅん》、広間《ひろま》は水《みず》を打《う》ったように静《しず》かになった。すると、帽子《ぼうし》がピクピク動《うご》いたかと思《おも》うとつばのへりの破《や》れ目《め》が、まるで口《くち》のように開《ひら》いて、帽子《ぼうし》が歌《うた》いだした。

私《わたし》はきれいじゃないけれど
人《ひと》は見《み》かけによらぬもの
私《わたし》をしのぐ賢《かしこ》い帽子《ぼうし》
あるなら私《わたし》は身《み》を引《ひ》こう
山高帽子《やまたかぼうし》は真《ま》っ黒《くろ》で
シルクハットはすらりと高《たか》い
私《わたし》は彼《かれ》らの上《うえ》をいく
ホグワーツ校《こう》の組分《くみわ》け帽子《ぼうし》
君《きみ》の頭《あたま》に隠《かく》れたものを
組分《くみわ》け帽子《ぼうし》はお見通《みとお》し
かぶれば君《きみ》に教《おし》えよう
君《きみ》が行《い》くべき寮《りょう》の名《な》を

グリフィンドールに行《い》くならば
勇気《ゆうき》ある者《もの》が住《す》まう寮《りょう》

勇猛《ゆうもう》果敢《かかん》な騎士道《きしどう》で
ほかとはちがうグリフィンドール

ハッフルパフに行《い》くならば
君《きみ》は正《ただ》しく忠実《ちゅうじつ》で
忍耐強《にんたいづよ》く真実《しんじつ》で
苦労《くろう》を苦労《くろう》と思《おも》わない

古《ふる》き賢《かしこ》きレイブンクロー
君《きみ》に意欲《いよく》があるならば
機知《きち》と学《まな》びの友人《ゆうじん》を
ここで必《かなら》ず得《え》るだろう

スリザリンではもしかして
君《きみ》はまことの友《とも》を得《え》る

どんな手段《しゅだん》を使《つか》っても
目的《もくてき》遂《と》げる狡猾《こうかつ》さ

かぶってごらん！　恐《おそ》れずに！
おろおろせずに、お任《まか》せを！
君《きみ》を私《わたし》の手《て》にゆだね（私《わたし》に手《て》なんかないけれど）
だって私《わたし》は考《かんが》える帽子《ぼうし》！

歌《うた》が終《お》わると広間《ひろま》にいた全員《ぜんいん》が拍手喝采《はくしゅかっさい》をした。四つのテーブルにそれぞれおじぎして、帽子《ぼうし》は再《ふたた》び静《しず》かになった。

「僕《ぼく》たちはただ帽子《ぼうし》をかぶればいいんだ！　フレッドのやつ、やっつけてやる。トロールと取《と》っ組《く》み合《あ》いさせられるなんて言《い》って」ロンがハリーにささやいた。

ハリーは弱々《よわよわ》しくほほえんだ。

――そりゃ、呪文《じゅもん》よりも帽子《ぼうし》をかぶるほうがずっといい。だけど、誰《だれ》も見《み》ていないところでかぶるんだったらもっといいのに。

帽子《ぼうし》はかなり要求《ようきゅう》が多《おお》いように思《おも》えた。今《いま》のところハリーは勇敢《ゆうかん》でもないし、機知《きち》があるわけでもないし、どの要求《ようきゅう》にも当《あ》てはまらないような気《き》がした。帽子《ぼうし》が、「少《すこ》し気分《きぶん》が悪《わる》い生徒《せいと》の寮《りょう》」と歌《うた》ってくれていたなら、まさにそれが今《いま》のハリーだったのに。

マクゴナガル先生《せんせい》が長《なが》い羊皮紙《ようひし》の巻《ま》き紙《がみ》を手《て》にして前《まえ》に進《すす》み出《で》た。

「ABC順《エービーシーじゅん》に名前《なまえ》を呼《よ》ばれたら、帽子《ぼうし》をかぶって椅子《いす》に座《すわ》り、組分《くみわ》けを受《う》けてください」

「アボット、ハンナ！」

ピンクのほおをした、金髪《きんぱつ》のおさげの少女《しょうじょ》が、転《ころ》がるように前《まえ》に出《で》てきた。帽子《ぼうし》をかぶると目《め》が隠《かく》れるほどだった。腰《こし》かけた。一瞬《いっしゅん》の沈黙《ちんもく》……。

「**ハッフルパフ！**」と帽子《ぼうし》が叫《さけ》んだ。

右側《みぎがわ》のテーブルから歓声《かんせい》と拍手《はくしゅ》が上《あ》がり、ハンナはハッフルパフのテーブルに着《つ》いた。ハリーは太《ふと》った修道士《しゅうどうし》のゴーストがハンナに向《む》かってうれしそうに手《て》を振《ふ》るのを見《み》た。

「ボーンズ、スーザン！」

帽子《ぼうし》がまた「**ハッフルパフ！**」と叫《さけ》び、スーザンは小走《こばし》りでハンナの隣《となり》に座《すわ》った。

「ブート、テリー！」

「**レイブンクロー！**」

今度《こんど》は左端《ひだりはし》から二番目《ばんめ》のテーブルに拍手《はくしゅ》が湧《わ》き、テリーが行《い》くと何人《なんにん》かが立《た》って握手《あくしゅ》で迎《むか》えた。

次《つぎ》の「ブロックルハースト、マンディ」もレイブンクローだったが、その次《つぎ》に呼《よ》ばれた「ブラウン、ラベンダー」が初《はじ》めてグリフィンドールになった。一番左端《いちばんひだりはし》のテーブルからはじけるような歓声《かんせい》が上《あ》がった。ハリーはロンの双子《ふたご》の兄弟《きょうだい》がヒューッと口笛《くちぶえ》を吹《ふ》くのを見《み》た。

そして「ブルストロード、ミリセント」はスリザリンになった。スリザリンについてあれこれ聞《き》かされたので、ハリーの思《おも》い込《こ》みなのかもしれないが、この寮《りょう》の連中《れんちゅう》はどうも感《かん》じが悪《わる》いとハリーは思《おも》った。

ハリーはいよいよ決定的《けっていてき》に気分《きぶん》が悪《わる》くなってきた。学校《がっこう》で体育《たいいく》の時間《じかん》にチームを組《く》んだときのことを思《おも》い出《だ》した。ハリーが下手《へた》だからというわけではなく、ハリーを誘《さそ》うとダドリーに目《め》をつけられるので、みんないつも最後《さいご》までハリーをのけものにした。

「フィンチ－フレッチリー、ジャスティン！」

「**ハッフルパフ！**」

帽子《ぼうし》がすぐに寮名《りょうめい》を呼《よ》び上《あ》げるときと、決定《けってい》にしばらくかかるときがあることにハリーは気《き》づいた。ハリーの前《まえ》に並《なら》んでいた黄土色《おうどいろ》の髪《かみ》をした少年《しょうねん》、「フィネガン、シェーマス」など、まるまる一分間《ぷんかん》椅子《いす》に座《すわ》っていた。それからやっと帽子《ぼうし》は「**グリフィンドール**」と宣言《せんげん》した。

「グレンジャー、ハーマイオニー！」

ハーマイオニーは走《はし》るようにして椅子《いす》に座《すわ》り、待《ま》ちきれないようにぐいっと帽子《ぼうし》をかぶった。

「グリフィンドール！」

帽子《ぼうし》が叫《さけ》んだ。ロンがうめいた。

ハリーは急《きゅう》に恐《おそ》ろしい考《かんが》えにとらわれた。ドキドキしているから、そんな考《かんが》えが浮《う》かんでくるのだ。どの寮《りょう》にも選《えら》ばれなかったらどうしよう。帽子《ぼうし》を目《め》の上《うえ》までかぶったまま永遠《えいえん》に座《すわ》り続《つづ》けている――ついにマクゴナガル先生《せんせい》がやってきて帽子《ぼうし》をぐいと頭《あたま》から取《と》り上《あ》げ、何《なに》かのまちがいだったから汽車《きしゃ》に乗《の》ってお帰《かえ》りなさい、と言《い》う――もしそうなったらどうしよう？

ヒキガエルに逃《に》げられてばかりいた「ロングボトム、ネビル」が呼《よ》ばれた。ネビルは椅子《いす》まで行《い》く途中《とちゅう》で転《ころ》んでしまった。決定《けってい》にしばらくかかったが、帽子《ぼうし》はやっと**「グリフィンドール！」**と叫《さけ》んだ。

ネビルは帽子《ぼうし》をかぶったまままかけだしてしまい、爆笑《ばくしょう》の中《なか》をとぼとぼ戻《もど》って、次《つぎ》の「マクドゥガル、モラグ」に渡《わた》した。

マルフォイは名前《なまえ》を呼《よ》ばれるとふんぞり返《かえ》って前《まえ》に進《すす》み出《で》た。望《のぞ》みはあっという間《ま》にかなった。帽子《ぼうし》はマルフォイの頭《あたま》に触《ふ》れるか触《ふ》れないうちに**「スリザリン！」**と叫《さけ》んだ。

マルフォイは満足《まんぞく》げに仲間《なかま》のクラッブやゴイルのいる席《せき》に着《つ》いた。残《のこ》っている生徒《せいと》は少《すく》なくなってきた。

「ムーン」……「ノット」……「パーキンソン」……、双子《ふたご》の「パチル」姉妹《しまい》……、「パークス、サリー－アン」……、そして、ついに──。

「ポッター、ハリー！」

ハリーが前《まえ》に進《すす》み出《で》ると、突然広間中《とつぜんひろまちゅう》にシーッというささやきが波《なみ》のように広《ひろ》がった。

「ポッターって、そう言《い》った？」

「あのハリー・ポッターなの？」

帽子《ぼうし》がハリーの目《め》の上《うえ》に落《お》ちる直前《ちょくぜん》までハリーが見《み》ていたのは、広間中《ひろまじゅう》の人《ひと》たちが首《くび》を伸《の》ばしてハリーをよく見《み》ようとする様子《ようす》だった。次《つぎ》の瞬間《しゅんかん》、ハリーは帽子《ぼうし》の内側《うちがわ》の闇《やみ》を見《み》ていた。ハリーはじっと待《ま》った。

「フーム」低《ひく》い声《こえ》がハリーの耳《みみ》の中《なか》で聞《き》こえた。

「難《むず》かしい。非常《ひじょう》に難《むず》かしい。ふむ、勇気《ゆうき》に満《み》ちている。頭《あたま》も悪《わる》くない。才能《さいのう》もある。おう、なんと、なるほど……自分《じぶん》の力《ちから》を試《ため》したいというすばらしい欲望《よくぼう》もある。いや、おもしろい……さて、どこに入《い》れたものかな？」

ハリーは椅子《いす》の縁《へり》を握《にぎ》りしめ、「スリザリンはだめ、スリザリンはだめ」と思《おも》い続《つづ》けた。

「スリザリンはいやなのかね？」小《ちい》さな声《こえ》が言《い》った。

「たしかかね？　君《きみ》は偉大《いだい》になれる可能性《かのうせい》があるんだよ。そのすべては君《きみ》の頭《あたま》の中《なか》にある。スリザリンに入《はい》ればまちがいなく偉大《いだい》になる道《みち》が開《ひら》ける。いやかね？　よろしい、君《きみ》がそう確信《かくしん》しているなら……むしろ、**グリフィンドール！**」

ハリーは帽子《ぼうし》が最後《さいご》の言葉《ことば》を広間全体《ひろまぜんたい》に向《む》かって叫《さけ》ぶのを聞《き》いた。帽子《ぼうし》を脱《ぬ》ぎ、ハリーはふらふらとグリフィンドールのテーブルに向《む》かった。選《えら》んでもらえた。しかもスリザリンではなかった。その安堵感《あんどかん》でハリーの頭《あたま》はいっぱいで、最高《さいこう》の割《わ》れるような歓声《かんせい》に迎《むか》えられていることにもまったく気《き》づかなかった。監督生《かんとくせい》パーシーも立《た》ち上《あ》がり、力強《ちからづよ》くハリーと握手《あくしゅ》した。双子《ふたご》のウィーズリー兄弟《きょうだい》は、「ポッターを取《と》った！　ポッターを取《と》った！」と歓声《かんせい》を上《あ》げていた。

ハリーはさっき出会《であ》ったひだえり服《ふく》のゴーストとむかい合《あ》って座《すわ》った。ゴーストはハリーの腕《うで》を軽《かる》くたたいた。とたんにハリーは冷水《れいすい》の入《はい》ったバケツに腕《うで》を突《つ》っ込《こ》んだようにゾクッとした。

寮生《りょうせい》のテーブルに着《つ》いたので、ハリーははじめて上座《かみざ》の来賓席《らいひんせき》を見《み》ることができた。ハリーに近《ちか》いほうの端《はし》にハグリッドが座《すわ》っていて、ハリーと目《め》が合《あ》うと親指《おやゆび》を上《あ》げて「よかった」という合図《あいず》をした。ハリーも笑顔《えがお》を返《かえ》した。来賓席《らいひんせき》の真《ま》ん中《なか》で、大《おお》きな金色《きんいろ》の椅子《いす》にアルバス・ダンブルドアが座《すわ》っていた。汽車《きしゃ》の中《なか》で食《た》べた蛙《かえる》チョコレートのカードに写真《しゃしん》があったので、すぐにその人《ひと》だとわかった。広間《ひろま》の中《なか》では、ダンブルドアの白髪《はくはつ》だけがゴーストと同《おな》じ銀色《ぎんいろ》にキラキラ輝《かがや》いていた。「もれ鍋《なべ》」にいた若《わか》い神経質《しんけいしつ》なクィレル先生《せんせい》もいた。大《おお》きな紫《むらさき》のターバンをつけた姿《すがた》がひときわへんてこりんだった。

まだ組分《くみわ》けがすんでいないのはあと三人《にん》だけになった。「ターピン、リサ」はレイブンクローになった。次《つぎ》はロンの番《ばん》だ。ロンは青《あお》ざめていた。ハリーはテーブルの下《した》で手《て》を組《く》んで祈《いの》った。帽子《ぼうし》はすぐに「**グリフィンドール！**」と叫《さけ》んだ。

ハリーはみんなと一緒《いっしょ》に大《おお》きな拍手《はくしゅ》をした。ロンはハリーの隣《となり》の椅子《いす》に崩《くず》れるように座《すわ》った。

「ロン、よくやったぞ。えらい」

ハリーの隣《となり》から、パーシー・ウィーズリーがもったいぶって声《こえ》をかけた。「ザビニ、ブレーズ」はスリザリンに決《き》まった。マクゴナガル先生《せんせい》はくるくると巻《ま》き紙《がみ》をしまい、帽子《ぼうし》を片《かた》づけた。

ハリーはからっぽの金《かね》の皿《さら》を眺《なが》めた。急《きゅう》にお腹《なか》がペコペコなのに気《き》がついた。かぼちゃパイを食《た》べたのが大昔《おおむかし》のような気《き》がした。

アルバス・ダンブルドアが立《た》ち上《あ》がった。腕《うで》を大《おお》きく広《ひろ》げ、みんなに会《あ》えるのがこの上《うえ》もない喜《よろこ》びだというようにニッコリ笑《わら》った。

「おめでとう！　ホグワーツの新入生《しんにゅうせい》、おめでとう！　歓迎会《かんげいかい》を始《はじ》める前《まえ》に、二言《ふたこと》、三言《みこと》、言《い》わせていただきたい。では、いきますぞ。そーれ！　わっしょい！　こらしょい！　どっこらしょい！　以上《いじょう》！」ダンブルドアは席《せき》につき、出席者全員《しゅっせきしゃぜんいん》が拍手《はくしゅ》し歓声《かんせい》を上《あ》げた。ハリーは笑《わら》っていいのか悪《わる》いのかわからなかった。

「あの人《ひと》……ちょっぴりおかしくない？」ハリーはパーシーに聞《き》いた。

「おかしいだって？」

パーシーはうきうきしていた。

「あの人《ひと》は天才《てんさい》だ！　世界一《せかいいち》の魔法使《まほうつか》いさ！　でも少《すこ》しおかしいかな、うん。君《きみ》、ポテト食《た》べるかい？」

ハリーはあっけにとられた。目《め》の前《まえ》にある大皿《おおざら》が食《た》べ物《もの》でいっぱいになっている。こんなにたくさん、ハリーの食《た》べたい物《もの》ばかり並《なら》んでいるテーブルは見《み》たことがない。ローストビーフ、ローストチキン、ポークチョップ、ラムチョップ、ソーセージ、ベーコン、ステーキ、ゆでたポテト、グリルポテト、フレンチフライ、ヨークシャープディング、豆《まめ》、ニンジン、グレービー、ケチャップ、そしてなぜか……ハッカキャンディ。

ダーズリー家《け》では飢《う》え死《じ》にこそしなかったが、一度《いちど》もお腹《なか》いっぱい食《た》べさせてはもらえなかった。ハリーが食《た》べたいものは、たとえ食《た》べ過《す》ぎて気持《きも》ちが悪《わる》くなっても、みんなダドリーが取《と》り上《あ》げてしまった。ハリーは、ハッカキャンディ以外《いがい》は全部少《ぜんぶすこ》しずつお皿《さら》に取《と》って食《た》べはじめた。どれもこれもおいしかった。

「おいしそうですね」

ハリーがステーキを切《き》っていると、ひだえり服《ふく》のゴーストが悲《かな》しげに言《い》った。

「食《た》べられないの？」

「かれこれ五百年《ねん》、食《た》べておりません。もちろん食《た》べる必要《ひつよう》はないのですが、でもなつかしくて。まだ自己紹介《じこしょうかい》しておりませんでしたね。ニコラス・ド・ミムジー－ポーピントン卿《きょう》といいます。お見知《みし》りおきを。グリフィンドール塔《とう》に住《す》むゴーストです」

「僕《ぼく》、君《きみ》のこと知《し》ってる！」ロンが突然口《とつぜんくち》をはさんだ。

「兄《にい》さんたちから君《きみ》のこと聞《き》いてるよ。『ほとんど首無《くびな》しニック』だ！」

「呼《よ》んでいただくのであれば、むしろ、ニコラス・ド・ミムジー……」

とゴーストがあらたまった調子《ちょうし》で言《い》いかけたが、黄土色《おうどいろ》の髪《かみ》のシェーマス・フィネガンが割《わ》り込《こ》んできた。

「ほとんど首無《くびな》し？　どうしてほとんど首無《くびな》しになれるの？」

ニコラス卿《きょう》は会話《かいわ》がどうも自分《じぶん》の思《おも》う方向《ほうこう》には進《すす》んでいかないので、ひどく気《き》に障《さわ》ったようだった。

「ほら、このとおり」

ニコラス卿《きょう》は腹立《はらだ》たしげに自分《じぶん》の左耳《ひだりみみ》をつかんで引《ひ》っ張《ぱ》った。頭《あたま》が首《くび》からグラッとはずれ、蝶番《ちょうつがい》で開《ひら》くように肩《かた》の上《うえ》に落《お》ちた。誰《だれ》かが首《くび》を切《き》ろうとして、やりそこねたらしい。生徒《せいと》たちが驚《おどろ》くので「ほとんど首無《くびな》しニック」はうれしそうな顔《かお》をして頭《あたま》をヒョイと元《もと》に戻《もど》し、咳払《せきばら》いをしてからこう言《い》った。

「さて、グリフィンドール新入生諸君《しんにゅうせいしょくん》、今年《ことし》こそ寮対抗優勝《りょうたいこうゆうしょう》カップを獲得《かくとく》できるようがんばってくださるでしょうな？　グリフィンドールがこんなに長《なが》い間《あいだ》負《ま》け続《つづ》けたことはない。スリザリンが六年連続《ねんれんぞく》で寮杯《りょうはい》を取《と》っているのですぞ！　『血《ち》みどろ男爵《だんしゃく》』はもう鼻持《はなも》ちならない状態《じょうたい》です……スリザリンのゴーストですがね」

ハリーがスリザリンのテーブルを見《み》ると、身《み》の毛《け》もよだつようなゴーストが座《すわ》っていた。うつろな目《め》、げっそりとした顔《かお》、衣服《いふく》は銀色《ぎんいろ》の血《ち》でべっとり汚《よご》れている。マルフォイのすぐ隣《となり》に座《すわ》っている。マルフォイはその席《せき》がお気《き》に召《め》さない様子《ようす》なのでハリーはなんだかうれしくなった。

「どうして血《ち》みどろになったの」と興味津々《きょうみしんしん》のシェーマスが聞《き》いた。

「私《わたくし》、聞《き》いてみたこともありません」と、ほとんど首無《くびな》しニックが言葉《ことば》をにごした。

全員《ぜんいん》がお腹《なか》いっぱいになったところで食《た》べ物《もの》は消《き》え去《さ》り、お皿《さら》は前《まえ》と同《おな》じようにピカピカになった。まもなくデザートが現《あらわ》れた。ありとあらゆる味《あじ》のアイスクリーム、アップルパイ、糖蜜《とうみつ》パイ、エクレア、ジャムドーナツ、トライフル、イチゴ、ゼリー、ライスプディングなど……。

ハリーが糖蜜《とうみつ》パイを食《た》べていると、家族《かぞく》の話題《わだい》になった。

「僕《ぼく》はハーフなんだ。僕《ぼく》のパパはマグルで、ママは結婚《けっこん》するまで魔女《まじょ》だと言《い》わなかったんだ。パパはずいぶんドッキリしたみたいだよ」とシェーマスが言《い》った。

みんな笑《わら》った。

「ネビルはどうだい」ロンが聞《き》いた。

「僕《ぼく》、ばあちゃんに育《そだ》てられたんだけど、ばあちゃんが魔女《まじょ》なんだ」

ネビルが話《はな》しだした。

「でも僕《ぼく》の家族《かぞく》はずうっと僕《ぼく》が純粋《じゅんすい》マグルだと思《おも》ってたみたい。アルジー大《おお》おじさんときたら、僕《ぼく》に不意《ふい》打《う》ちを食《く》わせてなんとか僕《ぼく》から魔法《まほう》の力《ちから》を引《ひ》き出《だ》そうとしたの——僕《ぼく》をブラックプールの桟橋《さんばし》の端《はし》から突《つ》き落《お》としたりして、もう少《すこ》しでおぼれるところだった。でも八歳《さい》になるまで何《なん》にも起《お》こらなかった。八歳《さい》のとき、アルジー大《おお》おじさんがうちに夕食《ゆうしょく》にきたとき、ぼくの足首《あしくび》をつかんで二階《かい》の窓《まど》からぶら下《さ》げたんだ。ちょうどその時《とき》エニド大《おお》おばさんがメレンゲ菓子《かし》を持《も》ってきて、大《おお》おじさんたらうっかり手《て》を離《はな》してしまったんだ。だけど、僕《ぼく》はまりみたいにはずんだんだ――庭《にわ》に落《お》ちて道路《どうろ》までね。それを見《み》てみんな大喜《おおよろこ》びだった。ばあちゃんなんか、うれし泣《な》きだよ。この学校《がっこう》に入学《にゅうがく》することになったときのみんなの顔《かお》を見《み》せたかったよ。みんな僕《ぼく》の魔法《まほう》力《りょく》じゃ無理《むり》だと思《おも》ってたらしい。アルジー大《おお》おじさんなんかとてもよろこんでヒキガエルを買《か》ってくれたんだ」

テーブルの反対側《はんたいがわ》では、パーシーとハーマイオニーが授業《じゅぎょう》について話《はな》していた。

「ほんとに、早《はや》く始《はじ》まればいいのに。勉強《べんきょう》することがいっぱいあるんですもの。私《わたし》、特《とく》に変身《へんしん》術《じゅつ》に興味《きょうみ》があるの。ほら、何《なに》かをほかのものに変《か》えるっていう術《じゅつ》。もちろんすごく難《むずか》しいって言《い》われてるけど……」

「はじめは小《ちい》さなものから試《ため》すんだよ。マッチを針《はり》に変《か》えるとか……」

ハリーは体《からだ》が温《あたた》かくなり、眠《ねむ》くなってきた。来賓席《らいひんせき》を見上《みあ》げると、ハグリッドはゴブレットでグイグイ飲《の》んでいた。マクゴナガル先生《せんせい》はダンブルドア先生《せんせい》と話《はな》している。ばかばかしいターバンを巻《ま》いたクィレル先生《せんせい》は、ねっとりした黒髪《くろかみ》、鉤鼻《かぎばな》、土気色《つちけいろ》の顔《かお》をした先生《せんせい》と話《はな》していた。

その時《とき》、突然《とつぜん》それは起《お》こった。鉤鼻《かぎばな》の先生《せんせい》がクィレル先生《せんせい》のターバン越《ご》しにハリーと目《め》を合《あ》わせたとたん、ハリーの額《ひたい》の傷《きず》に痛《いた》みが走《はし》ったのだ。

「イタッ！」ハリーはとっさに手《て》でパシリと額《ひたい》をおおった。

「どうしたの？」パーシーが尋《たず》ねた。

「な、なんでもない」

痛《いた》みは急《きゅう》に走《はし》り、同《おな》じように急《きゅう》に消《き》えた。しかしあの目《め》つきから受《う》けた感触《かんしょく》は簡単《かんたん》には振《ふ》り払《はら》えなかった。あの目《め》はハリーが大嫌《だいきら》いだと言《い》っていた……。

「あそこでクィレル先生《せんせい》と話《はな》しているのはどなたですか」とパーシーに聞《き》いてみた。

「おや、クィレル先生《せんせい》はもう知《し》ってるんだね。あれはスネイプ先生《せんせい》だ。どうりでクィレル先生《せんせい》がおどおどしてるわけだ。スネイプ先生《せんせい》は魔法薬学《まほうやくがく》を教《おし》えているんだが、本当《ほんとう》はその学科《がっか》は教《おし》えたくないらしい――クィレルの席《せき》をねらってるって、みんな知《し》ってるよ。闇《やみ》の魔術《まじゅつ》にすごく詳《くわ》しいんだ、スネイプって」

ハリーはスネイプをしばらく見《み》つめていたが、スネイプは二度《にど》とハリーのほうを見《み》なかった。

とうとうデザートも消《き》えてしまい、ダンブルドア先生《せんせい》がまた立《た》ち上《あ》がった。広間中《ひろまじゅう》がシーンとなった。

「エヘン――全員《ぜんいん》よく食《た》べ、よく飲《の》んだことじゃろうから、また二言《ふたこと》、三言《みこと》。新学期《しんがっき》を迎《むか》えるにあたり、いくつかお知《し》らせがある。一年生《ねんせい》に注意《ちゅうい》しておくが、構内《こうない》にある森《もり》には立《た》ち入《い》らぬよう。上級生《じょうきゅうせい》も、何人《なんにん》かの生徒《せいと》たちには、同《おな》じことを特《とく》に注意《ちゅうい》しておきますぞ」

ダンブルドアはいたずらっぽい目《め》でウィーズリーの双子兄弟《ふたごきょうだい》を見《み》た。

「管理人《かんりにん》のフィルチさんから、授業《じゅぎょう》の合間《あいま》に廊下《ろうか》で魔法《まほう》を使《つか》わないようにという注意《ちゅうい》がありました」

「今学期《こんがっき》は、二週目《しゅうめ》にクィディッチ選手《せんしゅ》の選抜《せんばつ》があるので、寮《りょう》のチームに参加《さんか》したい人《ひと》はマダム・フーチに連絡《れんらく》するよう」

「最後《さいご》にじゃが、とても痛《いた》い死《し》に方《かた》をしたくない者《もの》は、今年《ことし》いっぱい四階《かい》の右側《みぎがわ》の廊下《ろうか》には入《はい》らぬことじゃ」

ハリーは笑《わら》ってしまったが、笑《わら》った生徒《せいと》はほんの少数《しょうすう》だった。

「まじめに言《い》ってるんじゃないよね？」

ハリーはパーシーに向《む》かってつぶやいた。

「いや、まじめだよ」

パーシーがしかめっ面《つら》でダンブルドアを見《み》ながら言《い》った。

「変《へん》だな、どこか立入禁止《たちいりきんし》の場所《ばしょ》があるときは、必《かなら》ず理由《りゆう》を説明《せつめい》してくれるのに……森《もり》には危険《きけん》な動物《どうぶつ》がたくさんいるからだし、それは誰《だれ》でも知《し》っている。せめて僕《ぼく》たち監督生《かんとくせい》にはわけを言《い》ってくれてもよかったのに」

「では、寝《ね》る前《まえ》に校歌《こうか》を歌《うた》いましょうぞ！」

ダンブルドアが声《こえ》を張《は》り上《あ》げた。ハリーにはほかの先生方《せんせいがた》の笑顔《えがお》が急《きゅう》にこわばったように見《み》えた。

ダンブルドアが魔法《まほう》の杖《つえ》をまるで杖先《つえさき》に止《と》まったハエを振《ふ》り払《はら》うようにヒョイと動《うご》かすと、金《きん》色《いろ》のりぼんが長々《ながなが》と流《なが》れ出《で》て、テーブルの上高《うえたか》く昇《のぼ》り、蛇《へび》のようにくねくねと曲《ま》がって文字《もじ》を書《か》いた。

「みんな自分《じぶん》の好《す》きなメロディーで。では、さん、し、はい！」

学校中《がっこうちゅう》が大声《おおごえ》でうなった。

　ホグワーツ　ホグワーツ
　ホグホグ　ワツワツ　ホグワーツ
　教《おし》えて　どうぞ　僕《ぼく》たちに

老《お》いても　ハゲても　青二才《あおにさい》でも
頭《あたま》にゃなんとか詰《つ》め込《こ》める
おもしろいものを詰《つ》め込《こ》める
今《いま》はからっぽ　空気《くうき》詰《つ》め
死《し》んだハエやら　ガラクタ詰《つ》め
教《おし》えて　価値《かち》のあるものを
教《おし》えて　忘《わす》れてしまったものを
ベストをつくせば　あとはお任《まか》せ
学《まな》べよ脳《のう》みそ　くさるまで

みんなバラバラに歌《うた》い終《お》えた。とびきり遅《おそ》い葬送行進曲《そうそうこうしんきょく》で歌《うた》っていた双子《ふたご》のウィーズリー兄弟《きょうだい》が最後《さいご》まで残《のこ》った。ダンブルドアはそれに合《あ》わせて最後《さいご》の何小節《なんしょうせつ》かを魔法《まほう》の杖《つえ》で指揮《しき》し、二人《ふたり》が歌《うた》い終《お》わったときには、誰《だれ》にも負《ま》けないぐらい大《おお》きな拍手《はくしゅ》をした。

「ああ、音楽《おんがく》とは何《なに》にもまさる魔法《まほう》じゃ！」

感激《かんげき》の涙《なみだ》をぬぐいながらダンブルドアが言《い》った。

「さあ、諸君《しょくん》、就寝時間《しゅうしんじかん》。かけ足《あし》！」

グリフィンドールの一年生《ねんせい》はパーシーに続《つづ》いてペチャクチャと騒《さわ》がしい人《ひと》ごみの中《なか》を通《とお》り、大《おお》広間《ひろま》を出《で》て大理石《だいりせき》の階段《かいだん》を上《あ》がった。ハリーの足《あし》はまた鉛《なまり》のように重《おも》くなったが、今度《こんど》は疲《つか》れと満腹《まんぷく》のせいだった。とても眠《ねむ》かったので、廊下《ろうか》を通《とお》るとき、壁《かべ》にかけてある肖像画《しょうぞうが》の人物《じんぶつ》がささやいたり生徒《せいと》を指《ゆび》さしたりしても、気《き》にならず、パーシーが引《ひ》き戸《ど》やタペストリーの裏《うら》にある隠《かく》しドアを二度《にど》も通《とお》り抜《ぬ》けたのになんとも思《おも》わなかった。あくびをし、足《あし》を引《ひ》きずりながら、階段《かいだん》また階段《かいだん》を上《のぼ》り、いったいあとどのくらいかかるんだろうとハリーが思《おも》ったとたん、突然《とつぜん》みんなが止《と》まった。

前方《ぜんぽう》にステッキが一束《ひとたば》、空中《くうちゅう》に浮《う》いていた。パーシーが一歩前進《いっぽぜんしん》するとステッキがバラバラと飛《と》びかかってきた。

「ピーブズだ」

とパーシーが一年生《ねんせい》にささやいた。

「ポルターガイストのピーブズだよ」

「ピーブズ、姿《すがた》を見《み》せろ」

パーシーは大声《おおごえ》を出《だ》した。

風船《ふうせん》から空気《くうき》が抜《ぬ》けるような、大《おお》きい無作法《ぶさほう》な音《おと》がそれに応《こた》えた。

「『血《ち》みどろ男爵《だんしゃく》』を呼《よ》んできてもいいのか？」

ポンと音《おと》がして、意地悪《いじわる》そうな暗《くら》い目《め》の、大《おお》きな口《くち》をした小男《こおとこ》が現《あらわ》れた。あぐらをかき、ステッキの束《たば》をつかんで空中《くうちゅう》に漂《ただよ》っている。

「おおおおおお！　かーわいい一年生《ねんせい》ちゃん！　なんてゆかいなんだ！」

小男《こおとこ》は意地悪《いじわる》なかん高《だか》い笑《わら》い声《ごえ》を上《あ》げ、一年生《ねんせい》めがけて急降下《きゅうこうか》した。みんなはヒョイと身《み》をかがめた。

「ピーブズ、行《い》ってしまえ。そうしないと男爵《だんしゃく》に言《い》いつけるぞ。本気《ほんき》だぞ！」

パーシーがどなった。

ピーブズは舌《した》をベーッと出《だ》し、ステッキを何本《なんぼん》もネビルの頭《あたま》の上《うえ》に落《お》として消《き》えてしまった。遠《とお》のきざま、あたりに並《なら》んでいる鎧《よろい》をガラガラいわせる音《おと》が聞《き》こえた。

「ピーブズには気《き》をつけたほうがいい」

再《ふたた》び歩《ある》きだしながらパーシーが言《い》った。

「ピーブズをコントロールできるのは『血《ち》みどろ男爵《だんしゃく》』だけなんだ。僕《ぼく》ら監督生《かんとくせい》の言《い》うことでさえ聞《き》きゃしない。さあ、着《つ》いた」

廊下《ろうか》のつきあたりに、ピンクの絹《きぬ》のドレスを着《き》たとても太《ふと》った婦人《レディ》の肖像画《しょうぞうが》がかかっていた。

「合言葉《あいことば》は？」とその婦人《レディ》が聞《き》いた。

「カプート　ドラコニス」

パーシーがそう唱《とな》えると、肖像画《しょうぞうが》がパッと前《まえ》に開《ひら》き、その後《うし》ろの壁《かべ》に丸《まる》い穴《あな》があるのが見《み》えた。みんながやっとその高《たか》い穴《あな》にはい登《のぼ》ると――ネビルは足《あし》を持《も》ち上《あ》げてもらわなければならなかった――穴《あな》はグリフィンドールの談話室《だんわしつ》につながっていた。心地《ここち》よい円形《えんけい》の部屋《へや》で、ふかふかしたひじかけ椅子《いす》がたくさん置《お》いてあった。

パーシーの指示《しじ》で、女《おんな》の子《こ》は女子寮《じょしりょう》に続《つづ》くドアから、男《おとこ》の子《こ》は男子寮《だんしりょう》に続《つづ》くドアから別々《べつべつ》の部屋《へや》に入《はい》った。らせん階段《かいだん》のてっぺんに――そこは、いくつかある塔《とう》の一つにちがいない――やっとベッドが見《み》つかった。深紅《しんく》のビロードのカーテンがかかった、四本柱《よんほんばしら》の天蓋《てんがい》つきベッドが五つ置《お》いてある。トランクはもう届《とど》いていた。くたくたに疲《つか》れてしゃべる元気《げんき》もなく、みんなパジャマに着替《きが》えてベッドにもぐりこんだ。

「すごいごちそうだったね」

ロンがカーテンごしにハリーに話《はな》しかけた。

「スキャバーズ、**やめろ！**　こいつ、僕《ぼく》のシーツをかんでいる」

ハリーはロンに、糖蜜《とうみつ》パイを食《た》べたかどうか聞《き》こうとしたが、あっという間《ま》に眠《ねむ》り込《こ》んでしまった。

ちょっと食《た》べ過《す》ぎたせいか、ハリーはとても奇妙《きみょう》な夢《ゆめ》を見《み》た。ハリーがクィレル先生《せんせい》のターバンをかぶっていて、そのターバンがハリーに絶《た》え間《ま》なく話《はな》しかけてくる。

「すぐスリザリンに移《うつ》らなくてはならない。それが運命《うんめい》なのだから」と言《い》うのだ。

「スリザリンには行《い》きたくない」

とハリーが答《こた》えると、ターバンはだんだん重《おも》くなり、脱《ぬ》ごうとすると痛《いた》いほどにしめつけてくる――そして、マルフォイがいる。ハリーがターバンと格闘《かくとう》しているのを笑《わら》いながら見《み》ている――突然《とつぜん》マルフォイの顔《かお》が鉤鼻《かぎばな》のスネイプ先生《せんせい》に変《か》わり、その高笑《たかわら》いが冷《つめ》たく響《ひび》く――緑色《みどりいろ》の光《ひかり》が炸裂《さくれつ》し、ハリーは汗《あせ》びっしょりになって震《ふる》えながら目《め》を覚《さ》ました。

ハリーは寝返《ねがえ》りをうち、再《ふたた》び眠《ねむ》りに落《お》ちた。翌朝《よくあさ》目覚《めざ》めたときには、その夢《ゆめ》をまったく覚《おぼ》えていなかった。

第《だい》8章《しょう》　魔法薬《まほうやく》の先生《せんせい》

「見《み》て、見《み》て」

「どこ？」

「赤毛《あかげ》ののっぽの隣《となり》」

「めがねをかけてるやつ？」

「顔見《かおみ》た？」

「あの傷《きず》を見《み》た？」

翌日《よくじつ》ハリーが寮《りょう》を出《で》たとたん、ささやき声《こえ》がつきまとってきた。前《まえ》のクラスが終《お》わるのを、教室《きょうしつ》の前《まえ》で行列《ぎょうれつ》して待《ま》っている生徒《せいと》たちが、つま先立《さきだ》ちでハリーを見《み》ようとしたり、廊下《ろうか》ですれちがったあとでわざわざ逆戻《ぎゃくもど》りしてきてじろじろ見《み》たりした。ハリーにとっては迷惑《めいわく》だった。教室《きょうしつ》を探《さが》すだけでも精一杯《せいいっぱい》だったからだ。

ホグワーツには百四十二もの階段《かいだん》があった。広《ひろ》い壮大《そうだい》な階段《かいだん》、狭《せま》いガタガタの階段《かいだん》、金曜日《きんようび》にはいつもとちがうところへつながる階段《かいだん》、真《ま》ん中《なか》あたりで一段《だん》消《き》えてしまうので、忘《わす》れずにジャンプしなければならない階段《かいだん》……。扉《とびら》もいろいろあった。ていねいにお願《ねが》いしないと開《ひら》かない扉《とびら》、正確《せいかく》に一定《いってい》の場所《ばしょ》をくすぐらないと開《ひら》かない扉《とびら》、扉《とびら》のように見《み》えるけれど実《じつ》は硬《かた》い壁《かべ》が扉《とびら》のふりをしている扉《とびら》。物《もの》という物《もの》が動《うご》いてしまうので、どこに何《なに》があるのかを覚《おぼ》えるのもたいへんだった。肖像《しょうぞう》画《が》の人物《じんぶつ》もしょっちゅうお互《たが》いに訪問《ほうもん》し合《あ》っているし、鎧《よろい》だってきっと歩《ある》けるにちがいないとハリーは確信《かくしん》していた。

ゴーストも問題《もんだい》だった。扉《とびら》を開《あ》けようとしているときに、突然《とつぜん》ゴーストがスルリと扉《とびら》を通《とお》り抜《ぬ》けたりすると、そのたびにヒヤッとした。ほとんど首無《くびな》しニックはいつも喜《よろこ》んでグリフィンドールの新入生《しんにゅうせい》に道《みち》を教《おし》えてくれたが、授業《じゅぎょう》に遅《おく》れそうになったときにポルターガイストのピーブズに出《で》くわすと、二回《にかい》も鍵《かぎ》のかかった扉《とびら》にぶつかり、仕掛《しか》け階段《かいだん》を通《とお》るはめに陥《おちい》ったときと同《おな》じぐらい時間《じかん》がかかってしまう。ピーブズときたら、ごみ箱《ばこ》を頭《あたま》の上《うえ》でぶちまけたり、足元《あしもと》のじゅうたんを引《ひ》っ張《ぱ》ったり、チョークのかけらを次々《つぎつぎ》とぶつけたり、姿《すがた》を隠《かく》したまま後《うし》ろからソーッと忍《しの》びよって鼻《はな》をつまみ、「**釣《つ》れたぞ！**」とキーキー声《ごえ》を上《あ》げたりした。

ピーブズよりやっかいなのは……そんなのがいるとすればの話《はなし》だが……管理人《かんりにん》のアーガス・フィルチだった。一日目《にちめ》の朝《あさ》から、ハリーとロンは根性悪《こんじょうわる》のフィルチにみごとに大当《おおあ》たりしてしまった。無理《むり》やり開《あ》けようとした扉《とびら》が、運《うん》の悪《わる》いことに四階《かい》の立《た》ち入《い》り禁止廊下《きんしろうか》の入口《いりぐち》で、その現場《げんば》をフィルチに見《み》つかってしまったのだ。道《みち》に迷《まよ》ったといっても信用《しんよう》しない。わざと押《お》し入《い》ろうとしたにちがいない、地下牢《ちかろう》に閉《と》じ込《こ》めると脅《おど》された。その時《とき》はちょうど通《とお》りがかったクィレル先生《せんせい》のおかげで二人《ふたり》は救《すく》われた。

フィルチはミセス・ノリスという猫《ねこ》を飼《か》っていた。やせこけて、ほこりっぽい色《いろ》をした猫《ねこ》で、目《め》はフィルチそっくりの、ランプみたいな出目金《でめきん》だった。ミセス・ノリスは一人《ひとり》で廊下《ろうか》の見廻《みまわ》りをする。彼女《かのじょ》の目《め》の前《まえ》で規則違反《きそくいはん》をしようものなら、たとえ足《あし》の指《ゆび》一本《ぽん》が境界線《きょうかいせん》を越《こ》えただけでも、あっという間《ま》にフィルチにご注進《ちゅうしん》だ。二秒後《びょうご》にはフィルチが息《いき》を切《き》らして飛《と》んでくる。フィルチは秘密《ひみつ》の階段《かいだん》を誰《だれ》よりもよく知《し》っていたので――双子《ふたご》のウィーズリーには負《ま》けるかもしれないが――、ゴーストと同《おな》じくらい突然《とつぜん》ヒョイとあらわれた。生徒《せいと》たちはフィルチが大嫌《だいきら》いで、ミセス・ノリスを一度《いちど》しこたまけとばしたいというのが、みんなのひそかな熱《あつ》い願《ねが》いだった。

やっと教室《きょうしつ》への道《みち》がわかっても、次《つぎ》の難関《なんかん》は授業《じゅぎょう》そのものだった。魔法《まほう》とは、ただ杖《つえ》を振《ふ》っておかしなまじないを言《い》うだけではないと、ハリーはたちまち思《おも》い知《し》らされた。

水曜日《すいようび》の真夜中《まよなか》には、望遠鏡《ぼうえんきょう》で夜空《よぞら》を観察《かんさつ》し、星《ほし》の名前《なまえ》や惑星《わくせい》の動《うご》きを勉強《べんきょう》しなくてはならなかった。週《しゅう》三回《かい》、ずんぐりした小柄《こがら》なスプラウト先生《せんせい》と城《しろ》の裏《うら》にある温室《おんしつ》に行《い》き、「薬草学《やくそうがく》」を学《まな》んだ。不思議《ふしぎ》な植物《しょくぶつ》やキノコの育《そだ》て方《かた》、どんな用途《ようと》に使《つか》われるかなどを勉強《べんきょう》するのだ。

なんといっても一番退屈《いちばんたいくつ》なのは「魔法史《まほうし》」で、これは唯一《ゆいいつ》、ゴーストが教《おし》えるクラスだった。ビンズ先生《せんせい》は昔《むかし》、教員室《きょういんしつ》の暖炉《だんろ》の前《まえ》で居眠《いねむ》りをしてしまい、その時《とき》にはすでに相当《そうとう》の年《とし》だったのだが、翌朝起《よくあさお》きてクラスに行《い》くときに、生身《なまみ》の体《からだ》を教員室《きょういんしつ》に置《お》き去《ざ》りにしてきてしまったのだ。

先生《せんせい》のものうげで一本調子《いっぽんちょうし》の講義《こうぎ》のせいで、生徒《せいと》たちは名前《なまえ》や年号《ねんごう》をノートに書《か》き取《と》りながら、悪人《あくにん》エメリックと奇人《きじん》ウリックを取《と》りちがえてしまったりするのだった。

「妖精《ようせい》の呪文《じゅもん》」はフリットウィック先生《せんせい》の担当《たんとう》だった。ちっちゃな魔法使《まほうつか》いで、本《ほん》を積《つ》み上《あ》げた上《うえ》に立《た》ってやっと机越《つくえご》しに顔《かお》が出《で》るほどだった。最初《さいしょ》の授業《じゅぎょう》で出席《しゅっせき》を取《と》り、ハリーの名前《なまえ》までくると興奮《こうふん》してキャッと言《い》ったとたん、転《ころ》んで姿《すがた》が見《み》えなくなってしまった。

マクゴナガル先生《せんせい》はやはりほかの先生《せんせい》とはちがっていた。逆《さか》らってはいけない先生《せんせい》だというハリーの勘《かん》は当《あ》たっていた。厳格《げんかく》で聡明《そうめい》そのものの先生《せんせい》は、最初《さいしょ》の授業《じゅぎょう》でみんなが着席《ちゃくせき》するなりお説教《せっきょう》を始《はじ》めた。

「『変身術《へんしんじゅつ》』は、ホグワーツで学《まな》ぶ魔法《まほう》の中《なか》で最《もっと》も複雑《ふくざつ》で危険《きけん》なものの一つです。いいかげんな態度《たいど》で私《わたくし》の授業《じゅぎょう》を受《う》ける生徒《せいと》は出《で》ていってもらいますし、二度《にど》とクラスには入《い》れません。初《はじ》めから警告《けいこく》しておきます」

それから先生《せんせい》は机《つくえ》を豚《ぶた》に変《か》え、また元《もと》の姿《すがた》に戻《もど》してみせた。生徒《せいと》たちは感激《かんげき》して、早《はや》く試《ため》したくてうずうずした。しかし、家具《かぐ》を動物《どうぶつ》に変《か》えるようになるまでには、まだまだ時間《じかん》がかかることがすぐわかった。さんざん複雑《ふくざつ》なノートを取《と》ったあと、一人一人《ひとりひとり》にマッチ棒《ぼう》が配《くば》られ、それを針《はり》に変《か》える練習《れんしゅう》が始《はじ》まった。授業《じゅぎょう》が終《お》わるまでにマッチ棒《ぼう》を変身《へんしん》させることができたのは、ハーマイオニー・グレンジャーただ一人《ひとり》だった。マクゴナガル先生《せんせい》は、クラス全員《ぜんいん》に、彼女《かのじょ》のマッチ棒《ぼう》がどんなに銀色《ぎんいろ》で、どんなに尖《とが》っているかを見《み》せたあと、ハーマイオニーに向《む》かってめったに見《み》せないほほえみを見《み》せた。

みんなが一番待《いちばんま》ち望《のぞ》んでいた授業《じゅぎょう》は、「闇《やみ》の魔術《まじゅつ》に対《たい》する防衛術《ぼうえいじゅつ》」だったが、クィレルの授業《じゅぎょう》は肩《かた》すかしだった。教室《きょうしつ》にはニンニクの強烈《きょうれつ》な臭《にお》いがプンプン漂《ただよ》っていた。うわさでは、これは先生《せんせい》がルーマニアで出会《であ》った吸血鬼《きゅうけつき》を寄《よ》せつけないためで、いつまた襲《おそ》われるかもしれないとびくびくしているらしい。クィレルの話《はなし》では、ターバンは、やっかいなゾンビをやっつけたときにアフリカの王子様《おうじさま》がお礼《れい》にくれたものだということだったが、生徒《せいと》たちはどうも怪《あや》しいと思《おも》った。というのは、シェーマス・フィネガンがはりきって、どうやってゾンビをやっつけたのかと質問《しつもん》すると、クィレルは赤《あか》くなって話《はなし》をそらし、お天気《てんき》について話《はな》しはじめたからだ。それに、ターバンがいつも変《へん》な臭《にお》いを漂《ただよ》わせているのにみんなは気《き》がついた。双子《ふたご》のウィーズリーは、クィレルがどこにいても安全《あんぜん》なように、ターバンにもニンニクを詰《つ》め込《こ》んでいるにちがいないと主張《しゅちょう》した。

ハリーは、ほかの生徒《せいと》に比《くら》べて自分《じぶん》がたいして遅《おく》れを取《と》っていないことがわかって、ホッとしていた。マグルの家《いえ》から来《き》た子《こ》もたくさんいて、彼《かれ》らもハリーと同《おな》じように、ここに来《く》るまでは自分《じぶん》が魔法使《まほうつか》いや魔女《まじょ》だとは夢《ゆめ》にも思《おも》っていなかった。学《まな》ぶことがあり過《す》ぎて、ロンのような魔《ま》法家族《ほうかぞく》の子《こ》でさえ、初《はじ》めから優位《ゆうい》なスタートを切《き》ったわけではなかった。

ハリーとロンにとって金曜日《きんようび》は記念《きねん》すべき日《ひ》になった。大広間《おおひろま》に朝食《ちょうしょく》に下《お》りて行《い》くのに、初《はじ》めて一度《いちど》も迷《まよ》わずにたどり着《つ》いたのだ。

「今日《きょう》は何《なん》の授業《じゅぎょう》だっけ？」オートミールに砂糖《さとう》をかけながら、ハリーがロンに尋《たず》ねた。

「スリザリンの連中《れんちゅう》と一緒《いっしょ》に、『魔法薬学《まほうやくがく》』さ。スネイプはスリザリンの寮監《りょうかん》だ。いつもスリザリンをひいきするってみんなが言《い》ってる――本当《ほんとう》かどうか今日《きょう》わかるだろう」とロンが答《こた》えた。

「マクゴナガルが僕《ぼく》たちをひいきしてくれたらいいのになあ」とハリー。

マクゴナガル先生《せんせい》はグリフィンドールの寮監《りょうかん》だが、だからといって、きのうも、山《やま》ほど宿題《しゅくだい》を出《だ》すのをためらうわけではなかった。

ちょうどその時《とき》、郵便《ゆうびん》が届《とど》いた。ハリーはもう慣《な》れっこになったが、一番最初《いちばんさいしょ》の朝食《ちょうしょく》のときは、突然大広間《とつぜんおおひろま》になだれ込《こ》んできた百羽《わ》ほどのふくろうが、テーブルの上《うえ》を旋回《せんかい》し、飼《か》い主《ぬし》を見《み》つけては手紙《てがみ》や小包《こづつみ》をそのひざに落《お》としていく光景《こうけい》にあぜんとしたものだった。

ヘドウィグは今《いま》まで一度《いちど》も何《なに》も運《はこ》んできたことはなかった。でも、ときどき飛《と》んできてはハリーの耳《みみ》をかじったりトーストをかじったりしてから、ほかのふくろうと一緒《いっしょ》に学校《がっこう》のふくろう小屋《こや》に戻《もど》って眠《ねむ》るのだった。ところが今朝《けさ》は、マーマレードと砂糖《さとう》入《い》れの間《あいだ》にパタパタと降《お》りてきて、ハリーの皿《さら》に手紙《てがみ》を置《お》いていった。ハリーは急《いそ》いで封《ふう》を破《やぶ》るようにして開《あ》けた。下手《へた》な字《じ》で走《はし》り書《が》きがしてあった。

親愛《しんあい》なるハリー

金曜日《きんようび》の午後《ごご》は授業《じゅぎょう》がないはずだな。よかったら三時《じ》ごろお茶《ちゃ》に来《こ》んか。おまえさんの最初《さいしょ》の一週間《しゅうかん》がどんなだったかいろいろ聞《き》きたい。ヘドウィグに返事《へんじ》を持《も》たせてくれ。

ハグリッド

ハリーはロンの羽根《はね》ペンを借《か》りて、手紙《てがみ》の裏《うら》に「はい。喜《よろこ》んで。では、またあとで」と返事《へんじ》を書《か》いてヘドウィグを飛《と》ばせた。

ハグリッドとのお茶《ちゃ》という楽《たの》しみがあったのはラッキーだった。何《なに》しろ「魔法薬学《まほうやくがく》」の授業《じゅぎょう》が、最悪《さいあく》のクラスになってしまったからだ。

新入生《しんにゅうせい》の歓迎会《かんげいかい》のときから、スネイプ先生《せんせい》が自分《じぶん》のことを嫌《きら》っているとハリーは感《かん》じていた。「魔法薬学《まほうやくがく》」の最初《さいしょ》の授業《じゅぎょう》で、ハリーは自分《じぶん》の考《かんが》えがまちがいだったと悟《さと》った。スネイプはハリーのことを嫌《きら》っているのではなかった——憎《にく》んでいるのだった。

「魔法薬学《まほうやくがく》」の授業《じゅぎょう》は地下牢《ちかろう》で行《おこな》われた。ここは城《しろ》の中《なか》にある教室《きょうしつ》より寒《さむ》く、壁《かべ》にずらりと並《なら》んだガラス瓶《びん》の中《なか》でアルコール漬《づ》けの動物《どうぶつ》がプカプカ浮《う》いていなかったとしても、充分気味《じゅうぶんきみ》が悪《わる》かった。

フリットウィックと同《おな》じく、スネイプもまず出席《しゅっせき》を取《と》った。そして、フリットウィックと同《おな》じく、ハリーの名前《なまえ》までできてちょっと止《と》まった。

「ああ、さよう」猫《ねこ》なで声《ごえ》だ。「ハリー・ポッター。われらが新《あたら》しい——スターだね」

ドラコ・マルフォイは仲間《なかま》のクラッブやゴイルと、口《くち》をおおってクックッと冷《ひ》やかし笑《わら》いをした。出席《しゅっせき》を取《と》り終《お》わると、先生《せんせい》は生徒《せいと》を見《み》わたした。ハグリッドと同《おな》じ黒《くろ》い目《め》なのに、ハグリッドの目《め》のような温《あたた》かみは一《ひと》かけらもない。冷《つめ》たくて、うつろで、暗《くら》いトンネルを思《おも》わせた。

「このクラスでは、魔法薬調剤《まほうやくちょうざい》の微妙《びみょう》な科学《かがく》と、厳密《げんみつ》な芸術《げいじゅつ》を学《まな》ぶ」

スネイプが話《はな》しはじめた。まるでつぶやくような話《はな》し方《かた》なのに、生徒《せいと》たちは一言《ひとこと》も聞《き》きもらさなかった——マクゴナガル先生《せんせい》と同《おな》じように、スネイプも何《なに》もしなくとも教室《きょうしつ》をシーンとさせる能力《のうりょく》を持《も》っていた。

「このクラスでは杖《つえ》を振《ふ》り回《まわ》すようなバカげたことはやらん。そこで、これでも魔法《まほう》かと思《おも》う諸君《しょくん》が多《おお》いかもしれん。ふつふつと沸《わ》く大釜《おおがま》、ゆらゆらと立《た》ち昇《のぼ》る湯気《ゆげ》、人《ひと》の血管《けっかん》の中《なか》をはいめぐる液体《えきたい》の繊細《せんさい》な力《ちから》、心《こころ》を惑《まど》わせ、感覚《かんかく》を狂《くる》わせる魔力《まりょく》……諸君《しょくん》がこの見事《みごと》さを真《しん》に理解《りかい》するとは期待《きたい》しておらん。我輩《わがはい》が教《おし》えるのは、名声《めいせい》を瓶詰《びんづ》めにし、栄光《えいこう》を醸造《じょうぞう》し、死《し》にさえふたをする方法《ほうほう》である——ただし、我輩《わがはい》がこれまでに教《おし》えてきたウスノロたちより諸君《しょくん》がまだましであれば、の話《はなし》だが」

大演説《だいえんぜつ》のあとは教室中《きょうしつじゅう》がいっそうシーンとなった。ハリーとロンは眉根《まゆね》をちょっと吊《つ》り上《あ》げて互《たが》いに目配《めくば》せした。ハーマイオニー・グレンジャーは椅子《いす》の端《はし》に座《すわ》り、身《み》を乗《の》り出《だ》すようにして、自分《じぶん》がウスノロではないと一刻《いっこく》も早《はや》く証明《しょうめい》したくてうずうずしていた。

スネイプが突然《とつぜん》、「ポッター！」と呼《よ》んだ。

「アスフォデルの球根《きゅうこん》の粉末《ふんまつ》にニガヨモギを煎《せん》じたものを加《くわ》えると何《なに》になるか？」

何《なん》の球根《きゅうこん》の粉末《ふんまつ》を、何《なに》を煎《せん》じたものに加《くわ》えるって？？？

ハリーはロンをちらっと見《み》たが、ハリーと同《おな》じように「降参《こうさん》だ」という顔《かお》をしていた。ハーマイオニーが空中《くうちゅう》に高々《たかだか》と手《て》を挙《あ》げた。

「わかりません」ハリーが答《こた》えた。

スネイプは口元《くちもと》でせせら笑《わら》った。

「チッ、チッ、チ――有名《ゆうめい》なだけではどうにもならんらしい」

ハーマイオニーの手《て》は無視《むし》された。

「ポッター、もう一つ聞《き》こう。ベゾアール石《せき》を見《み》つけてこいといわれたら、どこを探《さが》すかね？」

ハーマイオニーが思《おも》いっきり高《たか》く、椅子《いす》に座《すわ》ったままで挙《あ》げられる限界《げんかい》まで高《たか》く手《て》を伸《の》ばした。

ハリーにはベゾアール石《せき》がいったい何《なん》なのか見当《けんとう》もつかない。マルフォイ、クラッブ、ゴイルが身《み》をよじって笑《わら》っているのを、ハリーはなるべく見《み》ないようにした。

「わかりません」

「クラスに来《く》る前《まえ》に教科書《きょうかしょ》を開《ひら》いて見《み》ようとは思《おも》わなかったわけだな、ポッター、え？」

ハリーはがんばって、冷《つめ》たい目《め》をまっすぐに見《み》つめ続《つづ》けた。ダーズリーの家《いえ》にいたとき、教科《きょうか》書《しょ》に目《め》を通《とお》しはした。スネイプは、『薬草《やくそう》とキノコ千種《しゅ》』を隅《すみ》から隅《すみ》までハリーが覚《おぼ》えたとでも思《おも》っているのだろうか。

スネイプはハーマイオニーの手《て》がプルプル震《ふる》えているのをまだ無視《むし》していた。

「ポッター、モンクスフードとウルフスベーンとのちがいはなんだね？」

この質問《しつもん》でとうとうハーマイオニーは椅子《いす》から立《た》ち上《あ》がり、地下牢《ちかろう》の天井《てんじょう》に届《とど》かんばかりに手《て》を伸《の》ばした。

「わかりません」

ハリーは落《お》ち着《つ》いた口調《くちょう》で言《い》った。

「ハーマイオニーがわかっていると思《おも》いますから、彼女《かのじょ》に質問《しつもん》してみたらどうでしょう？」

生徒《せいと》が数人笑《すうにんわら》い声《ごえ》を上《あ》げた。ハリーとシェーマスの目《め》が合《あ》い、シェーマスがウィンクした。しかし、スネイプは不快《ふかい》そうだった。

「座《すわ》れ」スネイプがピシャリとハーマイオニーに言《い》った。

「教《おし》えてやろう、ポッター。アスフォデルとニガヨモギを合《あ》わせると、眠《ねむ》り薬《ぐすり》となる。あまりに強力《きょうりょく》なため、『生《い》ける屍《しかばね》の水薬《みずぐすり》』と言《い》われている。ベゾアール石《せき》は山羊《やぎ》の胃《い》から取《と》り出《だ》す石《いし》で、たいていの薬《くすり》に対《たい》する解毒剤《げどくざい》となる。モンクスフードとウルフスベーンは同《おな》じ植物《しょくぶつ》で、別名《べつめい》をアコナイトとも言《い》うが、トリカブトのことだ。さて？　諸君《しょくん》、我輩《わがはい》の今言《いまい》ったことをノートに書《か》き取《と》らんか！」

いっせいに羽根《はね》ペンと羊皮紙《ようひし》を取《と》り出《だ》す音《おと》がした。その音《おと》にかぶせるように、スネイプが言《い》った。

「ポッター、君《きみ》の無礼《ぶれい》な態度《たいど》で、グリフィンドールは一点減点《てんげんてん》」

その後《ご》も「魔法薬《まほうやく》」の授業中《じゅぎょうちゅう》、グリフィンドールの状況《じょうきょう》はよくなるどころではなかった。スネイプは生徒《せいと》を二人《ふたり》ずつ組《くみ》にして、おできを治《なお》す簡単《かんたん》な薬《くすり》を調合《ちょうごう》させた。長《なが》い黒《くろ》マントをひるがえしながら、スネイプは生徒《せいと》たちが干《ほ》しイラクサを計《はか》り、蛇《へび》の牙《きば》を砕《くだ》くのを見回《みまわ》った。どうもお気《き》に入《い》りらしいマルフォイを除《のぞ》いて、ほとんど全員《ぜんいん》が注意《ちゅうい》を受《う》けた。マルフォイが角《つの》ナメクジを完璧《かんぺき》にゆでたからみんな見《み》るように、とスネイプがそう言《い》ったとき、地下牢《ちかろう》いっぱいに強烈《きょうれつ》な緑《みどり》色《いろ》の煙《けむり》が上《あ》がり、シューシューという大《おお》きな音《おと》が広《ひろ》がった。ネビルが、どういうわけかシェーマスの大鍋《おおなべ》を溶《と》かしてねじれた小《ちい》さな塊《かたまり》にしてしまい、こぼれた薬《くすり》が石《いし》の床《ゆか》を伝《つた》って広《ひろ》がり、生徒《せいと》たちの靴《くつ》に焼《や》け焦《こ》げ穴《あな》をあけていた。たちまちクラス中《ちゅう》の生徒《せいと》が椅子《いす》の上《うえ》に避難《ひなん》したが、ネビルは大鍋《おおなべ》が割《わ》れたときにぐっしょり薬《くすり》をかぶってしまい、腕《うで》や足《あし》のそこら中《じゅう》に真《ま》っ赤《か》なおできが容《よう》赦《しゃ》なく吹《ふ》き出《だ》し、痛《いた》くてうめき声《こえ》を上《あ》げていた。

「ばか者《もの》！」

スネイプがいまいましげにどなり、魔法《まほう》の杖《つえ》を一振《ひとふ》りして、こぼれた薬《くすり》を取《と》り除《のぞ》いた。

「おおかた、大鍋《おおなべ》を火《ひ》から降《お》ろさないうちに、山嵐《やまあらし》の針《はり》を入《い》れたのだな？」

ネビルはおできが鼻《はな》にまで広《ひろ》がってきて、シクシク泣《な》きだした。

「医務室《いむしつ》へ連《つ》れていきなさい」苦々《にがにが》しげにスネイプがシェーマスに言《い》いつけた。それから出《だ》し抜《ぬ》けに、ネビルの隣《となり》で作業《さぎょう》をしていたハリーとロンに鉾先《ほこさき》を向《む》けた。

「君《きみ》、ポッター、針《はり》を入《い》れてはいけないとなぜ言《い》わなかった？　彼《かれ》がまちがえば、自分《じぶん》のほうがよく見《み》えると考《かんが》えたな？　グリフィンドールはもう一点減点《てんげんてん》」

あまりに理不尽《りふじん》なので、ハリーは言《い》い返《かえ》そうと口《くち》を開《ひら》きかけたが、ロンが大鍋《おおなべ》の陰《かげ》でスネイプに見《み》えないようにハリーをこづいた。

「やめたほうがいい」とロンが小声《こごえ》で言《い》った。

「スネイプはものすごく意地悪《いじわる》になるって、みんなが言《い》ってるよ」

一時間後《じかんご》、地下牢《ちかろう》の階段《かいだん》を上《あ》がりながらハリーは頭《あたま》が混乱《こんらん》し、めいっていた。最初《さいしょ》の一週間《しゅうかん》でグリフィンドールの点数《てんすう》を二点《てん》も減《へ》らしてしまった――いったいどうしてスネイプは僕《ぼく》のことをあんなに嫌《きら》うんだろう？

「元気出《げんきだ》せよ」ロンが言《い》った。

「フレッドもジョージもスネイプにはしょっちゅう減点《げんてん》されてるんだ。ねえ、一緒《いっしょ》にハグリッドに会《あ》いにいってもいい？」

三時五分前《じふんまえ》に城《しろ》を出《で》て、二人《ふたり》は校庭《こうてい》を横切《よこぎ》った。ハグリッドは「禁《きん》じられた森《もり》」の端《はし》にある木《き》の小屋《こや》に住《す》んでいる。戸口《とぐち》に石弓《いしゆみ》と防寒用長靴《ぼうかんようながぐつ》が置《お》いてあった。ノックすると、中《なか》からめちゃめちゃに戸《と》を引《ひ》っかく音《おと》と、ブーンとうなるようなほえ声《ごえ》が数回聞《すうかいき》こえてきた。

「退《さ》がれ、ファング、退《さ》がれ」ハグリッドの大声《おおごえ》が響《ひび》いた。

戸《と》が少《すこ》し開《ひら》いて、すきまからハグリッドの大《おお》きなひげもじゃの顔《かお》が現《あらわ》れた。

「待《ま》て、待《ま》て、退《さ》がれ、ファング」とハグリッドが言《い》った。

ハグリッドは巨大《きょだい》な黒《くろ》いボアハウンド犬《けん》の首輪《くびわ》を押《お》さえるのに苦労《くろう》しながら、ハリーたちを招《まね》き入《い》れた。

中《なか》は一部屋《ひとへや》だけだった。ハムやきじ鳥《どり》が天井《てんじょう》からぶら下《さ》がり、焚《た》き火《び》にかけられた銅《どう》のやかんにはお湯《ゆ》が沸《わ》いている。部屋《へや》の隅《すみ》にはとてつもなく大《おお》きなベッドがあり、パッチワーク・キルトのカバーがかかっていた。

「くつろいでくれや」

ハグリッドがファングを放《はな》すと、ファングは一直線《いっちょくせん》にロンに飛《と》びかかり、ロンの耳《みみ》をなめはじめた。ハグリッドと同《おな》じように、ファングも見《み》た目《め》とちがって、まったく怖《こわ》くなかった。

「ロンです」とハリーが紹介《しょうかい》した。

ハグリッドは大《おお》きなティーポットに熱《あつ》いお湯《ゆ》を注《そそ》ぎ、ロックケーキを皿《さら》にのせた。

「ウィーズリー家《け》の子《こ》かい。え？」

ロンのそばかすをちらっと見《み》ながらハグリッドが言《い》った。

「おまえさんの双子《ふたご》の兄貴《あにき》たちを森《もり》から追《お》っ払《ぱら》うのに、俺《おれ》は人生《じんせい》の半分《はんぶん》を費《つい》やしてるようなもんだ」

ロックケーキは歯《は》が折《お》れるくらい固《かた》かったけれど、二人《ふたり》ともおいしそうなふりをして、初《はじ》めての授業《じゅぎょう》についてハグリッドに話《はな》して聞《き》かせた。ファングは頭《あたま》をハリーのひざにのせ、服《ふく》によだれをダラダラたらしていた。

ハグリッドがフィルチのことを「あの老《お》いぼれ」と呼《よ》んだのでハリーとロンは大喜《おおよろこ》びした。

「あの猫《ねこ》だがな、ミセス・ノリスだ。いつかファングを引《ひ》き合《あ》わせなくちゃな。俺《おれ》が学校《がっこう》に行《い》くとな、知《し》っとるか？　いつでもズーッと俺《おれ》をつけまわす。どうしても追《お》い払《はら》えん――フィルチのやつがそうさせとるんだ」

ハリーはスネイプの授業《じゅぎょう》のことを話《はな》した。ハグリッドはロンと同《おな》じように、気《き》にするな、スネイプは生徒《せいと》という生徒《せいと》はみんな嫌《きら》いなんだから、と言《い》った。

「でも僕《ぼく》のこと本当《ほんとう》に憎《にく》んでるみたい」

「ばかな。なんで憎《にく》まなきゃならん？」

そう言《い》いながら、ハグリッドはまともにハリーの目《め》を見《み》なかった、と、ハリーにはそう思《おも》えてならなかった。

「チャーリー兄貴《あにき》はどうしてる？」とハグリッドがロンに尋《たず》ねた。

「俺《おれ》はやっこさんが気《き》に入《い》っとった——動物《どうぶつ》にかけてはすごかった」

ハグリッドがわざと話題《わだい》を変《か》えたんじゃないか、とハリーは勘《かん》ぐった。ロンがハグリッドに、チャーリーのドラゴンの仕事《しごと》のことをいろいろ話《はな》している間《あいだ》、ハリーはテーブルの上《うえ》のティーポット・カバーの下《した》から、一枚《いちまい》の紙切《かみき》れを見《み》つけた。「日刊予言者新聞《にっかんよげんしゃしんぶん》」の切《き》り抜《ぬ》きだった。

グリンゴッツ侵入《しんにゅう》さる

七月《がつ》三十一日《にち》に起《お》きたグリンゴッツ侵入事件《しんにゅうじけん》については、知《し》られざる闇《やみ》の魔法使《まほうつか》い、または魔女《まじょ》の仕業《しわざ》とされているが、捜査《そうさ》は依然《いぜん》として続《つづ》いている。

グリンゴッツの小鬼《ゴブリン》たちは、今日《きょう》になって、何《なに》も盗《と》られたものはなかったと主張《しゅちょう》した。

荒《あ》らされた金庫《きんこ》は、実《じつ》は侵入《しんにゅう》されたその日《ひ》に、すでに空《から》になっていた。

グリンゴッツの報道官《ほうどうかん》は今日午後《きょうごご》、「そこに何《なに》が入《はい》っていたかについては申《もう》し上《あ》げられません。詮索《せんさく》しないほうがみなさんの身《み》のためです」と述《の》べた。

汽車《きしゃ》の中《なか》でロンが、グリンゴッツ強盗事件《ごうとうじけん》について話《はな》してくれたことをハリーは思《おも》い出《だ》した。ロンは事件《じけん》がいつ起《お》きたかという日付《ひづけ》までは言《い》わなかった。

「ハグリッド！ グリンゴッツ侵入《しんにゅう》があったのは僕《ぼく》の誕生日《たんじょうび》だ！ 僕《ぼく》たちがあそこにいる間《あいだ》に起《お》きたのかもしれないよ！」とハリーが言《い》った。

今度《こんど》はまちがいない。ハグリッドはハリーからはっきり目《め》をそらした。ハグリッドはウーッと言《い》いながらハリーにまたロックケーキをすすめた。ハリーは記事《きじ》を読《よ》み返《かえ》した。

「荒《あ》らされた金庫《きんこ》は、実《じつ》は侵入《しんにゅう》されたその日《ひ》に、すでに空《から》になっていた」

ハグリッドは七一三番金庫《ばんきんこ》を空《から》にした。汚《きたな》い小《ちい》さな包《つつ》みを取《と》り出《だ》すことが「空《から》にする」と言《い》えるなら、泥棒《どろぼう》が探《さが》していたのはあの包《つつ》みだったのか？

夕食《ゆうしょく》に遅《おく》れないよう、ハリーとロンは城《しろ》に向《む》かって歩《ある》きだした。ハグリッドの親切《しんせつ》を断《ことわ》りきれなかったため、ロックケーキでポケットが重《おも》かった。これまでのどんな授業《じゅぎょう》よりもハグリッドとのお茶《ちゃ》のほうがいろいろ考《かんが》えさせられた。ハグリッドはあの包《つつ》みを危機《きき》一髪《いっぱつ》で引《ひ》き取《と》ったのだろうか？　今《いま》、あれはどこにあるんだろう？　スネイプについて、ハグリッドはハリーには言《い》いたくない何事《なにごと》かを知《し》っているのだろうか？

ダドリーよりいやなやつがこの世《よ》の中《なか》にいるなんて、ハリーは思《おも》ってもみなかった。でもそれはドラコ・マルフォイと出会《であ》うまでの話《はなし》だ。一年生《ねんせい》ではグリフィンドールとスリザリンが一緒《いっしょ》のクラスになるのは「魔法薬学《まほうやくがく》」の授業《じゅぎょう》だけだったので、グリフィンドール寮生《りょうせい》もマルフォイのことでそれほどいやな思《おも》いをせずにすんだ。少《すく》なくとも、グリフィンドールの談話室《だんわしつ》に「お知《し》らせ」が出《で》るまではそうだった。掲示《けいじ》を読《よ》んでみんながっくりした。

――飛行訓練《ひこうくんれん》は木曜日《もくようび》に始《はじ》まります。グリフィンドールとスリザリンとの合同授業《ごうどうじゅぎょう》です――

「そらきた。お望《のぞ》みどおりだ。マルフォイの目《め》の前《まえ》で箒《ほうき》に乗《の》って、物笑《ものわら》いの種《たね》になるのさ」

何《なに》よりも空《そら》を飛《と》ぶ授業《じゅぎょう》を楽《たの》しみにしていただけに、ハリーの失望《しつぼう》は大《おお》きかった。

「そうなるとはかぎらないよ。あいつ、クィディッチがうまいっていつも自慢《じまん》してるけど、口先《くちさき》だけだよ」

ロンの言《い》うことはもっともだった。

マルフォイはたしかによく飛行《ひこう》の話《はなし》をしたし、一年生《ねんせい》がクィディッチ・チームの寮代表選手《りょうだいひょうせんしゅ》になれないなんて残念《ざんねん》だと、みんなの前《まえ》で聞《き》こえよがしに不満《ふまん》を言《い》った。マルフォイの長《なが》ったらしい自慢話《じまんばなし》は、なぜかいつも、マグルの乗《の》ったヘリコプターを危《あや》うくかわしたところで終《お》わる。自慢《じまん》するのはマルフォイばかりではない。シェーマス・フィネガンは、子供《こども》のころ、いつも箒《ほうき》に乗《の》って、田舎《いなか》の上空《じょうくう》を飛《と》び回《まわ》っていたという。ロンでさえ、聞《き》いてくれる人《ひと》がいれば、チャーリーのお古《ふる》の箒《ほうき》に乗《の》って、ハンググライダーにぶつかりそうになったときの話《はなし》をしただろう。魔《ま》法使《ほうつか》いの家《いえ》の子《こ》はみんなひっきりなしにクィディッチの話《はなし》をした。ロンも同室《どうしつ》のディーン・トーマスと、サッカーについて大論争《だいろんそう》をやらかしていた。ロンにしてみれば、ボールがたった一つしかなくて、しかも選手《せんしゅ》が飛《と》べないゲームなんてどこがおもしろいのかわからない、というわけだ。ディーンの好《す》きなウエストハム・ユナイテッドのポスターの前《まえ》で、ロンが選手《せんしゅ》を指《ゆび》でつついて動《うご》かそうとしているのをハリーは見《み》たことがある。

ネビルは今《いま》まで一度《いちど》も箒《ほうき》に乗《の》ったことがなかった。おばあさんがけっして近《ちか》づかせなかったからで、ハリーも密《ひそ》かにおばあさんが正《ただ》しいと思《おも》った。だいたいネビルは両足《りょうあし》が地面《じめん》に着《つ》いていたって、ひっきりなしに事故《じこ》を起《お》こすのだから。

ハーマイオニー・グレンジャーも飛《と》ぶことに関《かん》してはネビルと同《おな》じぐらいピリピリしていた。

これはっかりは、本《ほん》を読《よ》んで暗記《あんき》すればすむものではない——だからといって彼女《かのじょ》が飛行《ひこう》の本《ほん》を読《よ》まなかったわけではない。木曜日《もくようび》の朝食《ちょうしょく》のとき、ハーマイオニーは図書館《としょかん》で借《か》りた『クィディッチ今昔《いまむかし》』で仕入《しい》れた飛行《ひこう》のコツをうんざりするほど話《はな》しまくった。ネビルだけは、ハーマイオニーの話《はなし》に今《いま》しがみついていれば、あとで箒《ほうき》にもしがみついていられると思《おも》ったのか、必死《ひっし》で一言《ひとこと》も聞《き》きもらすまいとした。その時《とき》ふくろう便《びん》が届《とど》き、ハーマイオニーの講義《こうぎ》がさえぎられたのでみんなホッとしていた。

ハグリッドの手紙《てがみ》のあと、ハリーにはただの一通《いっつう》も手紙《てがみ》が来《き》ていない。もちろんマルフォイはすぐにそれに気《き》がついた。マルフォイのワシミミズクは、いつも家《いえ》から菓子《かし》の包《つつ》みを運《はこ》んできたし、マルフォイはスリザリンのテーブルでいつも得意《とくい》げにそれを広《ひろ》げてみせた。

メンフクロウがネビルに、おばあさんからの小《ちい》さな包《つつ》みを持《も》ってきた。ネビルはうきうきとそれを開《あ》けて、白《しろ》い煙《けむり》のようなものが詰《つ》まっているように見《み》える大《おお》きなビー玉《だま》ぐらいのガラス玉《だま》をみんなに見《み》せた。

「『思《おも》い出《だ》し玉《だま》』だ！　ばあちゃんは僕《ぼく》が忘《わす》れっぽいこと知《し》ってるから——何《なに》か忘《わす》れてると、この玉《たま》が教《おし》えてくれるんだ。見《み》ててごらん。こういうふうにギュッと握《にぎ》るんだよ。もし赤《あか》くなったら——あれれ……」

思《おも》い出《だ》し玉《だま》が突然《とつぜん》真《ま》っ赤《か》に光《ひか》りだしたので、ネビルはがくぜんとした。

「……何《なに》かを忘《わす》れてるってことなんだけど……」

ネビルが何《なに》を忘《わす》れたのか思《おも》い出《だ》そうとしているとき、マルフォイがグリフィンドールのテーブルのそばを通《とお》りかかり、玉《たま》をひったくった。

ハリーとロンははじけるように立《た》ち上《あ》がった。二人《ふたり》ともマルフォイとけんかする口実《こうじつ》を心《こころ》のどこかで待《ま》っていた。ところがマクゴナガル先生《せんせい》がサッと現《あらわ》れた。いざこざを目《め》ざとく見《み》つけるのはいつもマクゴナガル先生《せんせい》だった。

「どうしたんですか？」

「先生《せんせい》、マルフォイが僕《ぼく》の『思《おも》い出《だ》し玉《だま》』を取《と》ったんです」

マルフォイはしかめっ面《つら》で、すばやく玉《たま》をテーブルに戻《もど》した。

「見《み》てただけですよ」

そう言《い》うと、マルフォイはクラッブとゴイルを従《したが》えてスルリと逃《に》げた。

その日《ひ》の午後《ごご》三時半《じはん》、ハリーもロンも、グリフィンドール寮生《りょうせい》と一緒《いっしょ》に、初《はじ》めての飛行訓練《ひこうくんれん》を受《う》けるため、正面階段《しょうめんかいだん》から校庭《こうてい》へと急《いそ》いだ。よく晴《は》れた少《すこ》し風《かぜ》のある日《ひ》で、足元《あしもと》の草《くさ》がサワサワと波立《なみだ》っていた。傾斜《けいしゃ》のある芝生《しばふ》を下《くだ》り、校庭《こうてい》を横切《よこぎ》って平坦《へいたん》な芝生《しばふ》まで歩《ある》いて行《い》くと、校庭《こうてい》の反対側《はんたいがわ》には「禁《きん》じられた森《もり》」が見《み》え、遠《とお》くのほうに暗《くら》い森《もり》の木々《きぎ》が揺《ゆ》れていた。

スリザリン寮生《りょうせい》はすでに到着《とうちゃく》していて、二十本《ぼん》の箒《ほうき》が地面《じめん》に整然《せいぜん》と並《なら》べられていた。ハリーは双子《ふたご》のフレッドとジョージが、学校《がっこう》の箒《ほうき》のことをこぼしていたのを思《おも》い出《だ》した。高《たか》い所《ところ》に行《い》くと震《ふる》えだす箒《ほうき》とか、どうしても少《すこ》し左《ひだり》に行《い》ってしまうくせがあるものとか。

マダム・フーチが来《き》た。白髪《はくはつ》を短《みじか》く切《き》り、鷹《たか》のような黄色《きいろ》い目《め》をしている。

「なにをぼやぼやしてるんですか」開口一番《かいこういちばん》ガミガミだ。「みんな箒《ほうき》のそばに立《た》って。さあ、早《はや》く」

ハリーは自分《じぶん》の箒《ほうき》をちらりと見下《みお》ろした。古《ふる》ぼけて、小枝《こえだ》が何本《なんほん》かとんでもない方向《ほうこう》に飛《と》び出《だ》している。

「右手《みぎて》を箒《ほうき》の上《うえ》に突《つ》き出《だ》して」マダム・フーチが掛《か》け声《ごえ》をかけた。

「そして、『上《あ》がれ！』と言《い》う」

みんなが「**上《あ》がれ！**」と叫《さけ》んだ。

ハリーの箒《ほうき》はすぐさま飛《と》び上《あ》がってハリーの手《て》に収《おさ》まったが、飛《と》び上《あ》がった箒《ほうき》は少《すく》なかった。ハーマイオニーの箒《ほうき》は地面《じめん》をコロリと転《ころ》がっただけで、ネビルの箒《ほうき》ときたらピクリともしない。

たぶん箒《ほうき》も馬《うま》と同《おな》じで、乗《の》り手《て》が怖《こわ》がっているのがわかるんだ、とハリーは思《おも》った。ネビルの震《ふる》え声《ごえ》じゃ、地面《じめん》に両足《りょうあし》を着《つ》けていたい、と言《い》っているのが見《み》え見《み》えだ。

次《つぎ》にマダム・フーチは、箒《ほうき》の端《はし》からすべり落《お》ちないように箒《ほうき》にまたがる方法《ほうほう》をやって見《み》せ、生徒《せいと》たちの列《れつ》の間《あいだ》を回《まわ》って、箒《ほうき》の握《にぎ》り方《かた》を直《なお》した。マルフォイがずっとまちがった握《にぎ》り方《かた》をしていたと先生《せんせい》に指摘《してき》されたので、ハリーとロンは大喜《おおよろこ》びだった。

「さあ、私《わたし》が笛《ふえ》を吹《ふ》いたら、地面《じめん》を強《つよ》くけってください。箒《ほうき》はぐらつかないように押《お》さえ、二メートルぐらい浮上《ふじょう》して、それから少《すこ》し前《まえ》かがみになってすぐに降《お》りてきてください。笛《ふえ》を吹《ふ》いたらですよ――一、二の――」

ところが、ネビルは、緊張《きんちょう》するやら怖気《おじけ》づくやら、一人《ひとり》だけ地上《ちじょう》に置《お》いてきぼりを食《く》いたくないやらで、先生《せんせい》の唇《くちびる》が笛《ふえ》に触《ふ》れる前《まえ》に思《おも》いきり地面《じめん》をけってしまった。

「こら、戻《もど》ってきなさい！」先生《せんせい》の大声《おおごえ》をよそに、ネビルはシャンパンのコルク栓《せん》が抜《ぬ》けたようにヒューッと飛《と》んでいった――四メートル――六メートル――ハリーはネビルが真《ま》っ青《さお》な顔《かお》でぐんぐん離《はな》れていく地面《じめん》を見下《みお》ろしているのを見《み》た。声《こえ》にならない悲鳴《ひめい》を上《あ》げ、ネビルは箒《ほうき》から真《ま》っ逆《さか》さまに落《お》ちた。そして……。

ガーン――ドサッ、ポキッというういやな音《おと》をたてて、ネビルは草《くさ》の上《うえ》にうつぶせに墜落《ついらく》し、草地《くさち》にこぶができたように突《つ》っ伏《ぷ》した。箒《ほうき》だけはさらに高《たか》く高《たか》く昇《のぼ》り続《つづ》け、「禁《きん》じられた森《もり》」のほうへゆらゆら漂《ただよ》いはじめ、やがて見《み》えなくなってしまった。

マダム・フーチは、ネビルと同《おな》じくらい真《ま》っ青《さお》になって、ネビルの上《うえ》にかがみ込《こ》んだ。

「手首《てくび》が折《お》れてるわ」

ハリーは先生《せんせい》がそうつぶやくのを聞《き》いた。

「さあさあ、ネビル、大丈夫《だいじょうぶ》。立《た》って」

先生《せんせい》はほかの生徒《せいと》のほうに向《む》きなおった。

「私《わたし》がこの子《こ》を医務室《いむしつ》に連《つ》れていきますから、その間《あいだ》、誰《だれ》も動《うご》いてはいけません。箒《ほうき》もそのままにして置《お》いておくように。さもないと、クィディッチの『ク』を言《い》う前《まえ》にホグワーツから出《で》ていってもらいますよ」

「さあ、ネビル、行《い》きましょう」

涙《なみだ》でぐちゃぐちゃの顔《かお》をしたネビルは、手首《てくび》を押《お》さえ、先生《せんせい》に抱《だ》きかかえられるようにして、よれよれになって歩《ある》いていった。

二人《ふたり》がもう声《こえ》の届《とど》かないところまで行《い》ったとたん、マルフォイは大声《おおごえ》で笑《わら》いだした。

「あいつの顔《かお》を見《み》たか？　あの大《おお》まぬけの」

ほかのスリザリン寮生《りょうせい》たちもはやし立《た》てた。

「やめてよ、マルフォイ」パーバティ・パチルがとがめた。

「へー、ロングボトムの肩《かた》を持《も》つの？」

「パーバティったら、まさかあなたがチビデブの泣《な》き虫小僧《むしこぞう》に気《き》があるなんて知《し》らなかったわ」

気《き》の強《つよ》そうなスリザリンの女《おんな》の子《こ》、パンジー・パーキンソンが冷《ひ》やかした。

「見《み》ろよ！」

マルフォイが飛《と》び出《だ》して草《くさ》むらの中《なか》から何《なに》かを拾《ひろ》い出《だ》した。

「ロングボトムのばあさんが送《おく》ってきたバカ玉《だま》だ」

マルフォイが高々《たかだか》とさし上《あ》げると、『思《おも》い出《だ》し玉《だま》』はキラキラと陽《ひ》に輝《かがや》いた。

「マルフォイ、こっちへ渡《わた》してもらおう」

ハリーの静《しず》かな声《こえ》に、誰《だれ》もが口《くち》をつぐんで二人《ふたり》に注目《ちゅうもく》した。

マルフォイはニヤリと笑《わら》った。

「それじゃ、ロングボトムがあとで取《と》りにこられる所《ところ》に置《お》いておくよ。そうだな——木《き》の上《うえ》なんてどうだい？」

「こっちに渡《わた》せったら！」

ハリーは声《こえ》を荒《あら》らげた。マルフォイはひらりと箒《ほうき》に乗《の》り、飛《と》び上《あ》がった。上手《じょうず》に飛《と》べると言《い》っていたのはたしかにうそではなかった――マルフォイは樫《かし》の木《き》の梢《こずえ》と同《おな》じ高《たか》さまで舞《ま》い上《あ》がり、そこに浮《う》いたまま呼《よ》びかけた。

「ここまで取《と》りにこいよ、ポッター」

ハリーは箒《ほうき》をつかんだ。

「ダメ！　フーチ先生《せんせい》がおっしゃったでしょう、動《うご》いちゃいけないって。私《わたし》たちみんなが迷惑《めいわく》するのよ」

ハーマイオニーが叫《さけ》んだ。

ハリーは無視《むし》した。ドクン、ドクンと血《ち》が騒《さわ》ぐのを感《かん》じた。箒《ほうき》にまたがり地面《じめん》を強《つよ》くけると、ハリーは急上昇《きゅうじょうしょう》した。高《たか》く高《たか》く、風《かぜ》を切《き》り、髪《かみ》がなびく。マントがはためく。強《つよ》く激《はげ》しい喜《よろこ》びが押《お》し寄《よ》せてくる。

――僕《ぼく》には教《おし》えてもらわなくてもできることがあったんだ――簡単《かんたん》だよ。飛《と》ぶってなんてすばらしいんだ！　もっと高《たか》いところに行《い》こう。

ハリーは箒《ほうき》を上向《うわむ》きに引《ひ》っ張《ぱ》った。下《した》で女《おんな》の子《こ》たちが息《いき》をのみ、キャーキャー言《い》う声《こえ》や、ロンが感心《かんしん》して歓声《かんせい》を上《あ》げているのが聞《き》こえた。

ハリーはくるりと箒《ほうき》の向《む》きを変《か》え、空中《くうちゅう》でマルフォイと向《む》き合《あ》った。マルフォイは呆然《ぼうぜん》としている。

「こっちへ渡《わた》せよ。でないと箒《ほうき》から突《つ》き落《お》としてやる」

「へえ、そうかい？」

マルフォイはせせら笑《わら》おうとしたが、顔《かお》がこわばっていた。

不思議《ふしぎ》なことに、どうすればいいかハリーにはわかっていた。前《まえ》かがみになる。そして箒《ほうき》を両手《りょうて》でしっかりと握《にぎ》る。すると箒《ほうき》は槍《やり》のようにマルフォイめがけて飛《と》び出《だ》した。マルフォイは危《あや》うくかわした。ハリーは鋭《するど》く一回転《かいてん》して、箒《ほうき》をしっかり握《にぎ》りなおした。下《した》では何人《なんにん》かが拍手《はくしゅ》をしている。

「クラッブもゴイルもここまでは助《たす》けにこないぞ。ピンチだな、マルフォイ」

マルフォイもちょうど同《おな》じことを考《かんが》えたらしい。

「取《と》れるものなら取《と》るがいい、ほら！」

と叫《さけ》んで、マルフォイはガラス玉《だま》を空中高《くうちゅうたか》く放《ほう》り投《な》げ、稲妻《いなずま》のように地面《じめん》に戻《もど》っていった。

ハリーにはいったん高《たか》く上《あ》がった玉《たま》が、次《つぎ》に落下《らっか》しはじめるのが、まるでスローモーションのようによく見《み》えた。ハリーは前《まえ》かがみになって箒《ほうき》の柄《え》を下《した》に向《む》けた。次《つぎ》の瞬間《しゅんかん》、ハリーは一直《いっちょく》線《せん》に急降下《きゅうこうか》し、見《み》る見《み》るスピードを上《あ》げて玉《たま》と競走《きょうそう》していた。下《した》で見《み》ている人《ひと》の悲鳴《ひめい》と交《ま》じり合《あ》って、風《かぜ》が耳元《みみもと》でヒューヒュー鳴《な》った――ハリーは手《て》を伸《の》ばす――地面《じめん》すれすれのところで玉《たま》をつかんだ。間一髪《かんいっぱつ》でハリーは箒《ほうき》を引《ひ》き上《あ》げて水平《すいへい》に立《た》てなおし、草《くさ》の上《うえ》に転《ころ》がるように軟着《なんちゃく》陸《りく》した。「思《おも》い出《だ》し玉《だま》」をしっかりと手《て》のひらに握《にぎ》りしめたまま。

「ハリー・ポッター……！」

マクゴナガル先生《せんせい》が走《はし》ってきた。ハリーの気持《きも》ちは、今《いま》しがたのダイビングよりなお速《はや》いスピードでしぼんでいった。ハリーはブルブル震《ふる》えながら立《た》ち上《あ》がった。

「**まさか**――こんなことはホグワーツで一度《いちど》も……」マクゴナガル先生《せんせい》はショックで言葉《ことば》も出《で》なかった。めがねが激《はげ》しく光《ひか》っている。

「……**よくもまあ**、こんな大《だい》それたことを……首《くび》の骨《ほね》を折《お》ったかもしれないのに――」

「先生《せんせい》、ハリーが悪《わる》いんじゃないんです……」

「おだまりなさい、ミス・パチル――」

「でも、マルフォイが……」

「ミスター・ウィーズリー、**くどいですよ**。ポッター、さあ、一緒《いっしょ》にいらっしゃい」

マクゴナガル先生《せんせい》は大股《おおまた》に城《しろ》に向《む》かって歩《ある》きだし、ハリーはまひしたようにとぼとぼとついていった。マルフォイ、クラッブ、ゴイルの勝《か》ち誇《ほこ》った顔《かお》がちらりと目《め》に入《はい》った。――僕《ぼく》は退学《たいがく》になるんだ。わかってる――。弁解《べんかい》したかったが、どういうわけか声《こえ》が出《で》ない。マクゴナガル先生《せんせい》は、ハリーには目《め》もくれず、飛《と》ぶように歩《ある》いた。ハリーはほとんどかけ足《あし》でないとついていけなかった。

――とうとうやってしまった。二週間《しゅうかん》ももたなかった。きっと十分後《ぷんご》には荷物《にもつ》をまとめるハメになっている。僕《ぼく》が玄関《げんかん》に姿《すがた》を現《あらわ》したら、ダーズリー一家《いっか》は何《なん》て言《い》うだろう?

正面《しょうめん》の石段《いしだん》を登《のぼ》り、ホールの大理石《だいりせき》の階段《かいだん》を上《あ》がり、それでもマクゴナガル先生《せんせい》はハリーに一言《ひとこと》も口《くち》をきかない。先生《せんせい》はドアをぐいっとひねるように開《あ》け、廊下《ろうか》を突《つ》き進《すす》む。ハリーはみじめな姿《すがた》で早足《はやあし》でついていく……たぶん、ダンブルドアのところに連《つ》れていくんだろうな。ハリーはハグリッドのことを考《かんが》えた。彼《かれ》も退学《たいがく》にはなったけど、森《もり》の番人《ばんにん》としてここにいる。もしかしたらハグリッドの助手《じょしゅ》になれるかもしれない。ロンやほかの子《こ》が魔法使《まほうつか》いになっていくのをそばで見《み》ながら、僕《ぼく》はハグリッドの荷物《にもつ》をかついで、校庭《こうてい》をはいずり回《まわ》っているんだ……想像《そうぞう》するだけで胃《い》がよじれる思《おも》いだった。

マクゴナガル先生《せんせい》は教室《きょうしつ》の前《まえ》で立《た》ち止《ど》まり、ドアを開《あ》けて中《なか》に首《くび》を突《つ》っ込《こ》んだ。

「フリットウィック先生《せんせい》、申《もう》し訳《わけ》ありませんが、ちょっとウッドをお借《か》りできませんか」

ウッド？　ウッドって、木《き》のこと？　僕《ぼく》をたたくための棒《ぼう》のことかな。ハリーはわけがわからなかった。

ウッドは人間《にんげん》だった。フリットウィック先生《せんせい》のクラスから出《で》てきたのはたくましい五年生《ねんせい》で、何事《なにごと》だろうという顔《かお》をしていた。

「二人《ふたり》とも私《わたくし》についていらっしゃい」

そう言《い》うなりマクゴナガル先生《せんせい》はどんどん廊下《ろうか》を歩《ある》きだした。ウッドは珍《めずら》しいものでも見《み》るようにハリーを見《み》ている。

「お入《はい》りなさい」

マクゴナガル先生《せんせい》は人気《ひとけ》のない教室《きょうしつ》を指《さ》し示《しめ》した。中《なか》でピーブズが黒板《こくばん》に下品《げひん》な言葉《ことば》を書《か》きなぐっていた。

「出《で》ていきなさい、ピーブズ！」

先生《せんせい》に一喝《いっかつ》されてピーブズの投《な》げたチョークがごみ箱《ばこ》に当《あ》たり、大《おお》きな音《おと》を立《た》てた。ピーブズは捨《す》てぜりふを吐《は》きながらスイーッと出《で》ていった。マクゴナガル先生《せんせい》はその後《うし》ろからドアをピシャリと閉《し》めて、二人《ふたり》の方《ほう》に向《む》きなおった。

「ポッター、こちら、オリバー・ウッドです。ウッド、シーカーを見《み》つけましたよ」

狐《きつね》につままれたようだったウッドの表情《ひょうじょう》がほころんだ。

「本当《ほんとう》ですか？」

「まちがいありません」先生《せんせい》はきっぱりと言《い》った。

「この子《こ》は生《う》まれつきそうなんです。あんなものを私《わたし》は初《はじ》めて見《み》ました。ポッター、初《はじ》めてなんでしょう？　箒《ほうき》に乗《の》ったのは」

ハリーはだまってうなずいた。事態《じたい》がどうなっているのか、さっぱりわからなかったが、退学《たいがく》処分《しょぶん》だけは免《まぬか》れそうだ。ようやく足《あし》にも感覚《かんかく》が戻《もど》ってきた。マクゴナガル先生《せんせい》がウッドに説明《せつめい》している。

「この子《こ》は、今手《いまて》に持《も》っている玉《たま》を、十五メートルもダイビングしてつかみました。かすり傷《きず》ひとつ負《お》わずに。チャーリー・ウィーズリーだってそんなことはできませんでしたよ」

ウッドは夢《ゆめ》が一挙《いっきょ》に実現《じつげん》したという顔《かお》をした。

「ポッター、クィディッチの試合《しあい》を見《み》たことあるかい？」ウッドの声《こえ》が興奮《こうふん》している。

「ウッドはグリフィンドール・チームのキャプテンです」先生《せんせい》が説明《せつめい》してくれた。

「体格《たいかく》もシーカーにぴったりだ」

ウッドはハリーの回《まわ》りを歩《ある》きながらしげしげ観察《かんさつ》している。

「身軽《みがる》だし……すばしこいし……ふさわしい箒《ほうき》を持《も》たせないといけませんね、先生《せんせい》――ニンバス2000とか、クリーンスイープの7番《ばん》なんかがいいですね」

「私《わたくし》からダンブルドア先生《せんせい》に話《はな》してみましょう。一年生《ねんせい》の規則《きそく》を曲《ま》げられるかどうか。是《ぜ》が非《ひ》でも去年《きょねん》よりは強《つよ》いチームにしなければ。あの最終《さいしゅう》試合《じあい》でスリザリンにペシャンコにされて、私《わたくし》はそれから何週間《なんしゅうかん》もセブルス・スネイプの顔《かお》をまともに見《み》られませんでしたよ……」

マクゴナガル先生《せんせい》はめがねごしに厳格《げんかく》な目《め》つきでハリーを見《み》た。

「ポッター、あなたが厳《きび》しい練習《れんしゅう》を積《つ》んでいるという報告《ほうこく》を聞《き》きたいものです。さもないと処罰《しょばつ》について考《かんが》えなおすかもしれませんよ」

それから突然《とつぜん》、先生《せんせい》はニッコリした。

「あなたのお父《とう》さまがどんなにお喜《よろこ》びになったことか。お父《とう》さまもすばらしい選手《せんしゅ》でした」


「まさか」

夕食時《ゆうしょくどき》だった。マクゴナガル先生《せんせい》に連《つ》れられてグラウンドを離《はな》れてから何《なに》があったか、ハリーはロンに話《はな》して聞《き》かせた。ロンはステーキ・キドニーパイを口《くち》に入《い》れようとしたところだったが、そんなことはすっかり忘《わす》れて叫《さけ》んだ。

「シーカーだって？　だけど一年生《ねんせい》は絶対《ぜったい》ダメだと……なら、君《きみ》は最年少《さいねんしょう》の寮代表選手《りょうだいひょうせんしゅ》だよ。ここ何年来《なんねんらい》かな……」

「……百年《ひゃくねん》ぶりだって。ウッドがそう言《い》ってたよ」

ハリーはパイをかき込《こ》むように食《た》べていた。大興奮《だいこうふん》の午後《ごご》だったので、ひどくお腹《なか》が空《す》いていた。

あまりに驚《おどろ》いて、感動《かんどう》して、ロンはただぼうっとハリーを見《み》つめるばかりだった。

「来週《らいしゅう》から練習《れんしゅう》が始《はじ》まるんだ。でも誰《だれ》にも言《い》うなよ。ウッドは秘密《ひみつ》にしておきたいんだって」

その時《とき》、双子《ふたご》のウィーズリーがホールに入《はい》ってきて、ハリーを見《み》つけると足早《あしばや》にやってきた。

「すごいな」ジョージが低《ひく》い声《こえ》で言《い》った。「ウッドから聞《き》いたよ。俺《おれ》たちも選手《せんしゅ》なんだ――ビーターだ」

「今年《ことし》のクィディッチ・カップはいただきだぜ」とフレッドが言《い》った。「チャーリーがいなくなってから、一度《いちど》も取《と》ってないんだよ。だけど今年《ことし》は抜群《ばつぐん》のチームになりそうだ。ハリー、君《きみ》はよっぽどすごいんだな。ウッドときたら小躍《こおど》りしてたぜ」

「じゃあな、俺《おれ》たち行《い》かなくちゃ。リー・ジョーダンが学校《がっこう》を出《で》る秘密《ひみつ》の抜《ぬ》け道《みち》を見《み》つけたって言《い》うんだ」

「それって俺《おれ》たちが最初《さいしょ》の週《しゅう》に見《み》つけちまったやつだと思《おも》うけどね。きっと『おべんちゃらのグレゴリー』の銅像《どうぞう》の裏《うら》にあるやつさ。じゃ、またな」

フレッドとジョージが消《き》えるやいなや、会《あ》いたくもない顔《かお》が現《あらわ》れた。クラッブとゴイルを従《したが》えたマルフォイだ。

「ポッター、最後《さいご》の食事《しょくじ》かい？　マグルのところに帰《かえ》る汽車《きしゃ》にいつ乗《の》るんだい？」

「地上《ちじょう》ではやけに元気《げんき》だな。小《ちい》さなお友達《ともだち》もいるしね」

ハリーは冷《ひ》ややかに言《い》った。クラッブもゴイルもどう見《み》たって小《ちい》さくはないが、上座《かみざ》のテーブルには先生《せんせい》がズラリと座《すわ》っているので、二人《ふたり》とも握《にぎ》り拳《こぶし》をボキボキ鳴《な》らし、にらみつけることしかできなかった。

「僕一人《ぼくひとり》でいつだって相手《あいて》になろうじゃないか。ご所望《しょもう》なら今夜《こんや》だっていい。魔法使《まほうつか》いの決闘《けっとう》だ。杖《つえ》だけだ——相手《あいて》には触《ふ》れない。どうしたんだい？　魔法使《まほうつか》いの決闘《けっとう》なんて聞《き》いたこともないんじゃないのか？」マルフォイが言《い》った。

「もちろんあるさ。僕《ぼく》が介添人《かいぞえにん》をする。おまえのは誰《だれ》だい？」ロンが口《くち》をはさんだ。

マルフォイはクラッブとゴイルの大《おお》きさを比《くら》べるように二人《ふたり》を見《み》た。

「クラッブだ。真夜中《まよなか》でいいな？　トロフィー室《しつ》にしよう。いつも鍵《かぎ》が開《あ》いてるんでね」

マルフォイがいなくなると、二人《ふたり》は顔《かお》を見合《みあ》わせた。

「魔法使《まほうつか》いの決闘《けっとう》ってなんだい？　君《きみ》が僕《ぼく》の介添人《かいぞえにん》ってどういうこと？」

「介添人《かいぞえにん》っていうのは、君《きみ》が死《し》んだらかわりに僕《ぼく》が戦《たたか》うという意味《いみ》さ」

すっかり冷《さ》めてしまった食《た》べかけのパイをようやく口《くち》に入《い》れながら、ロンは気軽《きがる》に言《い》った。ハリーの顔色《かおいろ》が変《か》わったのを見《み》て、ロンはあわててつけ加《くわ》えた。

「死《し》ぬのは、本当《ほんとう》の魔法使《まほうつか》い同士《どうし》の本格的《ほんかくてき》な決闘《けっとう》の場合《ばあい》だけだよ。君《きみ》とマルフォイだったらせいぜい火花《ひばな》をぶつけ合《あ》う程度《ていど》だろ。二人《ふたり》とも、まだ相手《あいて》に本当《ほんとう》のダメージを与《あた》えるような魔法《まほう》なんて使《つか》えない。マルフォイはきっと君《きみ》が断《ことわ》ると思《おも》っていたんだよ」

「もし僕《ぼく》が杖《つえ》を振《ふ》っても何《なに》も起《お》こらなかったら？」

「杖《つえ》なんか捨《す》てちゃえ。鼻《はな》にパンチを食《く》らわせろ」ロンの意見《いけん》だ。

「ちょっと、失礼《しつれい》」

二人《ふたり》が見上《みあ》げると、今度《こんど》はハーマイオニー・グレンジャーだった。

「まったく、ここじゃ落《お》ち着《つ》いて食《た》べることもできないんですかね？」とロンが言《い》う。

ハーマイオニーはロンを無視《むし》して、ハリーに話《はな》しかけた。

「聞《き》くつもりはなかったんだけど、あなたとマルフォイの話《はなし》が聞《き》こえちゃったの……」

「聞《き》くつもりがあったんじゃないの」ロンがつぶやいた。

「……夜《よる》、校内《こうない》をうろうろするのは絶対《ぜったい》ダメ。もし捕《つか》まったらグリフィンドールが何点減点《なんてんげんてん》されるか考《かんが》えてよ。それに捕《つか》まるに決《き》まってるわ。まったくなんて自分勝手《じぶんかって》なの」

「まったく大《おお》きなお世話《せわ》だよ」ハリーが言《い》い返《かえ》した。

「バイバイ」ロンがとどめを刺《さ》した。

いずれにしても、「終《お》わりよければすべてよし」の一日《いちにち》にはならなかったなと考《かんが》えながら、ハリーはその夜遅《よるおそ》く、ベッドに横《よこ》になり、ディーンとシェーマスの寝息《ねいき》に耳《みみ》をすましていた――ネビルはまだ医務室《いむしつ》から帰《かえ》ってきていない――。ロンは夕食後《ゆうしょくご》、つききりでハリーに知恵《ちえ》をつけてくれた。「呪《のろ》いを防《ふせ》ぐ方法《ほうほう》は忘《わす》れちゃったから、もし呪《のろ》いをかけられたら身《み》をかわせ」などなど。フィルチやミセス・ノリスに見《み》つかる恐《おそ》れもおおいにあった。同《おな》じ日《ひ》に二度《ど》も校則《こうそく》を破《やぶ》るなんて、あぶない運試《うんだめ》しだという気《き》がした。しかし、せせら笑《わら》うようなマルフォイの顔《かお》が暗闇《くらやみ》の中《なか》に浮《う》かび上《あ》がってくる――今《いま》こそマルフォイを一対《たい》一でやっつけるまたとないチャンスだ。逃《のが》してなるものか。

「十一時半《じはん》だ。そろそろ行《い》くか」ロンがささやいた。

二人《ふたり》はパジャマの上《うえ》にガウンを引《ひ》っかけ、杖《つえ》を手《て》に、寝室《しんしつ》をはって横切《よこぎ》り、塔《とう》のらせん階段《かいだん》を下《くだ》り、グリフィンドールの談話室《だんわしつ》に下《お》りてきた。暖炉《だんろ》にはまだわずかに残《のこ》り火《び》が燃《も》え、ひじかけ椅子《いす》が弓《ゆみ》なりの黒《くろ》い影《かげ》に見《み》えた。出口《でぐち》の肖像画《しょうぞうが》の穴《あな》に入《はい》ろうとした瞬間《しゅんかん》、一番近《いちばんちか》くの椅子《いす》から声《こえ》がした。

「ハリー、まさかあなたがこんなことするとは思《おも》わなかったわ」

ランプがポッと現《あらわ》れた。ハーマイオニーだ。ピンクのガウンを着《き》てしかめっ面《つら》をしている。

「**また君《きみ》か！**　ベッドに戻《もど》れよ！」ロンがカンカンになって言《い》った。

「本当《ほんとう》はあんたのお兄《にい》さんに言《い》おうかと思《おも》ったのよ。パーシーに。監督生《かんとくせい》だから、絶対《ぜったい》にやめさせるわ」ハーマイオニーは容赦《ようしゃ》なく言《い》った。

ハリーはここまでお節介《せっかい》なのが世《よ》の中《なか》にいるなんて信《しん》じられなかった。

「行《い》くぞ」とロンに声《こえ》をかけると、ハリーは「太《ふと》った婦人《レディ》」の肖像画《しょうぞうが》を押《お》し開《あ》け、その穴《あな》を乗《の》り越《こ》えた。

そんなことであきらめるハーマイオニーではない。ロンに続《つづ》いて肖像画《しょうぞうが》の穴《あな》を乗《の》り越《こ》え、二人《ふたり》に向《む》かって怒《おこ》ったアヒルのように、ガアガア言《い》い続《つづ》けた。

「グリフィンドールがどうなるか気《き》にならないの？　自分《じぶん》のことばっかり気《き》にして。スリザリンが寮杯《りょうはい》を取《と》るなんて私《わたし》はいやよ。私《わたし》が変身呪文《へんしんじゅもん》を知《し》ってたおかげでマクゴナガル先生《せんせい》がくださった点数《てんすう》を、あなたたちがご破算《はさん》にするんだわ」

「あっちへ行《い》けよ」

「いいわ。ちゃんと忠告《ちゅうこく》しましたからね。明日《あす》、家《いえ》に帰《かえ》る汽車《きしゃ》の中《なか》で私《わたし》の言《い》ったことを思《おも》い出《だ》すでしょうよ。あなたたちは本当《ほんとう》に……」

本当《ほんとう》に何《なん》なのか、そのあとは聞《き》けずじまいだった。ハーマイオニーが中《なか》に戻《もど》ろうと後《うし》ろを向《む》くと、肖像画《しょうぞうが》がなかった。太《ふと》った婦人《レディ》は夜《よる》のお出《で》かけで、ハーマイオニーはグリフィンドール塔《とう》からしめ出《だ》されてしまったのだ。

「さあ、どうしてくれるの？」ハーマイオニーはけたたましい声《こえ》で問《と》い詰《つ》めた。

「知《し》ったことか」とロンが言《い》った。「僕《ぼく》たちはもう行《い》かなきゃ。遅《おく》れちゃうよ」

廊下《ろうか》の入口《いりぐち》にさえたどり着《つ》かないうちに、ハーマイオニーが追《お》いついた。

「一緒《いっしょ》に行《い》くわ」

「来るな！　来《く》るなよ」

「ここに突《つ》っ立《た》ってフィルチに捕《つか》まるのを待《ま》ってろっていうの？　三人《にん》とも見《み》つかったら、私《わたし》、フィルチに本当《ほんとう》のことを言《い》うわ。私《わたし》はあなたたちを止《と》めようとしたって。あなたたち、私《わたし》の証人《しょうにん》になるのよ」

「君《きみ》、相当《そうとう》いい神経《しんけい》してるぜ……」ロンが大声《おおごえ》を出《だ》した。

「シッ。二人《ふたり》とも静《しず》かに！」ハリーが鋭《するど》くさえぎった。「何《なん》か聞《き》こえるぞ」

かぎ回《まわ》っているような音《おと》だ。

「ミセス・ノリスか？」

暗《くら》がりを透《す》かし見《み》ながら、ロンがヒソヒソ声《こえ》で言《い》った。

ミセス・ノリスではない。ネビルだった。床《ゆか》に丸《まる》まってぐっすりと眠《ねむ》っていたが、三人《にん》が忍《しの》び寄《よ》るとびくっと目《め》を覚《さ》ました。

「ああよかった！　見《み》つけてくれて。もう何時間《なんじかん》もここにいるんだよ。ベッドに行《い》こうとしたら新《あたら》しい合言葉《あいことば》を忘《わす》れちゃったんだ」

「小《ちい》さい声《こえ》で話《はな》せよ、ネビル。合言葉《あいことば》は『豚《ぶた》の鼻《はな》』だけど、今《いま》は役《やく》に立《た》ちゃしない。太《ふと》った婦人《レディ》はどっかへ行《い》っちまった」

「腕《うで》の具合《ぐあい》はどう？」とハリーが聞《き》いた。

「大丈夫《だいじょうぶ》。マダム・ポンフリーがあっという間《ま》に治《なお》してくれたよ」

「よかったね――悪《わる》いけど、ネビル、僕《ぼく》たちはこれから行《い》くところがあるんだ。またあとでね」

「そんな、置《お》いていかないで！」ネビルはあわてて立《た》ち上《あ》がった。

「ここに一人《ひとり》でいるのはいやだよ。『血《ち》みどろ男爵《だんしゃく》』がもう二度《にど》もここを通《とお》ったんだよ」

ロンは腕時計《うでどけい》に目《め》をやり、それからものすごい顔《かお》でネビルとハーマイオニーをにらんだ。

「もし君《きみ》たちのせいで、僕《ぼく》たちが捕《つか》まるようなことになったら、クィレルが言《い》ってた『悪霊《あくりょう》の呪《のろ》い』を覚《おぼ》えて君《きみ》たちにかけるまでは、僕《ぼく》、絶対《ぜったい》に許《ゆる》さない」

ハーマイオニーは口《くち》を開《ひら》きかけた。「悪霊《あくりょう》の呪《のろ》い」の使《つか》い方《かた》をきっちりロンに教《おし》えようとしたのかもしれない。でもハリーはシーッとだまらせ、目配《めくば》せでみんなに進《すす》めと言《い》った。

高窓《たかまど》からの月《つき》の光《ひかり》が廊下《ろうか》に縞模様《しまもよう》を作《つく》っていた。その中《なか》を四人《にん》はすばやく移動《いどう》した。曲《ま》がり角《かど》に来《く》るたび、ハリーはフィルチかミセス・ノリスに出《で》くわすような気《き》がしたが、出会《であ》わずにすんだのはラッキーだった。大急《おおいそ》ぎで四階《かい》への階段《かいだん》を上《あ》がり、抜《ぬ》き足差《あしさ》し足《あし》でトロフィー室《しつ》に向《む》かった。

マルフォイもクラッブもまだ来《き》ていなかった。トロフィー棚《たな》のガラスがところどころ月《つき》の光《ひかり》を受《う》けてキラキラと輝《かがや》き、カップ、盾《たて》、賞杯《しょうはい》、像《ぞう》などが、暗《くら》がりの中《なか》でときどき瞬《またた》くように金銀《きんぎん》にきらめいた。

四人《にん》は部屋《へや》の両端《りょうはし》にあるドアから目《め》を離《はな》さないようにしながら、壁《かべ》を伝《つた》って歩《ある》いた。マルフォイが飛《と》びこんできて不意打《ふいう》ちを食《く》らわすかもしれないと、ハリーは杖《つえ》を取《と》り出《だ》した。数分《すうふん》の時間《じかん》なのに長《なが》く感《かん》じられる。

「遅《おそ》いな、マルフォイのやつ、たぶん怖気《おじけ》づいたんだよ」とロンがささやいた。

その時《とき》、隣《となり》の部屋《へや》で物音《ものおと》がして、四人《にん》は飛《と》び上《あ》がった。ハリーが杖《つえ》を振《ふ》り上《あ》げようとしたとき、誰《だれ》かの声《こえ》が聞《き》こえた――マルフォイではない。

「いい子《こ》だ。しっかりかぐんだぞ。隅《すみ》のほうにひそんでいるかもしれないからな」

フィルチがミセス・ノリスに話《はな》しかけている。心臓《しんぞう》が凍《こお》る思《おも》いで、ハリーはめちゃめちゃに三人《にん》を手招《てまね》きし、急《いそ》いで自分《じぶん》についてくるよう合図《あいず》した。四人《にん》は音《おと》を立《た》てずに、フィルチの声《こえ》とは反対側《はんたいがわ》のドアへと急《いそ》いだ。ネビルの服《ふく》が曲《ま》がり角《かど》からヒョイと消《き》えたとたん、間一髪《かんいっぱつ》、フィルチがトロフィー室《しつ》に入《はい》ってくるのが聞《き》こえた。

「どこかこのへんにいるぞ。隠《かく》れているにちがいない」フィルチがブツブツ言《い》う声《こえ》がする。

「こっちだよ！」

ハリーが他《ほか》の三人《にん》にささやいた。鎧《よろい》がたくさん飾《かざ》ってある長《なが》い回廊《かいろう》を、四人《にん》は石《いし》のようにこわばってはい進《すす》んだ。フィルチがどんどん近《ちか》づいて来《く》るのがわかる。ネビルが恐怖《きょうふ》のあまり突然《とつぜん》悲《ひ》鳴《めい》を上《あ》げ、やみくもに走《はし》り出《だ》した――つまずいてロンの腰《こし》に抱《だ》きつき、二人《ふたり》そろってまともに鎧《よろい》にぶつかって倒《たお》れ込《こ》んだ。

ガラガラガッシャーン。城中《しろじゅう》の人《ひと》を起《お》こしてしまいそうなすさまじい音《おと》がした。

「**逃《に》げろ！**」

ハリーが声《こえ》を張《は》り上《あ》げ、四人《にん》は回廊《かいろう》を疾走《しっそう》した。フィルチが追《お》いかけてくるかどうか振《ふ》り向《む》きもせず――全速力《ぜんそくりょく》でドアを通《とお》り、次《つぎ》から次《つぎ》へと廊下《ろうか》をかけ抜《ぬ》け、今《いま》どこなのか、どこへ向《む》かっているか、先頭《せんとう》を走《はし》っているハリーにも全然《ぜんぜん》わからない――壁《かべ》のタペストリーをめくり上《あ》げて隠《かく》れた抜《ぬ》け道《みち》を見《み》つけ、矢《や》のようにそこを抜《ぬ》け、出《で》てきたところが「妖精《ようせい》の呪文《じゅもん》」の教室《きょうしつ》の近《ちか》くだった。そこはトロフィー室《しつ》からだいぶ離《はな》れていることだけはわかっていた。

「フィルチを巻《ま》いたと思《おも》うよ」

冷《つめ》たい壁《かべ》に寄《よ》りかかり、額《ひたい》の汗《あせ》を拭《ぬぐ》いながらハリーは息《いき》をはずませていた。ネビルは体《からだ》を二つ折《お》りにしてゼイゼイ咳《せ》き込《こ》んでいた。

「だから――そう――言《い》ったじゃない」

ハーマイオニーは胸《むね》を押《お》さえて、あえぎあえぎ言《い》った。

「グリフィンドール塔《とう》に戻《もど》らなくちゃ、できるだけ早《はや》く」とロン。

「マルフォイにはめられたのよ。ハリー、あなたもわかってるんでしょう？　はじめから来《く》る気《き》なんかなかったんだわ――マルフォイが告《つ》げ口《ぐち》したのよね。だからフィルチは、誰《だれ》かがトロフィー室《しつ》に来《く》るって知《し》ってたのよ」

ハリーもたぶんそうだと思《おも》ったが、ハーマイオニーの前《まえ》ではそうだと言《い》いたくなかった。

「行《い》こう」

そうは問屋《とんや》がおろさなかった。ほんの十歩《ぽ》と進《すす》まないうちに、ドアの取《と》っ手《て》がガチャガチャ鳴《な》り、教室《きょうしつ》から何《なに》かが飛《と》び出《だ》してきた。

ピーブズだ。四人《にん》を見《み》ると歓声《かんせい》を上《あ》げた。

「だまれ、ピーブズ……お願《ねが》いだから――じゃないと僕《ぼく》たち、退学《たいがく》になっちゃう」

ピーブズはケラケラ笑《わら》っている。

「真夜中《まよなか》にふらふらしてるのかい？　一年生《ねんせい》ちゃん。チッ、チッ、チッ、悪《わる》い子《こ》、悪《わる》い子《こ》、捕《つか》まるぞ」

「だまっててくれたら捕《つか》まらずにすむよ。お願《ねが》いだ。ピーブズ」

「フィルチに言《い》おう。言《い》わなくちゃ。君《きみ》たちのためになることだものね」

ピーブズは聖人君子《せいじんくんし》のような声《こえ》を出《だ》したが、目《め》は意地悪《いじわる》く光《ひか》っていた。

「どいてくれよ」

ロンがどなってピーブズを払《はら》いのけようとした――これが大《おお》まちがいだった。

「**生徒《せいと》がベッドから抜《ぬ》け出《だ》した！――『妖精《ようせい》の呪文《じゅもん》』教室《きょうしつ》の廊下《ろうか》にいるぞ！**」

ピーブズは大声《おおごえ》で叫《さけ》んだ。

ピーブズの下《した》をすり抜《ぬ》け、四人《にん》は命《いのち》からがら逃《に》げ出《だ》した。廊下《ろうか》の突《つ》き当《あ》たりでドアにぶち当《あ》たった――鍵《かぎ》が掛《か》かっている。

「もうダメだ！」とロンがうめいた。みんなでドアを押《お》したがどうにもならない。

「おしまいだ！　いっかんの終《お》わりだ！」

足音《あしおと》が聞《き》こえた。ピーブズの声《こえ》を聞《き》きつけ、フィルチが全速力《ぜんそくりょく》で走《はし》ってくる。

「ちょっとどいて」

ハーマイオニーは押《お》し殺《ころ》したような声《こえ》でそう言《い》うと、ハリーの杖《つえ》をひったくり、鍵《かぎ》を杖《つえ》で軽《かる》くたたいて、つぶやいた。

「アロホモラ！」

カチッと鍵《かぎ》が開《ひら》き、ドアがパッと開《ひら》いた――四人《にん》はなだれを打《う》って入《はい》り込《こ》み、いそいでドアを閉《し》めた。そしてみんなドアに耳《みみ》をピッタリつけて、耳《みみ》を澄《す》ました。

「どっちに行《い》った？　早《はや》く言《い》え、ピーブズ」フィルチの声《こえ》だ。

「『どうぞ』とていねいに頼《たの》みな」

「ゴチャゴチャ言《い》うな。さあ連中《れんちゅう》はどっちに行《い》った？」

「どうぞと言《い》わないなーら、なーんにも言《い》わないよ」

ピーブズはいつもの変《へん》な抑揚《よくよう》のあるカンにさわる声《こえ》で言《い》った。

「しかたがない――どうぞ」

「**なーんにも！** ハハハ。言《い》っただろう。『どうぞ』と言《い》わなけりゃ『なーんにも』言《い》わないって。ハッハのハーだ！」

ピーブズがヒューッと消《き》える音《おと》と、フィルチが怒《いか》り狂《くる》って悪態《あくたい》をつく声《こえ》が聞《き》こえた。

「フィルチはこのドアに鍵《かぎ》が掛《か》かってると思《おも》ってる。もうオッケーだ――ネビル、離《はな》してくれよ！」

ハリーがヒソヒソ声《ごえ》で言《い》った。ネビルはさっきからハリーのガウンのそでを引《ひ》っ張《ぱ》っていたのだ。

「え？ **なに？**」

ハリーは振《ふ》り返《かえ》った――そしてはっきりと見《み》た。「なに」を。しばらくの間《あいだ》、ハリーは自分《じぶん》が悪夢《あくむ》にうなされているにちがいないと思《おも》った――あんまりだ。今日《きょう》はもう、いやというほどいろいろあったのに。

そこはハリーが思《おも》っていたような部屋《へや》ではなく、廊下《ろうか》だった。しかも四階《かい》の「禁《きん》じられた廊《ろう》下《か》」だ。今《いま》こそ、なぜ立《た》ち入《い》り禁止《きんし》なのか納得《なっとく》した。

四人《にん》が真正面《ましょうめん》に見《み》たのは、怪獣《かいじゅう》のような犬《いぬ》の目《め》だった——床《ゆか》から天井《てんじょう》までの空間全部《くうかんぜんぶ》がその犬《いぬ》で埋《う》まっている。頭《あたま》が三つ。血走《ちばし》った三組《くみ》のギョロ目《め》。三つの鼻《はな》がそれぞれの方向《ほうこう》にヒクヒク、ピクピクしている。三つの口《くち》から黄色《きいろ》い牙《きば》をむきだし、その間《あいだ》からダラリと、ぬめぬめした縄《なわ》のような、よだれが垂《た》れ下《さ》がっていた。

怪物犬《かいぶつけん》はじっと立《た》ったまま、その六つの目全部《めぜんぶ》でハリーたちをじっと見《み》ている。まだ四人《にん》の命《いのち》があったのは、ハリーたちが急《きゅう》に現《あらわ》れたので怪物犬《かいぶつけん》がふいをつかれて戸惑《とまど》ったからだ。もうその戸惑《とまど》いも消《き》えたらしい。雷《かみなり》のようなうなり声《ごえ》がまちがいなくそう言《い》っている。

ハリーはドアの取《と》っ手《て》をまさぐった——フィルチか死《し》か——フィルチのほうがましだ。

四人《にん》はさっきとは反対方向《はんたいほうこう》に倒《たお》れこんだ。ハリーがドアをバタンと閉《し》め、みんな飛《と》ぶようにさっき来《き》た廊下《ろうか》をかけだした。フィルチの姿《すがた》はない。急《いそ》いで別《べつ》の場所《ばしょ》を探《さが》しにいっているらしい。そんなことはもうどうでもよかった——とにかくあの怪獣犬《かいじゅうけん》から少《すこ》しでも遠《とお》く離《はな》れたい一心《いっしん》だ。かけにかけ続《つづ》けて、やっと八階《かい》の太《ふと》った婦人《レディ》の肖像画《しょうぞうが》までたどり着《つ》いた。

「まあいったいどこに行《い》ってたの？」

ガウンは肩《かた》からズレ落《お》ちそうだし、顔《かお》は紅潮《こうちょう》して汗《あせ》だくだし、婦人《レディ》は四人《にん》の様子《ようす》を見《み》て驚《おどろ》いた。

「なんでもないよ――豚《ぶた》の鼻《はな》、豚《ぶた》の鼻《はな》」

息《いき》も絶《た》え絶《だ》えにハリーがそう言《い》うと、肖像画《しょうぞうが》がパッと前《まえ》に開《ひら》いた。四人《にん》はやっとの思《おも》いで談話《だんわ》室《しつ》に入《はい》り、わなわな震《ふる》えながらひじかけ椅子《いす》にへたりこんだ。口《くち》がきけるようになるまでにしばらくかかった。ネビルときたら、二度《にど》と口《くち》がきけないのじゃないかとさえ思《おも》えた。

「あんな怪物《かいぶつ》を学校《がっこう》の中《なか》に閉《と》じ込《こ》めておくなんて、いったい学校《がっこう》は何《なに》を考《かんが》えているんだろう」

やっとロンが口《くち》を開《ひら》いた。「世《よ》の中《なか》に運動不足《うんどうぶそく》の犬《いぬ》がいるとしたら、まさにあの犬《いぬ》だね」

ハーマイオニーは息《いき》も不機嫌《ふきげん》さも同時《どうじ》に戻《もど》ってきた。

「あなたたち、どこに目《め》をつけてるの？」ハーマイオニーがつっかかるように言《い》った。

「あの犬《いぬ》が何《なん》の上《うえ》に立《た》ってたか、見《み》なかったの？」

「床《ゆか》の上《うえ》じゃないの？」ハリーが一応意見《いちおういけん》を述《の》べた。「僕《ぼく》、足《あし》なんか見《み》てなかった。頭《あたま》を三つ見《み》るだけで精一杯《せいいっぱい》だったよ」

ハーマイオニーは立《た》ち上《あ》がってみんなをにらみつけた。

「ちがう。床《ゆか》じゃない。仕掛《しか》け扉《とびら》の上《うえ》に立《た》ってたのよ。何《なに》かを守《まも》ってるのにちがいないわ」

「あなたたち、さぞかしご満足《まんぞく》でしょうよ。もしかしたらみんな殺《ころ》されてたかもしれないのに――もっと悪《わる》いことに、退学《たいがく》になったかもしれないのよ。では、みなさん、おさしつかえなければ、休《やす》ませていただくわ」

ロンはポカンと口《くち》をあけてハーマイオニーを見送《みおく》った。

「おさしつかえなんかあるわけないよな。あれじゃ、まるで僕《ぼく》たちがあいつを引《ひ》っ張《ぱ》り込《こ》んだみたいに聞《き》こえるじゃないか、な？」

ハーマイオニーの言《い》ったことがハリーには別《べつ》の意味《いみ》でひっかかった。ベッドに入《はい》ってからもそれを考《かんが》えていた。犬《いぬ》が何《なに》かを守《まも》っている……ハグリッドが何《なん》て言《い》ったっけ？

――何《なに》かを安全《あんぜん》にしまっておくには、グリンゴッツが世界一安全《せかいいちあんぜん》な場所《ばしょ》だ――たぶんホグワーツ以外《いがい》ではな……――

七一三番金庫《ばんきんこ》から持《も》ってきたあの汚《きたな》い小《ちい》さな包《つつ》みが、今《いま》どこにあるのか、ハリーはそれがわかったような気《き》がした。

つづく

J.K.ローリング 作

一時代を築いた不朽の名作「ハリー・ポッター」の著者。全7作のシリーズは6億部以上を売り上げ、80以上の言語に翻訳されており、8本の映画が製作されて大ヒットを記録した。本シリーズと並行して、ローリングはチャリティのために3冊の短い副読本を執筆し、その1冊である『幻の動物とその生息地』をもとに魔法動物学者ニュート・スキャマンダーを主役にした映画の新シリーズが製作されることとなった。大人になったハリーの物語は舞台として続き、ローリングは脚本家のジャック・ソーンと演出家のジョン・ティファニーとともに「ハリー・ポッターと呪いの子」を制作した。2020年には児童書の執筆に戻っておとぎ話『イッカボッグ』を出版、新型コロナウイルス感染症のパンデミックによる社会的影響の軽減に尽力している慈善団体を支援するため、慈善信託〈ボラント〉に印税を寄付している。2021年には児童書の最新作『クリスマス・ピッグ』を出版した。ロバート・ガルブレイス名義で書いた探偵小説のシリーズも含め、ローリングはその執筆に対し多数の賞や勲章を授与されている。〈ボラント〉を通じて人道的な活動を幅広く支援しており、国際的な児童養護のチャリティ団体〈ルーモス〉の創設者でもある。ローリングは家族とともにスコットランドで暮らしている。

J.K. ローリングに関するさらに詳しい情報は jkrowlingstories.comをご参照ください。

松岡《まつおか》佑《ゆう》子《こ》 訳

翻訳家。国際基督教大学卒、モントレー国際大学院大学国際政治学修士。日本ペンクラブ館員。スイス在住。訳書に「ハリー・ポッター」シリーズ全7巻のほか、「少年冒険家トム」シリーズ、映画オリジナル脚本版「ファンタスティック・ビースト」シリーズ、『ブーツをはいたキティのはなし』、『とても良い人生のために』『イッカボッグ』『クリスマス・ピッグ』(以上静山社)がある。

静山社ペガサス文庫

ハリー・ポッター ❶
ハリー・ポッターと賢者《けんじゃ》の石《いし》〈新装版《しんそうばん》〉1-1

2024年4月9日　第 1 刷発行

作者	J.K.ローリング
訳者	松岡佑子
発行者	松岡佑子
発行所	株式会社静山社 〒102-0073 東京都千代田区九段北1-15-15 電話・営業 03-5210-7221 https://www.sayzansha.com
装画	ダン・シュレシンジャー
装丁	城所 潤(ジュン・キドコロ・デザイン)
印刷・製本	中央精版印刷株式会社

ISBN 978-4-86389-860-8　Printed in Japan
Published by Say-zan-sha Publications Ltd.

「静山社《せいざんしゃ》ペガサス文庫《ぶんこ》」創刊《そうかん》のことば

小《ちい》さくてもきらりと光《ひか》る、星《ほし》のような物語《ものがたり》を届《とど》けたい——一九七九年《ねん》の創業《そうぎょう》以来《いらい》、静山社《せいざんしゃ》が抱《いだ》き続《つづ》けてきた願《ねが》いをこめて、少年少女《しょうねんしょうじょ》のための文庫《ぶんこ》「静山社《せいざんしゃ》ペガサス文庫《ぶんこ》」を創刊《そうかん》します。

読書《どくしょ》は、みなさんの心《こころ》に眠《ねむ》っている想像《そうぞう》の羽《はね》を広《ひろ》げ、未知《みち》の世界《せかい》へいざないます。読書体験《どくしょたいけん》をとおしてつちかわれた想像力《そうぞうりょく》は、楽《たの》しいとき、苦《くる》しいとき、悲《かな》しいとき、どんなときにも、みなさんに勇気《ゆうき》を与《あた》えてくれるでしょう。

ギリシャ神話《しんわ》に登場《とうじょう》する天馬《てんま》・ペガサスのように、大《おお》きなつばさとたくましい足《あし》、しなやかな心《こころ》で、みなさんが物語《ものがたり》の世界《せかい》を、自由《じゆう》にかけまわってくださることを願《ねが》っています。

二〇一四年《ねん》

静《せい》山《ざん》社《しゃ》